人大司考丛书

2011 年司法考试大纲分析
暨新增法规解读

北京万国学校　编

中国人民大学出版社
·北京·

前言

这是万国学校第十年推出大纲增删分析，也是《司法考试大纲分析暨新增法规解读》的第五版。自从2007年该书出版以来，每年帮助全国数十万考生掌握最新考点，为通过司考加油。作为编撰人员，我们也感到与有荣焉。

为了便于2011年的考生使用本书，我们特别对本书的立意、特色略作说明。

一、新增内容为何重要

司法考试中的新增内容非常重要，这对于很多考生而言可谓常识中的常识，毋庸赘言。此处唠叨，主要是对从未参加过司法考试的考生做个交代。新增内容之所以重要在于司法考试重者恒重的命题规律。本来，司法考试考查范围极为宽广，可是因为司法考试的重点非常突出，多年沿袭，重点部分竟被一考再考，核心部分更是被考"熟"考"烂"，老考生上阵常有一种似曾相识的感觉，这样司法考试的信度和权威便打了折扣。在此情形下，出题人对于新增内容自然青眼有加。最突出者，如1999年合同法出台，2000年、2002年的考题便对合同法予以重点考查，后来的公司法、物权法也受过类似的待遇，2011年考试中涉外民事关系法律适用法、刑法修正案（八）值得特别关注。

每年司法考试的新考点来自三个方面：新大纲、新法规以及当年的社会热点问题和案例。社会热点现在还无法划定，新大纲和新法规则是板上钉钉的重中之重，值得考生用心掌握。

二、本书的体例

为了全面呈现2011年度司法考试的新点所在，本书将大纲新增内容与新增法规解读融为一炉，分前后三编：第一编为新旧大纲内部比较及说明；第二编为最新增补法规、司法解释解读；第三编为新增考点的配套测试题。

（一）大纲分析

第一编新旧大纲比较部分，我们把法律出版社出版的司法考试辅导用书（俗称教材）及法律修订的情况一并考虑在内，给考生呈现每一学科变化的整个面貌，以便于考生全面掌握。大纲对照的特色有三点：

1. 全面完整。大纲解读中既有对整个大纲变化情况的综述，又有对十四个科目的详细剖析。每一科目的分析中，不仅说明大纲变化之所在，更细致讲述教材增加的相应内容，同时指出本科目法规方面的重要变化。

2. 重点突出。对照比较的目的在于找出考点，所以不能流于形式，为比较而比较，对一些细枝末节、无关紧要的形式调整大书特书。本书综合考虑大纲、教材变动的整体情况，对没有考试价值的变化略去不谈，对可能出题的部分则详细解说。需要说明的是，大纲和教材对不同科目的价值是不一样的，对于卷一，尤其是其中的理论法学、"三国法"部分，教材的新增内容非常重要，直接决定命题和答案，我们的分析也不吝其详；对于卷二、卷三的科目而言，大纲和教材变化主要是对法律变化的反映，分析教材必然要去芜存菁。

3. 条理性强。教材的新增内容文字量往往不小，但其中真正可考、需要掌握的部分则是有限的。本书摘出重点，对可考点进行条分缕析，层次清晰，条目一一列明，便于考生高效掌握。

（二）法规解读

第二编新增法规解读部分，汇集了对 2011 年司法考试有重要价值的法律、法规、司法解释，新通过的和修订的全部囊括在内。新增法规的重要性对考生而言更是不言而喻，本书解读新法规的用意主要有三：

1. 指明哪些法规的可考性强，哪些法规的可考性不强。

2. 对于重要的法律文件，指出其重点法条，进行讲解分析。

3. 特别指明新增法规的考点所在，引导考生注意出题人的命题方向。

（三）试题演练

第三编新增考点配套试题部分，针对大纲、教材和法规等各处增加的考点编制具有针对性、实战性的试题，帮助考生化知识为得分能力。我们希望考生不仅知道，而且做到，真正实现本书的价值。为此，试题部分突出以下特点：

1. 覆盖面广。新增考点的配套试题不仅涵盖教材新增内容，而且涵盖法律、法规和司法解释的新增内容。考生一卷在手，即可掌握所有新增考点及其配套试题。

2. 针对性强。一般而言，司法考试对新增考点的考查比较简单，偶尔也会出一些有难度的试题。为了应对司法考试，我们设计的试题具有一定的难度，只是出于帮助考生记忆的角度才设计一些比较简单的试题。

3. 解析透彻。尽管有前两编的内容，试题部分还是附上解析，帮助考生在实战中掌握考点。

三、本书的使用方法

一本书的使用方法有很多种，新增考点分析类的图书更是如此。考生既可以单独花时间学习本书，也可以在使用其他复习资料时参照本书。所以，以下的使用方法说明仅仅是一种建议：

考生可以在复习一开始时浏览本书，明了 2011 年司法考试的整体情况。

考生也可以在复习每一部门法时使用本书，了解该部门法的新增内容，做有针对性的复习。

考生还可以在复习一遍后使用本书，集中时间掌握新增内容。

考生可以在考前突击本书，掌握 2011 年司法考试的必考内容。
··········

这是一本小书，仅仅依靠本书，考生当然通不过司法考试。但作为对大纲、教材和法规新增内容的荟萃，本书提供给考生的是最可能出题的 2011 年度司法考试十分之一的内容，希望能够助广大考生一臂之力！

预祝读者朋友顺利通过 2011 年司法考试！

杨长庚

2011 年 5 月 26 日

目录

第三编　2011年新增考点配套试题

大纲、教材、法规变化综述

  2011 年大纲出台比去年来得稍早一些，不是 5 月 28 日，而是 5 月 20 日。大纲出台意味着 2011 年司法考试备考正式开始！

  与往年相比，2011 年应该算是变化较大的一年，尽管没有科目调整，但相关考点、法条变动很多。2011 年大纲新增考点 70 个，新增法律法规 21 件。这些新增的考点和法规主要集中在国际私法、刑法、刑事诉讼法、行政法四个学科上，需要重点掌握。

一　大纲变化与教材增删

（一）法规增修主导大纲变化

  和往年一样，司法考试大纲变化的最大原因在于法规的变化。这里所说的"法规"包括法律、行政法规、司法解释等司法考试涉及的各种法律文件。自从 2010 年司法考试结束以来，新通过了很多法律、法规和司法解释，还有一些法律经过了重大修改，这些法律法规的变化自然反映到 2011 年司法考试大纲中。新增法律法规方面，如涉外民事关系法律适用法、刑法修正案（八）、社会保险法等；法律修订方面，如村民委员会组织法、国家赔偿法等法律作出重点修改；新增司法解释方面，涉及民法、刑法、行政法、国际私法等多个司法解释。2011 年大纲中具有实质意义的调整主要来自这些法律法规的变化，这在国际私法、刑法、刑事诉讼法和行政法等领域表现得尤为突出。需要说明的是，2010 年 4 月 29 日修订的国家赔偿法被列入大纲，而在 2010 年司法考试中已经考查过的人民调解法则未列入大纲。

（二）理论研究推动大纲变化

  今年理论研究对大纲变化的影响不大，主要体现在刑事诉讼法和民事诉讼法两个学科。变化的原因并非出现了新的时髦理论，而是既有成熟的理论考点被大纲和教材特别强调而已。刑事诉讼法方面今年出现了非常具有价值的变化，教材对法治与刑事诉讼法的关系、刑事诉讼证据的基本理论进行了深入透彻的分析，不仅容易出选择题，而且可能会出论述题。与之相比，民事诉讼法方面的变化更多的是形式调整，没有多少实质变化，考生了解即可。

（三）大纲形式调整 ▶

大纲形式调整通常不具有考试价值。今年值得考生特别关注的是大纲中有关社会主义法治理念考查方法的说明，四卷中每卷都将社会主义法治理念列入考查范围，需要注意。

二 新增法律法规

大纲、法规和教材变化之间的复杂关系今年表现得最为突出。现在总结以往经验，对此问题略作说明。

1. 法规变化，大纲未变，教材作出调整。非常典型的是最高人民法院关于适用《中华人民共和国公司法》若干问题的规定（三）通过，大纲竟然未将其收录，教材则根据新法进行了调整。民事诉讼法部分关于限制被执行人高消费的若干规定同样如此，大纲没列，但教材进行了讲解。

2. 法规变化，大纲收录，教材未作出调整。典型的是社会保险法，大纲毫不犹豫地将其收录其中，但教材只字不提。再如民法中的最高人民法院关于审理旅游纠纷案件适用法律若干问题的规定，大纲收录，但教材没有讲解分析。

3. 法规变化，大纲未变，教材也未调整。典型的是人民调解法，去年已经考查过了，今年还没有列入大纲，教材也是不为所动。类似情况也曾发生在劳动争议调解仲裁法上，考查多年之后才列入大纲。

对于司法考试而言，法律法规的变化具有核心意义。法律法规改变了，纵然大纲未变，教材未变，考试的命题和答案也应根据最新的法律来处理。而大纲和教材都具有滞后性，司法考试真题在此形成了对大纲和教材的超越。所以，考生千万不要对大纲和教材抱有迷信的态度，要理性分析。对此，大纲自身早就作出了免责声明：大纲所列的是"主要的"法律法规，未列的未必不考。同样，教材仅仅是比较权威的讲解，教材中没有专门讲解的并不意味着不考。所以，考生复习备考必须经过大纲、教材而超越大纲、教材，掌握符合司法考试命题规律的全新考点。

经过综合考虑，本书将以下法律文件列入需要考生重点掌握的新法之列：

理论法学方面：

1. 村民委员会组织法（修订）
2. 法官职业道德基本准则
3. 公证员职业道德基本准则

"三国法"方面：

1. 涉外民事关系法律适用法
2. 最高人民法院关于审理涉台民商事案件法律适用问题的规定

刑法方面：

1. 刑法修正案（八）
2. 最高人民法院关于处理自首和立功若干具体问题的意见
3. 最高人民法院关于《中华人民共和国刑法修正案（八）》时间效力问题的解释
4. 最高人民法院、最高人民检察院关于办理诈骗刑事案件具体应用法律若干问题的解释
5. 最高人民法院、最高人民检察院、公安部、司法部关于办理侵犯知识产权刑事案件适用法律若干问题的意见
6. 最高人民法院关于审理非法集资刑事案件具体应用法律若干问题的解释
7. 最高人民法院、最高人民检察院、公安部关于办理网络赌博犯罪案件适用法律若干问题的意见

刑事诉讼法方面：

1. 最高人民法院关于规范上下级人民法院审判业务关系的若干意见
2. 最高人民法院、最高人民检察院、公安部、国家安全部、司法部关于办理死刑案件审查判断证据若干问题的规定
3. 最高人民法院、最高人民检察院、公安部、国家安全部、司法部关于办理刑事案件排除非法证据若干问题的规定
4. 最高人民检察院、公安部关于审查逮捕阶段讯问犯罪嫌疑人的规定
5. 最高人民检察院、公安部关于刑事立案监督有关问题的规定（试行）
6. 最高人民法院、最高人民检察院、公安部、国家安全部、司法部关于规范量刑程序若干问题的意见（试行）
7. 最高人民法院关于死刑缓期执行限制减刑案件审理程序若干问题的规定

行政法方面：

1. 国家赔偿法（修订）
2. 最高人民法院关于适用《中华人民共和国国家赔偿法》若干问题的解释（一）
3. 最高人民法院关于人民法院赔偿委员会审理国家赔偿案件程序的规定

民法方面：

1. 最高人民法院关于审理旅游纠纷案件适用法律若干问题的规定
2. 最高人民法院关于适用《中华人民共和国合同法》若干问题的解释（二）
3. 最高人民法院关于审理城镇房屋租赁合同纠纷案件具体应用法律若干问题的解释
4. 最高人民法院关于审理建筑物区分所有权纠纷案件具体应用法律若干问题的解释
5. 最高人民法院关于审理物业服务纠纷案件具体应用法律若干问题的解释

商法、经济法方面：

1. 最高人民法院关于适用《中华人民共和国公司法》若干问题的规定（二）
2. 最高人民法院关于适用《中华人民共和国公司法》若干问题的规定（三）

　　3. 社会保险法

　　4. 车船税法

民事诉讼法方面：

　　1. 人民调解法

　　2. 最高人民法院关于限制被执行人高消费的若干规定

　　需要说明的是，此处列出的新增法规要比大纲中列出的更多一些。原因在于大纲只列了所谓的主要法规，还有一些考分很少但有可能考的法规，大纲没列，此处全部列出。同时，民法中一些小的司法解释，如最高人民法院关于审理物业服务纠纷案件具体应用法律若干问题的物业纠纷解释、最高人民法院关于审理建筑物区分所有权纠纷案件具体应用法律若干问题的解释属于 2010 年列入的新法，可考性很大，故仍然列入，方便考生备考复习。

第一编

大纲及教材
变化解读

理论法学：大纲、教材及法规变化解读

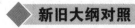 **新旧大纲对照**

与 2010 年大纲相比，2011 年社会主义法治理念部分以修订完善大纲、教材内容为主，没有增删考点。唯一的变化在于大纲中明确说明卷一、卷二、卷三、卷四每张考卷都将考查社会主义法治理念，需要考生特别关注。

与 2010 年相比，2011 年法理学、法制史和宪法都没有增删考点。法理学和法制史以修订完善教材内容为主，宪法部分教材根据最新修订的村民委员会组织法等法规作了调整和完善。

与 2010 年相比，2011 年司法制度和法律职业道德部分大纲新增 1 个考点，即第一章第一节"司法和司法制度的概念"中新增考点"司法改革"。第二章第四节"法官职业道德"中，根据最新修订的法官职业道德基本准则，对考点"法官职业道德的主要内容"下的子考点作了调整。教材根据大纲考点变化和最新修订的法官职业道德基本准则、公证员职业道德基本准则作了调整和完善。

教材增删解读

无变化。

法规变化说明

理论法学包含的五个学科当中，社会主义法治理念、法理学和法制史原本没有法条支撑，只有宪法学与司法制度部分包含法律文件。

宪法学方面，2011 年的变化在于村民委员会组织法进行了修改，因为村民委员会组织法本身在司法考试中无足轻重，此次修订影响不大。

司法制度和法律职业道德方面，法官职业道德基本准则和公证员职业道德基本准则进行了修改，考生需要特别关注。

经济法：大纲、教材及法规变化解读

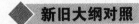 **新旧大纲对照**

无变化。

教材增删解读

无变化。

法规变化说明

2011 年大纲中新增 2 个法律文件，一是车船税法，二是社会保险法。两个新增法律文件都没有相应地增加考点，教材中也没有特别讲述。车船税法属于新通过的税收法规，内容不多，可能在司法考试的税法题目中进行考查。社会保险法对于社会而言非常重要，对于司法考试则颇为尴尬。因为经济法的名目之下尽管包括众多内容，但传统上很少将社会保险法纳入经济法之中，所以如果协调社会保险法与经济法的关系也破费踌躇，正是基于这种为难因素，大纲才没有特别增设社会保险法的考点。鉴于社会保险法在社会主义法律体系中的重要性，司法考试中可能会进行考查，考生需要留心其主要内容。

2011 年大纲中删除 1 个法律文件，即企业劳动争议处理条例。一方面，自从 2007 年劳动争议调解仲裁法通过以后，企业劳动争议处理条例事实上已经不可能发挥作用，司法考试却对之恋恋不舍，不但大纲中多年保留不删，甚至 2009 年司法考试还专门出题考查企业劳动争议处理条例（2009 年卷一第 73 题），实属荒唐。另一方面，自从劳动争议调解仲裁法通过之后，司法考试即对其进行考查（2008 年卷一第 97 题），但劳动争议调解仲裁法 2010 年才被收入司法考试大纲。2011 年大纲正式删除企业劳动争议处理条例，劳动争议调解仲裁法彻底取代了企业劳动争议处理条例。

国际法：大纲、教材及法规变化解读

◆ **新旧大纲对照**

与 2010 年相比，2011 年国际法部分以修订完善教材内容为主，大纲新增考点 1 个，即第七章第一节"国际争端与解决方法"中，新增考点"国际争端的特点和类型"。

◆ **教材增删解读**

国际法上的国际争端或国际纠纷，主要是指国家之间在国际关系或交往中产生的利益矛盾、权利对立或行为冲突。它的特点是：第一，争端的主体主要是国家，争端涉及的利益或权利往往关系重大；第二，争端往往包括多种因素，情况复杂，国际社会不存在超国家的裁决机构，国家在解决争端中仍起决定作用；第三，争端解决受各种政治力量的制约和影响。

一般地，将国际争端分为三种类型：

（1）政治性争端。它是指直接涉及当事国主权独立等重大政治利益的争端。对这类争端，国际法不能或尚未形成确切或具体的权利义务规则，很难用法律方法解决。这种争端也被称为"不可法律裁判"的争端。如富国与穷国间的经济矛盾、不同政治制度之间的矛盾、宗教间的矛盾，都是较典型的政治性或不可裁判性争端。

（2）法律性争端。它是指所涉事项上当事国以国际法作为依据提出争端，这种争端也被称为"可法律裁判"的争端。

（3）事实性争端。它是指国家间对某种情况或事项的事实真相发生争执的争端，这种争端需要对事实本身予以澄清而不是对是非曲直作出判定。

上述分类只具有相对意义，主要作用在于对不同类型的争端采取不同的解决方法。实践中，许多争端往往是这三种类型的混合。

◆ **法规变化说明**

无变化。

国际私法：大纲、教材及法规变化解读

 新旧大纲对照

与2010年相比，2011年国际私法部分根据涉外民事关系法律适用法作了较大幅度的修改，新增考点17个，变更考点7个，删除考点1个。

【新增考点】

1. 第四章"适用冲突规范的制度"：

（1）第一节"识别"改为"定性"，并对相应考点作了调整，"定性的依据"下新增子考点"中国关于定性的规定"。

（2）第四节"公共秩序保留"下新增考点"公共秩序保留与'直接适用的法'"。

2. 第五章"国际民商事关系的法律适用"：

（1）第一节"权利能力和行为能力"中，新增3个子考点："中国关于自然人权利能力法律适用的规定"、"中国关于自然人行为能力法律适用的规定"和"中国关于法人权利能力和行为能力法律适用的规定"。

（2）第三节"债权"中，新增考点"不当得利和无因管理的法律适用"。

（3）第四节"商事关系"中，新增2个考点："代理的法律适用"、"信托的法律适用"。

（4）第五节"婚姻与家庭"中，新增4个子考点："中国关于夫妻关系法律适用的规定"、"中国关于父母子女关系法律适用的规定"、"中国关于扶养法律适用的规定"、"中国关于监护法律适用的规定"。

（5）第六节"继承"中，考点"遗嘱的法律适用"下新增1个子考点："中国关于遗嘱法律适用的规定"；新增1个考点："遗产管理的法律适用"。

（6）新增第七节"知识产权"，包括考点"知识产权归属的法律适用"、"知识产权转让的法律适用"和"知识产权侵权的法律适用"。

 教材增删解读

一、中国关于定性的规定

《涉外民事关系法律适用法》第8条规定：涉外民事关系的定性，适用法院地法。

二、公共秩序保留与"直接适用的法"

尽管公共秩序保留与"直接适用的法"有联系，但它们是国际私法上两个不同的问题。"直接适用的法"是晚近在欧洲发展起来的一种理论，在这种理论看来，"直接适用的法"是那些在国际民商事交往中，为了维护其国家和社会的重大利益，无须借助法律选择规范的指引而直接适用于国际民商事关系的强制性法律规范。虽然有人认为这种观念在某种程度上是传统国际私法中所谓"积极的公共秩序"观念的发展和延伸，但"直接适用的法"不同于公共秩序保留之处在于：在法律适用领域，公共秩序保留发生在某一涉外民事关系根据法院地冲突规范的指引应受某一外国法支配，但该外国法的适用将损害法院地公序良俗，从而排除该外国法的适用，转而适用法院地法的情形；而"直接适用的法"抛开法院地冲突规范的指引，直接适用于涉外民事关系。《涉外民事关系法律适用法》第4条规定：中华人民共和国法律对涉外民事关系有强制性规定的，直接适用该强制性规定。它第一次规定了国家对涉外民事关系所作的强制性规定的直接适用，这是根据中国改革开放实际对国际上"直接适用的法"理论的吸纳和扬弃。

三、权利能力和行为能力

（一）中国关于自然人权利能力法律适用的规定

《涉外民事关系法律适用法》第11条规定：自然人的民事权利能力，适用经常居所地法律。第13条规定：宣告失踪或者宣告死亡，适用自然人经常居所地法律。

（二）中国关于自然人行为能力法律适用的规定

《涉外民事关系法律适用法》第12条规定：自然人的民事行为能力，适用经常居所地法律。自然人从事民事活动，依照经常居所地法律为无民事行为能力，依照行为地法律为有民事行为能力的，适用行为地法律，但涉及婚姻家庭、继承的除外。

（三）中国关于法人权利能力和行为能力法律适用的规定

《涉外民事关系法律适用法》第14条规定：法人及其分支机构的民事权利能力、民事行为能力、组织机构、股东权利义务等事项，适用登记地法律。法人的主营业地与登记地不一致的，可以适用主营业地法律。我国有些法律还直接规定了外国法人可以享有的具体权利。

四、不当得利与无因管理

不当得利是指没有法律上的原因取得利益，致他人受损害的事实。各国对不当得利的法律适用主要有以下几种：（1）适用原因事实发生地法；（2）适用支配原法律义务或关系的法律；（3）适用当事人属人法；（4）适用法院地法；（5）选择适用多种法律。

无因管理是指未受委托，又无义务，而为他人管理财产或事务，因而支出劳务或费用，可要求他人返还的债权债务关系。国际上对无因管理的法律适用，主要有以下主张：（1）适用事务管理地法；（2）适用当事人共同本国法；（3）适用支配原法律义务或关系的法律；（4）适用本人的住所地法。

《涉外民事关系法律适用法》第47条规定：不当得利、无因管理，适用当事人协议选择适用的法律。当事人没有选择的，适用当事人共同经常居所地法律；没有共同经常居所地的，适用不当得利、无因管理发生地法律。

五、商事关系

（一）代理的法律适用

代理是代理人以被代理人的名义在代理权限内与第三人为法律行为，而此种行为的后果直接归被代理人承担。因此，代理关系涉及被代理人、代理人和第三人。由于各国关于代理的理论基础、立法模式、种类和具体内容并不相同，国际代理关系不可避免地发生法律适用问题。绝大多数国家区分代理内部关系、代理外部关系和代理权，分别确定其法律适用规则，但做法并不完全一致。例如，对代理权的法律适用，各国有以下不同做法：（1）适用被代理人住所地法或代理内部关系的准据法；（2）适用主要交易合同的准据法；

（3）适用代理人行为地法；（4）适用代理人营业地法或居所地法；（5）适用代理权实施地法。

《涉外民事关系法律适用法》第16条规定：代理适用代理行为地法律，但被代理人与代理人的民事关系，适用代理关系发生地法律。当事人可以协议选择委托代理适用的法律。

（二）信托的法律适用

一般认为，信托是指委托人将财产权转移于受托人，受托人根据信托文件，为受益人利益或特定目的而进行管理或处分信托财产的法律关系。因此，信托关系涉及委托人、受托人和受益人三个主体。由于各国关于信托的含义和种类、信托财产权的构成、信托的生效要件和具体内容有很大差别，国际信托关系也会产生法律适用问题。尽管在立法上明确规定信托的法律适用的国家并不多，但多数国家的理论和判例普遍支持灵活性、开放性的冲突规则。我国涉外民事关系法律适用法也基本采取了这种主张，其第17条规定：当事人可以协议选择信托适用的法律。当事人没有选择的，适用信托财产所在地法律或者信托关系发生地法律。

六、婚姻与家庭

（一）中国关于夫妻关系法律适用的规定

《涉外民事关系法律适用法》第23条规定：夫妻人身关系，适用共同经常居所地法律；没有共同经常居所地的，适用共同国籍国法律。第24条规定：夫妻财产关系，当事人可以协议选择适用一方当事人经常居所地法律、国籍国法律或者主要财产所在地法律。当事人没有选择的，适用共同经常居所地法律；没有共同经常居所地的，适用共同国籍国法律。

（二）中国关于父母子女关系法律适用的规定

《涉外民事关系法律适用法》第25条规定：父母子女人身、财产关系，适用共同经常居所地法律；没有共同经常居所地的，适用一方当事人经常居所地法律或者国籍国法律中有利于保护弱者权益的法律。

（三）中国关于扶养法律适用的规定

《涉外民事关系法律适用法》第29条规定：扶养，适用一方当事人经常居所地法律、国籍国法律或者主要财产所在地法律中有利于保护被扶养人权益的法律。参照我国的司法实践，此处的扶养包括父母对子女的抚养关系、夫妻之间的扶养关系和子女对父母的赡养关系。

（四）中国关于监护法律适用的规定

《涉外民事关系法律适用法》第30条规定：监护，适用一方当事人经常居所地法律或者国籍国法律中有利于保护被监护人权益的法律。

◆ **法规变化说明**

2011年大纲中新增两个法律文件，一是涉外民事关系法律适用法，二是最高人民法院关于审理涉台民商事案件法律适用问题的规定。

涉外民事关系法律适用法无疑是2011年国际私法部分最大的变化，本书将在新增法规解读部分对该法进行全面精细的解读。

国际经济法：大纲、教材及法规变化解读

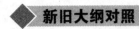 **新旧大纲对照**

与 2010 年相比，2011 年国际经济法部分大纲新增 1 个考点，即第二章第二节《国际贸易术语解释通则》中新增考点"2010 年《国际贸易术语解释通则》的主要修改"。

教材增删解读

2010 年国际商会修订了通则，称为《国际贸易术语解释通则®2010》（Incoterms® 2010）（以下简称"2010 年通则"），通则于 2010 年 9 月 27 日公布，于 2011 年 1 月 1 日正式生效。新术语在格式上是有要求的，需注明 Incoterms®rules 2010，加了一个注册商标®的要求，当事人希望用新术语必须注明适用新术语，以后两个版本并存由当事人选择适用。当然没有注明®，只写了 2010 年通则，也可以适用 2010 年通则。新通则与 2000 年通则相比，主要有下列修改：

（一）术语结构上的变化

此次修订后整合为 11 种贸易术语，且按照所适用的运输方式划分为两大类：

1. 适用于任何运输方式的术语：包括 EXW（工厂交货）、FCA（货交承运人）、CPT（运费付至）、CIP（运费和保险费付至）、DAT（运输终端交货）、DAP（目的地交货）、DDP（完税后交货）。

2. 适用于水上运输方式的四种：包括 FAS（船边交货）、FOB（船上交货）、CFR（成本加运费）、CIF（成本、保险费加运费）。

（二）适用范围

新术语同时适用于国际和国内贸易问题，即术语的适用不再限于国际贸易。

（三）术语义务项目上的变化

每种术语项下买卖双方各自的义务虽然仍列为十个项目，但与 2000 年通则不同之处在于：卖方在每一项目中的具体义务不再对应买方在同一项目中相应的义务，而是改为分别描述，并且各项目内容也有所调整。

（四）新增 DAI 和 DAP 两个术语

1. DAT（delivered at terminal）（中文：运输终端交货），适用于任何运输方式。具体内容：

（1）交货：卖方必须在约定日期或期限内，在指定港口或运输终端，将货物从抵达的运输工具上卸下，并交由买方处置。"terminal"可以是任何地点，如码头、仓库、集装箱堆场或者铁路、公路或航空货运站等。

（2）风险：卖方承担交货完成前货物灭失或损坏的一切风险。

（3）手续：①卖方自负风险和费用，取得所有出口许可和其他官方授权，办理出口和交货前从他国过境运输所需的一切海关手续。②买方必须自负风险和费用，取得所有进口许可或其他官方授权，办理货物进口的一切海关手续。

（4）一般义务：①卖方提供符合买卖合同约定的货物和商业发票，及合同可能要求的其他与合同相符的单证，买方应收取货物和交货凭证。②买方必须按买卖合同约定支付价款。

（5）运输：卖方自付费用签订运输合同，将货物运至约定港口或目的地的指定运输终端，如无特别约定，卖方可在约定港口或目的地，选择最适合其目的的运输终端。

（6）保险：双方之间均无订立保险合同的义务，但应对方要求，双方均应向对方提供取得保险所需信息。由于 DAT 是在买方所在地交货，卖方需要将货物运输过去，运输途中的风险都是卖方承担，因此，虽然卖方对买方没有保险的义务，但其为了成功交货，应当办理保险。

（7）信息：卖方和买方分别要帮助对方提供包括与安全有关的信息和文件，受助方应承担因此发生的费用和风险。

2．DAP（delivered at place）（中文：目的地交货），适用于任何运输方式。在交货上，卖方必须在约定时间或期限内，在约定的地点或指定目的地，将仍处于抵达的运输工具上、且已做好卸载准备的货物交由买方处置。

两新术语的主要差异是 DAT 下卖方需要承担把货物由目的地（港）运输工具上卸下的费用，DAP 下卖方只需在指定目的地使货物处于买方控制之下，而无须承担卸货费。

（五）增加了与安全有关的内容

2010 年通则要求卖方和买方分别要帮助对方提供包括与安全有关的信息和文件，因此而发生的费用由受助方承担。这主要是考虑到"9·11"事件后各国加强了安全措施。为与此配合，进出口商在某些情形下必须提前提供有关货物接受安全扫描和检验的相关信息。

（六）"船舷"的变化

2000 年通则针对传统的适用于水上运输的主要贸易术语如 FOB、CFR 和 CIF 均强调卖方承担货物在指定装运港越过船舷时为止的一切风险，买方承担货物自在指定装运港越过船舷时起的一切风险。2010 年通则中这三种术语的风险转移不再设定"船舷"的界限，只强调卖方承担货物装上船为止的一切风险，买方承担货物自装运港装上船开始起的一切风险，强调在 FOB、CFR 和 CIF 项下买卖双方的风险以货物在装运港口被装上船时为界。

（七）链式销售的补充

2010 年通则在指导性说明中对 FAS、FOB、CFR 和 CIF 几种适用于水上运输的术语首次提及"链式销售"（String Sales），在 CPT 和 CIP 的 A3 项中也有提及。大宗货物买卖中，货物常在一笔连环贸易下的运输期间被多次买卖，"获得"（procure）不等同于控制或占用，由于连环贸易中货物由第一个卖方运输，作为中间环节的卖方就无须装运货物，而是因"获得"所装运的货物而履行其义务。因此，新通则对此连环贸易模式下卖方的交付义务做了细分，也弥补了以前版本中在此问题上未能反映的不足。

◆ **法规变化说明**

　　国际商会在 2010 年 9 月 27 日全球发布《国际贸易术语解释通则®2010》英文版，权威的中文版本至今没有公布。所以，大纲中所列的仍然是《2000 年国际贸易术语解释通则》，考生应按照旧版复习，再结合新版的变化进行掌握。

刑法：大纲、教材及法规变化解读

◆ 新旧大纲对照

与2010年相比，2011年刑法部分主要根据刑法修正案（八）作出调整，大纲删除1个考点，新增3个考点：

1. 第十六章"危害公共安全罪"中，第二节"普通罪名"里新增考点"危险驾驶罪"。

2. 第二十五章"侵害公民人身权利、民主权利罪"中，第二节"普通罪名"里新增考点"组织出卖人体器官罪"。

3. 第二十六章"侵犯财产罪"中，第二节"普通罪名"里新增考点"拒不支付劳动报酬罪"。

◆ 教材增删解读

一、危险驾驶罪

本罪是指在道路上驾驶机动车追逐竞驶，情节恶劣，或者在道路上醉酒驾驶机动车的行为。本罪为危险犯，只要行为人在道路上驾驶机动车追逐竞驶，情节恶劣，或者在道路上醉酒驾驶机动车，即构成本罪。危险驾驶行为同时构成交通肇事罪或者以危险方法危害公共安全罪等犯罪的，依照处罚较重的规定定罪处罚，不实行数罪并罚。犯本罪的，处拘役，并处罚金。

二、组织出卖人体器官罪

本罪是指组织他人出卖人体器官的行为。所谓组织，是指采用劝说、利诱等手段，安排他人出卖人体器官。被组织的对象必须是年满18周岁的人，本人同意摘取其器官。本人同意是本罪必备的成立条件。如果未经本人同意摘取其器官，或者摘取不满18周岁的人的器官，或者强迫、欺骗他人捐献器官的，不构成本罪，应以故意伤害罪、故意杀人罪追究刑事责任。被组织出卖的人体器官必须是活体器官，如果组织出卖的是尸体器官的，不构成本罪。违背本人生前意愿摘取其尸体器官，或者本人生前未表示同意，违反国家规定，违背其近亲属意愿摘取其尸体器官的，构成盗窃、侮辱尸体罪。

三、拒不支付劳动报酬罪

本罪是指以转移财产、逃匿等方法逃避支付劳动者的劳动报酬或者有能力支付而不支付劳动者的劳动报酬，数额较大，经政府有关部门责令支付仍不支付的行为。

本罪在客观方面表现为：（1）行为人拒不支付劳动报酬，即行为人负有支付劳动者劳动报酬的义务，却以转移财产、逃匿等方法逃避支付劳动报酬，或者有能力支付而不支付劳动报酬。（2）拒不支付的劳动报酬必须数额较大。拒不支付的劳动报酬数额较小的，应当通过民事途径解决。（3）经政府有关部门责令支付仍不支付。只要在政府有关部门责令支付的法定期限内没有支付劳动报酬，即构成本罪。超出法定支付期限，即使事后支付了劳动报酬，并依法承担了赔偿责任，也不影响本罪的成立，但可以对行为人减轻或者免除处罚。本罪的主体为债务人，包括自然人和单位。主观方面为故意犯。

◆ **法规变化说明**

刑法方面，今年最大的变化无疑是刑法修正案（八），考点众多，值得特别关注。其他新增的 6 个司法解释也具有一定的考试价值，考生可以适当关注。

今年新增的 7 个法律文件如下：

1. 中华人民共和国刑法修正案（八）

2. 最高人民法院关于处理自首和立功若干具体问题的意见

3. 最高人民法院关于《中华人民共和国刑法修正案（八）》时间效力问题的解释

4. 最高人民法院、最高人民检察院关于办理诈骗刑事案件具体应用法律若干问题的解释

5. 最高人民法院、最高人民检察院、公安部、司法部关于办理侵犯知识产权刑事案件适用法律若干问题的意见

6. 最高人民法院关于审理非法集资刑事案件具体应用法律若干问题的解释

7. 最高人民法院、最高人民检察院、公安部关于办理网络赌博犯罪案件适用法律若干问题的意见

刑事诉讼法：大纲、教材及法规变化解读

◆ 新旧大纲对照

2011 年刑事诉讼法部分调整较大，变更考点 3 个，删除考点 4 个，新增考点 20 个。新增考点如下：

1. 第一章第一节"刑事诉讼法概念"中，新增考点"刑事诉讼法和法治国家"。

2. 第四章第一节"立案管辖"中，新增考点"监狱和军队保卫部门立案侦查的案件"。

3. 第六章新增第一节"辩护制度概述"，包括考点"辩护"、"辩护权"、"辩护制度和辩护制度的意义"；第二节新增"辩护的种类"。

4. 第七章"刑事证据"中：（1）第一节"刑事证据的概念和意义"改为"刑事证据的概念和基本属性"，其下考点相应调整，新增考点"刑事证据的概念"、"刑事证据的基本属性"、"刑事证据的意义"和"刑事证据的基本原则"。（2）新增第四节"刑事证据规则"，包括考点"刑事证据的概念、意义及分类"、"关联性规则"、"非法证据排除规则"、"自白任意规则"、"传闻证据规则"、"意见证据规则"、"补强证据规则"、"最佳证据规则"。

5. 第八章第一节"强制措施概念"中，新增考点"适用强制措施的原则和应当考虑的因素"。

6. 第十章第一节"期间"，新增考点"期间的重新计算"。

◆ 教材增删解读

2011 年教材中新增的考点讲解具有浓厚的理论色彩，容易出论述题考查，考生需要特别关注，不但要理解，而且要掌握一些关键句子的具体表述，为论述题答题准备素材。

一、刑事诉讼法与法治国家

刑事诉讼法在实现法治国家方面的作用，集中体现在与宪法的关系之中。刑事诉讼法与宪法的关系，一方面体现为其在宪法中的重要地位，以至于宪法关于程序性条款的规定成为法治国家的基本标志；另一方面体现为其在维护宪法制度方面发挥的重要作用。

1. 刑事诉讼的程序性条款在宪法条文中的重要地位。这些体现法治主义的有关刑事诉讼的程序性条款，构成了各国宪法或宪法性文件中关于人权保障条款的核心。宪法是静态的刑事诉讼法，刑事诉讼法是动态的宪法。程序决定了法治与恣意的人治之间的主要区别，是因为预先存在的程序设计了权力与权利行使的依据和框架，通过预先规定明确的权利和义务，规范法律实施官员和诉讼参与人的行为，为秩序、公正、自由等的实现提供了基本前提和条件。从这个意义上说，程序意味着法治主义。

2. 刑事诉讼法在维护宪法制度方面发挥的重要作用。为维护宪法确认的制度和原则，国家制定实体刑法并通过刑事程序对破坏宪法制度而构成犯罪的人予以制裁。同时，国家要确保宪法所保障的公民基本权利，非依法律规定不得侵犯。刑事诉讼直接涉及公民的基本权利特别是人身自由，所以，必须对国家在刑事诉讼中的权力予以限制。刑事诉讼法通过调整和平衡打击犯罪和保障公民人身自由，从而承担防止司法权滥用而保障公民人身自由等任务。各国刑事诉讼法律规范中有关强制措施的适用权限、条件、程序、羁押期限、辩护、侦查、审判的原则与程序等规定，都直接体现了宪法或宪法性文件关于公民人身、住宅、财产不受非法搜查、逮捕、扣押以及犯罪嫌疑人、被告人有权获得辩护等规定的精神。就是说，宪法的许多规定，一方面，要通过刑事诉讼法保证刑法的实施来实现；另一方面，要通过刑事诉讼法本身的实施来实现。

可以说，不论从保障刑法得以实施的角度讲，还是从刑事诉讼法直接实现宪法规定的作用来看，刑事诉讼法在实现法治国家中的价值都是不容忽视的。尤其是后者，由于刑事诉讼法规范和限制了国家权力，因而成为保障公民基本人权和自由的基石。而国家权力得以规范行使与公民基本人权和自由得以充分保障，正是法治国家的基本标志。

二、辩护制度概述

（一）辩护、辩护权与辩护制度

1. 辩护，是指辩方（犯罪嫌疑人、被告人及其辩护人）针对控方（公诉机关或者自诉人）对犯罪嫌疑人、被告人的指控，从实体和程序上提出有利于犯罪嫌疑人、被告人的事实和理由，以辩明犯罪嫌疑人、被告人无罪、罪轻或者应当减轻、免除刑事处罚，以及犯罪嫌疑人、被告人的程序权利受到侵犯，以维护犯罪嫌疑人、被告人合法权益的诉讼活动。辩护与控诉相对应，是刑事诉讼中一种防御性的诉讼活动。

2. 辩护权，是法律赋予受到刑事追诉的人针对所受到的指控进行反驳、辩解和申辩，以维护其合法权益的一种诉讼权利。辩护权是犯罪嫌疑人、被告人各项诉讼权利中最为基本的权利，在各项权利中居于核心地位。我国《宪法》第125条规定，被告人有权获得辩护。因此，辩护权是犯罪嫌疑人、被告人所享有的一项宪法性权利。

刑事诉讼中，犯罪嫌疑人、被告人处于被追诉的不利地位，需要面对以国家强大的司法资源为后盾的侦查和控告机关，处于一种天然的弱势地位，因此，为了保证及时查明案件事实，正确适用法律，准确、合法地惩罚犯罪者，保障无罪的人不受刑事追究，应当赋予并充分保障犯罪嫌疑人、被告人的辩护权。

辩护权，归纳起来有以下几个特点：（1）辩护权贯穿于整个刑事诉讼的过程中，不受诉讼阶段的限制；（2）辩护权不受犯罪嫌疑人、被告人是否有罪以及罪行轻重的限制；（3）辩护权不受案件调查情况的限制，无论案件事实是否清楚，证据是否确实充分，犯罪嫌疑人、被告人都依法享有辩护权；（4）辩护权不受犯罪嫌疑人、被告人认罪态度的限制，无论他们是否认罪，是否坦白交代，均不能作为限制其辩护权的理由；（5）辩护权的行使不受辩护理由的限制，不管具体案件的犯罪嫌疑人、被告人是否具备充分合理的辩护理由，均不影响他们行使辩护权。

3. 辩护制度，是法律规定的关于犯罪嫌疑人、被告人行使辩护权和公安司法机关等有义务保障他们行使辩护权的一系列规则的总称，包括辩护权、辩护种类、辩护方式、辩护人的范围、辩护人的责任、辩护人的权利与义务等。在我国，刑事诉讼法是辩护制度的主要法律渊源，此外，宪法、律师法及相关司法解释也是辩护制度的重要渊源。

辩护、辩护权和辩护制度之间的关系是：辩护是辩护权的外化，辩护权是通过各种具体的辩护活动实现的；辩护权是辩护制度产生的基础，如果没有辩护权，辩护制度就不可能存在；辩护制度是辩护权的保障，没有辩护制度，就不可能保障犯罪嫌疑人、被告人充分行使辩护权。

（二）辩护制度的意义

1. 辩护制度的设立有利于发现真相和正确处理案件。从收集证据的过程看，刑事辩护制度可增强收集证据的全面性；从法官审查判断证据过程看，刑事辩护制度有利于客观真相的揭示，同时有利于抑制法官的主观片面性和随意性。这些都有利于司法机关准确、及时地查明案情和正确适用法律，提高案件质量。

2. 辩护制度是实现程序正义的重要保障。辩护制度对于实现程序正义的作用突出表现在：有助于刑事诉讼中形成合理的诉讼结构；使被追诉者能够积极参与诉讼过程；有助于对被追诉者的合法权益进行保护；有助于对国家权力形成有力的监督和制约。

在刑事诉讼中，程序正义的核心内容就是对被指控的人的个人权利加以保护，并对国家权力加以制约。辩护制度对于实现程序正义的作用是其意义的最重要体现。正是对这一意义的充分肯定，才使得刑事辩护制度在现代刑事司法制度中具有不可动摇的地位。

3. 辩护制度对于法制宣传教育也有积极意义。在法庭上，通过控辩双方的辩论，可以使旁听群众了解案情，明辨是非，增强他们的法制观念，同时也能增强群众对判决的认同感，有利于树立司法权威。

三、刑事证据制度的基本原则

刑事证据制度的基本原则，是指构建以及实践刑事证据制度时应该遵循的原则。通常认为，刑事证据制度的基本原则包括证据裁判原则、自由心证原则与直接言词原则。

（一）证据裁判原则

证据裁判原则，又称证据裁判主义、证据为本原则，是指对于案件事实的认定，必须有相应的证据予以证明。没有证据或者证据不充分，不能认定案件事实。证据以其特有的理性证明功能占据了裁判的主导地位，证据裁判原则成为现代证据制度的奠基原则。

一般而言，证据裁判原则包括以下几个方面的含义：（1）认定案件事实必须依靠证据，没有证据不能认定案件事实，除非法律另有规定。（2）用于认定案件事实的证据必须具有证据能力，即具有证据资格。（3）用于定案的证据必须是在法庭上查证属实的证据。

我国《刑事诉讼法》第46条规定，对一切案件的判处都要重证据，重调查研究，不轻信口供。只有被告人供述，没有其他证据的，不能认定被告人有罪和处以刑罚；没有被告人供述，证据充分、确实的，可以认定被告人有罪和处以刑罚。第162条规定，在被告人最后陈述后，审判长宣布休庭，合议庭进行评议，根据已经查明的事实、证据和有关的法律规定，作出判决。证据不足，不能认定被告人有罪的，应当作出证据不足、指控的犯罪不能成立的无罪判决。我国刑事诉讼法虽然没有明确指出诉讼中的案件事实应依据证据认定，但对证据在认定事实中的决定性作用给予了极大的肯定，这与证据裁判原则的基本要求是一致的。《关于办理死刑案件审查判断证据若干问题的规定》（以下简称《死刑案件证据规定》）第2条规定，认定案件事实，必须以证据为依据。这对证据裁判原则进行了比较明确的规定。此外，依据最高人民法院、最高人民检察院、公安部、国家安全部、司法部印发《关于办理死刑案件审查判断证据若干问题的规定》和《关于办理刑事案件排除非法证据若干问题的规定》的通知，办理其他刑事案件参照《死刑案件证据规定》执行。也就是说，在认定所有刑事案件事实时，都要以证据为依据。

（二）自由心证原则

自由心证原则是指证据的取舍、证据的证明力大小以及对案件事实的认定规则等，法律不预先加以明确规定，而由裁判主体按照自己的良心、理性形成内心确信，以此对案件事实予以认定的一项证据原则。在刑事诉讼中，作为最终定案根据的证据一般要经历证据的发现、收集以及对证据的质证、认证等过程，自由心证原则并非适用于所有这些和证据有关的过程，它是只适用于最终裁判阶段的原则。自由心证原则产生于18世纪末，是在克服法定证据制度武断、僵化的弊端的基础上产生的，为西方国家尤其是大陆法系国家普遍采用。

通常认为，自由心证原则包含两方面的内容：一是自由判断，二是内心确信。所谓"自由判断"，是指除法律另有规定的以外，证据及其证明力由法官自由判断，法律不作预先规定。法官判断证据证明力时，不受外部的任何影响或法律上关于证据证明力的约束。需要注意的是，"自由"并不是任意、不受限制，自由心证不是让法官依照个人情感及认识去自由擅断。自由心证中的"自由"是相对的自由，它要受到整个法律体系中一系列法律制度和规定的制约，法官应当在适用各种证据规则并慎重考虑庭审证据调查与辩论的全部过程的基础上，依据自由心证对案件事实作出判断。所谓"内心确信"，是指法官通过对证据的判断所形成的内心信念，并且应达到深信不疑的程度，由此判定事实。"内心确信"禁止法官根据似是而非、尚有疑虑的主观感受判定事实。

我国对自由心证原则一直存有较大争议。在过去很长一段时间内不承认自由心证，认为自由心证以唯心主义为思想基础，与我国判断证据的指导思想和原则相违背。近年来，国内逐步认识到自由心证原则有其合理之处。最高人民法院《关于民事诉讼证据的若干规定》第64条规定，审判人员应当依照法定程序，全面、客观地审核证据，依据法律的规定，遵循法官职业道德，运用逻辑推理和日常生活经验，对证据有无证明力和证明力大小独立进行判断，并公开判断的理由和结果。这条规定吸纳了自由心证原则的精神，表明自由心证原则在一定程度上得到了我国的认可。

四、刑事证据规则

（一）刑事证据规则的概念、意义及分类

刑事证据规则，是指在刑事证据制度中，控辩双方收集和出示证据，法庭采纳和运用证据认定案件事实必须遵循的重要准则。

司法活动中的证明，是运用证据材料按照思维逻辑判断某种事实真相的过程。为了防止主观臆断，保证判断的准确性，对于证据的取舍和运用，不能不受到某些规则或原则的制约。无论是取证、举证、质证还是认证，都要在既定规则框架下进行。这些规则在法律上体现为证据规则。证据规则的意义在于：一是有利于保证证据的真实性、可靠性，查明案件事实；二是有利于保护人权，实现司法公正；三是有利于保障刑事诉讼高效、有序运作，从而提高诉讼效率。

从内容上看，证据规则大体包括两类：一类是调整证据能力的规则，例如传闻证据规则、非法证据排除规则、意见证据规则、最佳证据规则等；另一类是调整证明力的规则，例如关联性规则、补强证据规则等。

在我国，立法虽然没有对"刑事证据规则"作出明确规定，但刑事诉讼法及司法解释的相关规定实际上已经对一些刑事证据规则有所涉及。这些规定有的较为笼统，只是体现了某一刑事证据规则的精神，有的则作了较为细化的规定。以下结合我国刑事诉讼法及相关司法解释的已有规定，介绍一系列刑事证据规则。

（二）关联性规则

关联性规则，是指只有与案件事实有关的材料，才能作为证据使用。关联性是证据被采纳的首要条件。没有关联性的证据不具有可采性，但具有关联性的证据未必都具有可采性，仍有可能出于利益考虑，或者由于某种特殊规则，而不具有可采性。按照关联性规则，侦控、审判人员在调查收集证据时，应当限于与本案有关的证据材料；在审查判断证据时，应当注意排除与本案无关的证据材料。

一般而言，英美证据法认为下列几种证据不具关联性，不得作为认定案件事实的依据：（1）品格证据。一般规则是，一个人的品格或者品格特征的证据，在证明这个人于特定环境下实施了与此品格相一致的行为问题上不具有关联性。（2）类似行为。一般规则是，被告人在其他场合的某一行为与他在当前场合的类似行为通常没有关联性。（3）特定的诉讼行为。例如曾作有罪答辩后来又撤回等，不得作为不利于被告人的证据采纳。（4）特定的事实行为。例如关于事件发生后某人实施补救措施的事实等，一般情况下不得作为行为人对该事实负有责任的证据加以采用。（5）被害人过去的行为。例如在性犯罪案件中，有关受害人过去性行为方面的名声或评价的证据，一律不予采纳。但是，上述证据不具关联性也并非绝对，而是存在一些例外的情况。

证据的关联性一直为我国证据法理论所强调，我国有关司法解释体现了关联性规则的精神，例如最高人民法院《关于执行〈中华人民共和国刑事诉讼法〉若干问题的解释》（以下简称《刑诉法解释》）第 136 条第 1 款规定，审判长对于控辩双方讯问、发问被告人、被害人和附带民事诉讼原告人、被告人的内容与本案无关或者讯问、发问的方式不当的，应当制止。该规定表明，对于与本案无关的证据，法官有权依职权不予调查，从而防止诉讼争点的混乱和证据调查范围的无限扩大，节约司法资源，提高诉讼效率。《刑诉法解释》第 139 条规定，控辩双方要求证人出庭作证，向法庭出示物证、书证、视听资料等证据，应当向审判长说明拟证明的事实，审判长同意的，即传唤证人或者准许出示证据；审判长认为与案件无关或者明显重复、不必要的证据，可以不予准许。该规定要求，当且仅当控辩双方提交的证据具有关联性时，法庭才允许其进入法庭调查，对无关或重复的证据，法庭可以不予采纳。《死刑案件证据规定》第 32 条第 1 款规定，对证据的证明力应当结合案件的具体情况，从各证据与待证事实的关联程度、各证据之间的联系程度等方面进行审查判断。在第 6、23、24、27、29 条，又分别对物证、书证、鉴定意见、视听资料的关联性进行了规定，要求着重审查这些证据的内容与案件事实有无关联性。

（三）非法证据排除规则

非法证据排除规则，是指违反法定程序，以非法方法获取的证据，原则上不具有证据能力，不能为法庭采纳。既包括非法言词证据的排除，也包括非法实物证据的排除。

非法证据排除规则在刑事诉讼中的确立，是价值权衡的结果：如果允许将非法取得的证据作为定案根据，有时对查明案情、实现国家的刑罚权是有帮助的，但这样做又是以侵犯宪法保障的公民基本权利、违反程序公正为代价的；反之，如果将非法取得的证据一律排除，又可能影响到对犯罪的查明和惩治。从近现代刑事诉讼制度的发展趋势来看，人权保障的价值目标愈来愈受到重视，日渐成为一种优位的价值理念，当惩罚犯罪与人权保障发生冲突时，各国越来越倾向于优先保障人权。因此，各国立法均在一定程度上确立了非法证据排除规则，但为了兼顾惩罚犯罪的客观需要，多数国家又确立了一些例外。

在我国，为保证证据收集的合法性，刑事诉讼法及相关司法解释对于证据的收集、固定、保全、审查判断、查证核实等，都规定了严格的程序。《刑事诉讼法》第43条规定，严禁刑讯逼供和以威胁、引诱、欺骗以及其他非法的方法收集证据。《刑诉法解释》第61条规定，严禁以非法的方法收集证据。凡经查证确实属于采用刑讯逼供或者威胁、引诱、欺骗等非法的方法取得的证人证言、被害人陈述、被告人供述，不能作为定案的根据。《人民检察院刑事诉讼规则》第265条也规定，以刑讯逼供或者威胁、引诱、欺骗等非法的方法收集的犯罪嫌疑人供述、被害人陈述、证人证言，不能作为指控犯罪的根据。

2010年6月发布的《关于办理刑事案件排除非法证据若干问题的规定》（简称《排除非法证据规定》）对我国的非法证据排除规则作了明确具体的规定：

1. 明确非法证据排除的范围。

《排除非法证据规定》第1条规定，采用刑讯逼供等非法手段取得的犯罪嫌疑人、被告人供述和采用暴力、威胁等非法手段取得的证人证言、被害人陈述，属于非法言词证据。第2条规定，经依法确认的非法言词证据，应当予以排除，不能作为定案的根据。第3条规定，人民检察院在审查批准逮捕、审查起诉中，对于非法言词证据应当依法予以排除，不能作为批准逮捕、提起公诉的根据。第14条规定，物证、书证的取得明显违反法律规定，可能影响公正审判的，应当予以补正或者作出合理解释，否则，该物证、书证不能作为定案的根据。可见，非法言词证据只要其非法性经依法确认即应一律排除，不但不能作为定案的根据，也不能作为批准逮捕和提起公诉的根据。对于非法取得的物证、书证等实物证据，只有在可能影响公正审判且无法补正或作出合理解释的情况下才予排除。

2. 明确了非法取得的被告人审判前供述的排除程序：

（1）被告人及其辩护人在开庭审理前或者庭审中，可以提出被告人审判前供述是非法取得的。法庭在公诉人宣读起诉书之后，应当先行当庭调查被告人审判前供述的合法性。法庭辩论结束前，被告人及其辩护人提出被告人审判前供述是非法取得的，法庭也应当进行调查。

（2）被告人及其辩护人提出被告人审判前供述是非法取得的，法庭应当要求其提供涉嫌非法取证的人员、时间、地点、方式、内容等相关线索或者证据。

（3）经审查，法庭对被告人审判前供述取得的合法性有疑问的，公诉人应当向法庭提供讯问笔录、原始的讯问过程录音录像或者其他证据，提请法庭通知讯问时其他在场人员或者其他证人出庭作证，仍不能排除刑讯逼供嫌疑的，提请法庭通知讯问人员出庭作证，对该供述取得的合法性予以证明。经依法通知，讯问人员或者其他人员应当出庭作证。公诉人提交加盖公章的说明材料，未经有关讯问人员签名或者盖章的，不能作为证明取证合法性的证据。

（4）控辩双方可以就被告人审判前供述取得的合法性问题进行质证、辩论。

（5）法庭对于控辩双方提供的证据有疑问的，可以宣布休庭，对证据进行调查核实。必要时，可以通知检察人员、辩护人到场。庭审中，公诉人为提供新的证据需要补充侦查，建议延期审理的，法庭应当同意。被告人及其辩护人申请通知讯问人员、讯问时其他在场人员或者其他证人到庭，法庭认为有必要的，可以宣布延期审理。

（6）经法庭审查，具有下列情形之一的，被告人审判前供述可以当庭宣读、质证：①被告人及其辩护人未提供非法取证的相关线索或者证据的；②被告人及其辩护人已提供非法取证的相关线索或者证据,法庭对被告人审判前供述取得的合法性没有疑问的;③公诉人提供的证据确实、充分,能够排除被告人审判前供述属非法取得的。对于当庭宣读的被告人审判前供述,应当结合被告人当庭供述以及其他证据确定能否作为定案的根据。

(7)对被告人审判前供述的合法性,公诉人不提供证据加以证明,或者已提供的证据不够确实、充分的,该供述不能作为定案的根据。

(8)对于被告人及其辩护人提出的被告人审判前供述是非法取得的意见,第一审人民法院没有审查,并以被告人审判前供述作为定案根据的,第二审人民法院应当对被告人审判前供述取得的合法性进行审查。检察人员不提供证据加以证明,或者已提供的证据不够确实、充分的,被告人该供述不能作为定案的根据。

(四)自白任意规则

自白任意规则,又称非任意自白排除规则,是指在刑事诉讼中,只有基于被追诉人自由意志而作出的自白(即承认有罪的供述),才具有可采性;违背当事人意愿或违反法定程序而强制作出的供述不是自白,而是逼供,不具有可采性,必须予以排除。在法庭审判过程中,对于控方举出的违反自白任意性规则的犯罪嫌疑人、被告人供述,如果辩护方表示异议的,法官应当禁止控方向法庭提交该证据,并不得以该证据作为裁判的依据。

自白任意规则的确立是一个逐步发展的过程。在自白任意规则产生初期,主要是基于证明方面的考虑,其目的主要在于排除虚假的陈述。因为,被追诉者在受到威胁的情况下所作的供述往往是不真实的、不可靠的。后来,随着被告人人权保障问题日益受到重视,自白任意规则开始与不受强迫自证其罪原则以及无罪推定、人权保障、人格尊严等理念联系在一起。

我国《刑事诉讼法》第 43 条规定,严禁刑讯逼供和以威胁、引诱、欺骗以及其他非法的方法收集证据。《刑诉法解释》第 61 条和《人民检察院刑事诉讼规则》第 265 条规定了非法言词证据的排除规则。《排除非法证据规定》也明确规定了排除非法取得的审判前供述及其具体程序。从法律规定来看,我国已经基本确立了自白任意规则。

(五)传闻证据规则

传闻证据规则,也称传闻证据排除规则,即法律排除传闻证据作为认定犯罪事实的根据的规则。根据这一规则,如无法定理由,任何人在庭审期间以外及庭审准备期间以外的陈述,不得作为认定被告人有罪的证据。

所谓传闻证据,主要包括两种形式:一是书面传闻证据,即亲身感受了案件事实的证人在庭审期间之外所作的书面证人证言,及警察、检察人员所作的(证人)询问笔录;二是言词传闻证据,即证人并非就自己亲身感知的事实作证,而是向法庭转述他从别人那里听到的情况。排除传闻证据的主要理由是:一是传闻证据有可能失真。传闻证据具有复述的性质,可能因故意或过失导致转述错误或偏差。二是传闻证据无法接受交叉询问,无法在法庭上当面对质,其真实性无法证实,也妨碍当事人权利的行使。三是传闻证据并非在裁判官面前的陈述。基于直接言词原则,证据调查应当在法庭上进行,以保证裁判官能够察言观色,辨明其真伪。但是,对于传闻证据,由于裁判官未能直接听取原陈述人的陈述,因而无法观察原始证人作证时的表情和反映,很难判断其真实性和准确性,故而予以排除。

我国《刑事诉讼法》第 47 条规定,证人证言必须在法庭上经过公诉人、被害人和被告人、辩护人双方讯问、质证,听取各方证人的证言并且经过查实以后,才能作为定案的根据。这表明从原则上确认了证人应该出庭作证，如果证人不出庭而只提交书面陈述的，应视为不具有证据能力。但是，《刑事诉讼法》第157条又规定，对未到庭的证人的证言笔录、鉴定人的鉴定结论、勘验笔录和其他作为证据的文书，应当当庭宣读。该规定表明，在立法上似乎又允许一部分证人可以不出庭作证。由此可见，我国现行立法并没有规定传闻证据排除规则，只是部分地体现了该规则的精神。

（六）意见证据规则

意见证据规则，是指证人只能陈述自己亲身感受和经历的事实，而不得陈述对该事实的意见或者结论。

意见证据规则的理论根据主要表现在：（1）证人发表意见侵犯了审理事实者的职权。（2）证人发表意见有可能对案件事实的认定产生误导。（3）普通证人缺乏发表意见所需要的专门性知识或者基本的技能训练与经验。（4）普通证人的意见证据对案件事实的认定没有价值。证人的职责只是把事实提供给法院，而不是发表对该事实的意见。

英美国家将证人分为专家证人与普通证人，允许专家证人基于其专业知识提供意见证据，而普通证人则只能陈述他们所知道的第一手资料，并且只能就事实提供证言，即他们不可以提供意见、推论或者结论，但也确定了一些允许普通证人提供意见证据的例外。

我国将证人和鉴定人予以区分，鉴定结论是一种独立的证据种类，作为某一方面专家的鉴定人的意见可以作为诉讼中的证据。《死刑案件证据规定》对作为专家证人的鉴定意见的审查，作了较为详细的规定；同时，关于普通证人的意见证据，《死刑案件证据规定》第12条第3款也作了规定，即证人的猜测性、评论性、推断性的证言，不能作为证据使用，但根据一般生活经验判断符合事实的除外。

（七）补强证据规则

所谓补强证据，是指用以增强另一证据证明力的证据。一开始收集到的对证实案情有重要意义的证据，称为主证据，而用以印证该证据真实性的其他证据，就称之为补强证据。补强证据规则，是指为了防止误认事实或发生其他危险，而在运用某些证明力显然薄弱的证据认定案情时，必须有其他证据补强其证明力，才能被法庭采信为定案根据。一般来说，在刑事诉讼中需要补强的不仅包括被起诉人的供述，而且包括证人证言、被害人陈述等特定证据。

补强证据必须满足以下条件：（1）补强证据必须具有证据能力。（2）补强证据本身必须具有担保补强对象真实的能力。设立补强证据的重要目的就在于确保特定证据的真实性，从而降低误认风险，如果补强证据没有证明价值，就不可能支持补强证据的证明力。当然，补强证据的作用仅仅在于担保特定补强对象的真实性，而非对整个待证事实或案件事实具有补强作用。（3）补强证据必须具有独立的来源，即补强证据与补强对象之间不能重叠，而必须独立于补强对象，具有独立的来源，否则就无法担保补强对象的真实性。例如，被告人在审前程序中所作的供述就不能作为其当庭供述的补强证据。

我国《刑事诉讼法》第46条规定，只有被告人供述，没有其他证据的，不能认定被告人有罪和处以刑罚；没有被告人供述，证据充分确实的，可以认定被告人有罪和处以刑罚。这一规定，强调了不能把被告人的供述作为定罪和处罚的唯一证据，口供必须得到其他证据的补强才具有证明力。由此可见，我国刑事诉讼法确立了口供需要补强的法则。关于证人证言的补强，《死刑案件证据规定》第37条规定，对于有下列情形的证据应当慎重使用，有其他证据印证的，可以采信：（1）生理上、精神上有缺陷的被害人、证人和被告人，在对案件事实的认知和表达上存在一定困难，但尚未丧失正确认知、正确表达能力而作的陈述、证言和供述；（2）与被告人有亲属关系或者其他密切关系的证人所作的对该被告人有利的证言，或者与被告人有利害冲突的证人所作的对该被告人不利的证言。

（八）最佳证据规则

最佳证据规则，又称原始证据规则，是指以文字、符号、图形等方式记载的内容来证明案情时，其原件才是最佳证据。该规则要求书证的提供者应尽量提供原件，如果提供副本、抄本、影印本等非原始材料，则必须提供充足理由加以说明，否则，该书证不具有可采性。最佳证据规则的着眼点是书证的真实性、可靠性。书证的原件，其真实、可靠程度显然要高于抄件和复印件。由于在抄写或复制的过程中很可能遗漏重要内容或故意弄虚作假，因而抄件或复制件存在虚假的可能性。

我国刑事诉讼法没有明确规定最佳证据规则。《刑诉法解释》第 53 条规定，收集、调取的书证应当是原件。只有在取得原件确有困难时，才可以是副本或者复制件。收集、调取的物证应当是原物。只有在原物不便搬运、不易保存或者依法应当返还被害人时，才可以拍摄足以反映原物外形或者内容的照片、录像。《死刑案件证据规定》第 8 条对此也作了类似规定。这些规定都体现了最佳证据规则的精神。

五、适用强制措施的原则与应当考虑的因素

强制措施在刑事诉讼中发挥着重要作用，但由于强制措施涉及宪法所保障的公民的人身自由权，因此其适用必须慎重，遵循相应的原则并全面考虑相关因素。

适用强制措施应当遵循必要性原则和相当性原则。必要性原则是指只有在为保证刑事诉讼的顺利进行而有必要时方能采取，若无必要，不得随意适用强制措施。相当性原则，又称为比例原则，是指适用何种强制措施，应当与犯罪嫌疑人、被告人的人身危险性程度和涉嫌犯罪的轻重程度相适应。

除遵循上述两项原则外，适用强制措施还要全面考虑一系列因素：（1）犯罪嫌疑人、被告人所实施行为的社会危害性。社会危害性越大，采取强制措施的必要性也就越大，适用的强制措施的强制力度也就越高。（2）犯罪嫌疑人、被告人逃避侦查、起诉和审判或者进行各种妨害刑事诉讼的行为的可能性。可能性越大，采取强制措施的必要性就越高。（3）公安司法机关对案件事实的调查情况和对案件证据的掌握情况。适用强制措施必须按照法定条件，只有根据已经查明的案件事实和已有的证据，才能确定对犯罪嫌疑人、被告人具体采用的强制措施的种类。（4）犯罪嫌疑人、被告人的个人情况。如其身体健康状况，是否是正在怀孕、哺乳自己婴儿的妇女等，以确定是否对其采用强制措施和采用何种强制措施。

六、期间的重新计算

1. 在侦查期间，发现犯罪嫌疑人另有重要罪行的，自发现之日起依《刑事诉讼法》第 124 条的规定重新计算侦查羁押期限。犯罪嫌疑人不讲真实姓名、住址，身份不明的，侦查羁押期限自查清其身份之日起计算，但是不得停止对其犯罪行为的侦查取证。

2. 对犯罪嫌疑人作精神病鉴定的期间不计入办案期限。犯罪嫌疑人、被告人在押的案件，除对犯罪嫌疑人、被告人的精神病鉴定时间不计入办案期限外，其他鉴定时间都应当计入办案期限。对于因鉴定时间较长，办案期限届满仍不能终结的案件，自期限届满之日起，应当对被羁押的犯罪嫌疑人、被告人变更强制措施，改为取保候审或者监视居住。

3. 公安机关或者人民检察院补充侦查完毕移送人民检察院或者人民法院后，人民检察院或者人民法院重新计算审查起诉期限或者审理期限。第二审人民法院发回原审人民法院重新审判的案件，原审人民法院从收到发回案件之日起，重新计算审理期限。

4. 对人民检察院和人民法院改变管辖的公诉案件，从改变管辖后的办案机关收到案件之日起重新计算办案期限。

◆ **法规变化说明**

2011 年可谓刑事诉讼法变化最大的一年。早在 2010 年 5 月 30 日，由最高人民法院、最高人民检察院、公安部、国家安全部、司法部五部委联合发布了关于办理死刑案件审查判断证据若干问题的规定和关于办理刑事案件排除非法证据若干问题的规定，由新闻发言人就其主要内容对社会作出了说明。但两个证据文件并未列入大纲，而是在 2010 年 6 月 13 日才正式向媒体公布，今年正式列入大纲。此外，另有 5 个法律文件列入大纲，值得考生重视。

新增的 7 个法律文件如下：

1. 最高人民法院关于规范上下级人民法院审判业务关系的若干意见

2. 最高人民法院、最高人民检察院、公安部、国家安全部、司法部关于办理死刑案件审查判断证据若干问题的规定

3. 最高人民法院、最高人民检察院、公安部、国家安全部、司法部关于办理刑事案件排除非法证据若干问题的规定

4. 最高人民检察院、公安部关于审查逮捕阶段讯问犯罪嫌疑人的规定

5. 最高人民检察院、公安部关于刑事立案监督有关问题的规定（试行）

6. 最高人民法院、最高人民检察院、公安部、国家安全部、司法部关于规范量刑程序若干问题的意见（试行）

7. 最高人民法院关于死刑缓期执行限制减刑案件审理程序若干问题的规定

行政法与行政诉讼法：
大纲、教材及法规变化解读

◆ **新旧大纲对照**

与 2010 年相比，2011 年行政法和行政诉讼法部分根据国家赔偿法的最新修订做了较大调整，新增考点 2 个，变更考点 5 个，删除考点 2 个。

其中，新增考点集中在第十八章"国家赔偿法"概述部分。

（1）第二节"国家赔偿法"中，新增考点"国家赔偿法的适用"。

（2）第三节"国家赔偿的构成要件"中，新增考点"国家赔偿的构成要件概述"。

删除考点则在第二十章"司法赔偿"第四节，删除"司法赔偿确认程序（一般确认程序、人民检察院的司法赔偿确认程序、人民法院的司法赔偿确认程序）"和"司法赔偿复议程序（含义、步骤）"两部分内容。

◆ **教材增删解读**

一、国家赔偿法的主要修改

（一）国家赔偿的归责原则

修订后的国家赔偿法删除了"国家机关和国家机关工作人员违法行使职权"中的"违法"二字，规定"国家机关和国家机关工作人员行使职权，有本法规定的侵犯公民、法人和其他组织合法权益的情形，造成损害的，受害人有依照本法取得国家赔偿的权利"。结合该法的全部内容，该规定事实上摒弃了传统的单一违法归责原则，而采用了多元归责原则，即国家机关及其工作人员的职权行为违法，或虽未违法但存在过错或者从结果上看已经造成损害的，国家就应承担赔偿责任。

1. 行政赔偿的归责原则：修订后的国家赔偿法变过去的单一违法归责原则为多元的归责原则，但整体来看国家赔偿法中的行政赔偿适用的仍是违法归责原则。

2. 司法赔偿的归责原则：修订后的国家赔偿法改变了原国家赔偿法把违法归责原则作为我国国家赔偿唯一归责原则的制度安排，而实行多元的归责原则。修订后的国家赔偿法规定，"对公民采取逮捕措施后，决定撤销案件、不起诉或者判决被告无罪终止追究刑事责任的"，国家应承担赔偿责任。此规定事实上采用的是结果归责原则。

（二）二审改判无罪，以及二审发回重审后作无罪处理的赔偿义务机关

对二审改判无罪后的赔偿义务机关，旧国家赔偿法规定在这种情形下由作出逮捕决定的机关与作出一审判决的人民法院为共同赔偿义务机关。表面上看规定明确，但实践中造成确定赔偿义务机关的困难。为方便当事人获得赔偿，新国家赔偿法规定，二审改判无罪，以及二审发回重审后作无罪处理的，统一由作出一审有罪判决的人民法院为赔偿义务机关，作出逮捕决定的机关不再作为赔偿义务机关。

（三）精神损害的金钱赔偿

原国家赔偿法没有关于精神损害给予金钱赔偿的规定。不过，在民事赔偿中已经建立了精神损害赔偿制度，侵权责任法首次在法律中对精神损害赔偿作出明确规定。新国家赔偿法规定对出现该法第 3 条或者第 17 条规定情形之一，致人精神损害的，应当在侵权行为影响的范围内，为受害人消除影响，恢复名誉，赔礼道歉；造成严重后果的，应当支付相应的精神损害抚慰金。因此，新国家赔偿法第一次明确国家机关及其工作人员违法侵害公民的人身自由及生命健康权造成严重后果的，应支付精神损害抚慰金。不过，因为考虑到现实情况的复杂性，新国家赔偿法对精神损害的赔偿标准未作出统一规定。

（四）司法赔偿处理程序

司法赔偿处理程序是指司法赔偿义务机关受理和处理受害人赔偿请求的程序。原国家赔偿法规定，赔偿请求人要求赔偿，应当先向赔偿义务机关提出，由赔偿义务机关予以先行处理。不服赔偿义务机关的裁决或者赔偿义务机关逾期不赔偿的，才能申请复议。由赔偿义务机关先行处理，可以给实施违法行为的赔偿义务机关提供一个纠正自己错误的机会。同时，赔偿义务机关更了解案情，由其先行处理更方便、迅速，既为请求人提供了便利，也使赔偿得以迅速解决，从而使当事人的合法权益得到有效的保护。

与原国家赔偿法相比，修订后的国家赔偿法在司法赔偿处理程序安排上的最大变化是，取消了司法赔偿中的确认程序，消除了这一实践中赔偿请求人获得赔偿的程序障碍，畅通了司法赔偿渠道，从程序上保障了赔偿请求人的救济权利。

二、国家赔偿法的适用

我国现行有效的国家赔偿法于 1995 年 1 月 1 日开始实施，并于 2010 年修订，修正内容于 2010 年 12 月 1 日实施。由此带来的问题是，对某一案件，是适用旧国家赔偿法还是新国家赔偿法。为此，最高人民法院于 2011 年 3 月 18 日发布《关于适用〈中华人民共和国国家赔偿法〉若干问题的解释（一）》（以下简称《国家赔偿法解释（一）》）对此问题予以澄清。

（一）原则

对新规则的适用，我国法律确立了不溯及既往原则。《立法法》第 84 条规定，法律、行政法规、地方性法规、自治条例和单行条例、规章不溯及既往，但为了更好地保护公民、法人和其他组织的权利和利益而作的特别规定除外。

（二）新旧国家赔偿法的适用

1. 一般情形：

（1）侵权行为发生在 2010 年 12 月 1 日以前，适用旧法。

（2）侵权行为发生在 2010 年 12 月 1 日以后，或者发生在 2010 年 12 月 1 日以前但持续至 2010 年 12 月 1 日以后的，适用新法。

（3）侵权行为虽发生在 2010 年 12 月 1 日以前，但如果赔偿请求人在 2010 年 12 月 1 日以后提出赔偿请求，或者 2010 年 12 月 1 日以前已经受理赔偿请求人的赔偿请求但尚未作出生效赔偿决定的，应适用新法。该做法有利于保护请求人的合法权益。

2. 关于确认程序问题：

根据旧国家赔偿法的规定，在司法赔偿中确认程序是受害人请求赔偿的必经程序，而新国家赔偿法则取消了这一程序。毫无疑问，凡应适用新国家赔偿法的案件，不存在确认程序问题。但对已启动的确认程序和对不确认决定的申诉如何处理，仍可能产生争议。在这两个问题上，《国家赔偿法解释（一）》规定应适用法不溯及既往要求。

3. 对已生效的赔偿决定的申诉及重新审查的处理：赔偿决定已经生效，即具有约束力，不因新法出台而改变。新国家赔偿法对 2010 年 12 月 1 日以前已生效赔偿决定无溯及力。

（1）当事人对已生效的赔偿决定提出申诉，法院审理处理时应适用旧国家赔偿法。但是当事人仅以新国家赔偿法增加的赔偿项目以及标准为由对已生效的赔偿决定提出申诉，法院不予受理。

（2）法院审查发现 2010 年 12 月 1 日以前发生法律效力的确认裁定、赔偿决定确有错误应当重新审查处理的，适用旧国家赔偿法。

◆ **法规变化说明**

2011 年行政法部分新增 2 个法律文件，修订 1 个法律文件。其中最重要的是国家赔偿法，与之相配套的是最高人民法院关于适用《中华人民共和国国家赔偿法》若干问题的解释（一）涉及新旧法律的衔接问题。此外，最高人民法院关于人民法院赔偿委员会审理国家赔偿案件程序的规定取代了 1996 年的最高人民法院关于人民法院审理国家赔偿案件程序的暂行规定。

同时，2011 年大纲删除了 2 个法律文件，一个是最高人民法院关于人民法院审理国家赔偿案件程序的暂行规定，一个是最高人民法院关于审理人民法院国家赔偿确认案件的规定，因为确认程序已经被新的国家赔偿法废除了。

民法：大纲、教材及法规变化解读

◆ 新旧大纲对照

与 2010 年相比，2011 年民法部分的变化不大，新增 2 个考点，更改了一些考点的表述。

1. 第十七章"合同的订立和履行"第一节"合同的订立程序"改为"合同的订立"。该节之下的具体考点名目上稍作调整，内容未变。

2. 第十八章"合同的变更和解除"第一节"合同的变更"中，新增考点"情势变更原则"。

3. 第二十章"转移财产权利的合同"第四节"租赁合同"中，新增考点"房屋租赁合同"。

◆ 教材增删解读

一、情势变更原则

（一）含义

最高人民法院《关于适用〈中华人民共和国合同法〉若干问题的解释（二）》第 26 条规定，合同成立以后客观情况发生了当事人在订立合同时无法预见的、非不可抗力造成的不属于商业风险的重大变化，继续履行合同对于一方当事人明显不公平或者不能实现合同目的，当事人请求人民法院变更或者解除合同的，人民法院应当根据公平原则，并结合案件的实际情况确定是否变更或者解除。

（二）适用条件

1. 情势发生变更，也即合同成立时所赖以存在的客观情况发生了重大变化，如物价飞涨、汇率大幅度变化、国家政策出现重大调整等。

2. 情势变更发生在合同成立之后，履行完毕之前。

3. 该情势变更并非不可抗力造成，也不属于商业风险。

4. 当事人在订立合同时无法预见到该情势变更。

5. 情势发生变更后，若继续履行原合同对一方当事人明显不公或不能实现合同目的。

（三）法律效力

出现情势变更后，当事人可请求人民法院变更或者解除合同，人民法院应当根据公平原则，并结合案件的实际情况确定是否变更或者解除。

二、房屋租赁合同

2009 年最高人民法院发布了关于审理城镇房屋租赁合同纠纷案件具体应用法律若干问题的解释（以下简称《房屋租赁合同解释》），对房屋租赁有关问题进行了明确，该解释的主要内容有：

1. 违法建筑的租赁。出租人就未取得建设工程规划许可证或者未按照建设工程规划许可证的规定建设的房屋，与承租人订立的租赁合同无效。但在一审法庭辩论终结前取得建设工程规划许可证或者经主管部门批准建设的，人民法院应当认定有效。

2. 租赁合同的登记备案。当事人以房屋租赁合同未按照法律、行政法规规定办理登记备案手续为由，请求确认合同无效的，人民法院不予支持。当事人约定以办理登记备案手续为房屋租赁合同生效条件的，从其约定。但当事人一方已经履行主要义务，对方接受的除外。

3. 一房数租。出租人就同一房屋订立数份租赁合同，在合同均有效的情况下，承租人均主张履行合同的，人民法院按照下列顺序确定履行合同的承租人：(1) 已经合法占有租赁房屋的；(2) 已经办理登记备案手续的；(3) 合同成立在先的。不能取得租赁房屋的承租人请求解除合同、赔偿损失的，依照合同法的有关规定处理。

4. 转租。出租人知道或者应当知道承租人转租，但在 6 个月内未提出异议，其以承租人未经同意为由请求解除合同或者认定转租合同无效的，人民法院不予支持。因租赁合同产生的纠纷案件，人民法院可以通知次承租人作为第三人参加诉讼。

5. "买卖不破租赁"规则的例外。租赁房屋在租赁期间发生所有权变动，承租人请求房屋受让人继续履行原租赁合同的，人民法院应予支持。但租赁房屋具有下列情形或者当事人另有约定的除外：(1) 房屋在出租前已设立抵押权，因抵押权人实现抵押权发生所有权变动的；(2) 房屋在出租前已被人民法院依法查封。

6. 优先购买权。出租人出卖租赁房屋未在合理期限内通知承租人或者存在其他侵害承租人优先购买权情形，承租人请求出租人承担赔偿责任的，人民法院应予支持。但请求确认出租人与第三人签订的房屋买卖合同无效的，人民法院不予支持。本解释第 24 条规定，具有下列情形之一，承租人主张优先购买房屋的，人民法院不予支持：(1) 房屋共有人行使优先购买权的；(2) 出租人将房屋出卖给近亲属，包括配偶、父母、子女、兄弟姐妹、祖父母、外祖父母、孙子女、外孙子女的；(3) 出租人履行通知义务后，承租人在 15 日内未明确表示购买的；(4) 第三人善意购买租赁房屋并已经办理登记手续的。

◆ 法规变化说明

2011 年大纲中新增的法律文件只有最高人民法院关于审理旅游纠纷案件适用法律若干问题的决定，但大纲中并无相关的新增考点，教材中也无相关论述。考生需要注意司法解释的主要内容，与侵权责任法和合同法的相关考点相结合掌握。

需要注意的是，近年来新增的一些法律文件中，仍有不少具有特别的考试价值。侵权责任法依然重要。最高人民法院关于《中华人民共和国合同法》若干问题的解释（二）之前只考过一小部分，今年大纲又特别把第 26 条规定的情势变更原则列入新的考点。最高人民法院关于审理城镇房屋租赁合同纠纷案件具体应用法律若干问题的解释去年列入大纲，但未考查，今年大纲增加了房屋租赁合同的考点，考试概率更大一些。去年列入大纲的与物权法相关的最高人民法院关于审理建筑物区分所有权纠纷案件具体应用法律若干问题的解释与最高人民法院关于审理物业服务纠纷案件具体应用法律若干问题的解释，只有后者考查过一道题，前者尚未得到考查，今年两个司法考试出题的可能性很大。

商法：大纲、教材及法规变化解读

◆ **新旧大纲对照**

与 2010 年相比，2011 年商法部分以完善修订教材内容为主，大纲新增 1 个考点，第一章第二节"公司的设立"中，新增考点"发起人"。

◆ **教材增删解读**

一、发起人

（一）发起人的概念

发起人是指为设立公司而签署公司章程、向公司认购出资或者股份并履行公司设立职责的人。发起人是有限公司和股份公司设立的不可或缺的条件之一。自然人、法人、非法人组织等民商事主体均可以作为公司设立时的发起人。国家也可以作为公司的发起人，具体由国有资产管理部门作为出资者代表而履行发起人职责。自然人作为发起人时，法律并无行为能力的要求。

（二）发起人的职责

在设立公司的过程中，发起人的职责主要包括：

（1）签订出资协议；

（2）订立公司章程；

（3）确认出资方式，对以实物、知识产权、土地使用权出资的进行协议作价或者委托评估；

（4）办理公司登记手续；

（5）其他与公司设立相关的事务。

（三）发起人责任与公司责任的区分

设立公司有时是一个复杂的过程，尤其是股份公司的设立。设立是一个法律行为，公司成立是设立行为的后果，但有时可能并不能成立公司，即设立失败。当出现设立失败的情况时，容易产生发起人的责任。从公司设立开始到公司最终成立这一阶段，称为设立中公司。

发起人在公司设立过程中的相互关系属于合伙性质的关系，其权利、义务、责任可以适用合伙的有关规定。

1. 发起人为设立公司而以自己的名义对外签订合同的，合同相对人有权请求该发起人承担合同责任。如果最终公司得以成立，且公司对发起人以自己的名义对外签订的合同予以确认的，或者公司已经实际享有合同权利或者履行合同义务的，合同相对人也可以请求公司承担合同责任。

2. 发起人如果是以公司的名义在设立公司过程中对外签订合同，则公司成立后由公司承担合同责任。但是，如果公司能够证明发起人利用设立中公司的名义为自己的利益与相对人订立合同，则公司可以抗辩，但此种抗辩不能对抗善意的第三人。

3. 公司设立失败时，发起人对设立公司产生的费用和债务承担连带清偿责任。换言之，债权人有权请求全体或者部分发起人承担全部清偿责任。对外承担了清偿责任的发起人，对内取得求偿权，有权向其他发起人追偿。其他发起人应当按照约定的责任承担比例分担责任。若没有约定责任承担比例，则按照约定的出资比例分担责任；若出资比例也没有约定，则按照均等份额分担责任。

4. 在公司设立过程中，发起人因自己的过失使公司利益受到损害的，应当对公司承担赔偿责任。

5. 发起人因履行公司设立职责而给第三人造成损害的，公司成立后由公司承担对第三人的赔偿责任；若公司未成立，则由全体发起人对第三人承担连带赔偿责任。公司或者无过错的发起人在承担对外责任后可以向有过错的发起人追偿。

二、股东的出资

（一）股东出资形式

股东出资形式有两种：货币出资与非货币出资（现物出资）。法律规范的重点在于非货币出资。股东可以用土地使用权、知识产权、股权出资，但要符合相关规定，并办理权属转移手续。

（二）股东抽逃出资

股东不得抽逃出资，抽逃出资的需要在抽逃出资的额度内对公司债务承担连带责任。股东抽逃出资的典型情况有：

（1）将出资款项转入公司账户验资后又转出；

（2）通过虚构债权债务关系将其出资转出；

（3）制作虚假财务会计报表虚增利润进行分配；

（4）利用关联交易将出资转出；

（5）其他未经法定程序将出资抽回的行为。

◆ **法规变化说明**

2011 年公司法方面最大的变化是通过了最高人民法院关于适用《中华人民共和国公司法》若干问题的规定（三），遗憾的是司法考试大纲并未将其列入新增法规之中。不过，司法考试大纲根据最高人民法院关于适用《中华人民共和国公司法》若干问题的规定（三）新增了考点"发起人"，教材也据此对股东出资的有关内容进行了完善。考虑到这一解释的极端重要性，尽管大纲没有列，但其考查的概率却是百分之百。此外，去年已经考查过的最高人民法院关于适用《中华人民共和国公司法》若干问题的规定（二）今年仍有可能再进行考查。所以，新增法规方面，考生要千万重视这两个司法解释。

民事诉讼法：大纲、教材及法规变化解读

 新旧大纲对照

与2010年相比，2011年民事诉讼法与仲裁制度部分，大纲调整较多，其中新增考点22个，删除考点9个，变更考点16个。整体看来，民事诉讼法方面的大纲变化多数属于形式调整，真正有考试意义的考点变化很少，只有"限制被执行人高消费"算是真正的新增考点。所以，考生对这些形式问题不必关注太多，了解即可。

新增考点如下：

1. 第一章第二节"民事诉讼法"中，新增考点"民事诉讼法的属性"。

2. 第十三章第二节"普通程序的基本阶段"中，新增子考点"确定举证期限"和"开庭准备"。

3. 第十四章第一节"简易程序的概念和适用程序"中，新增子考点"当事人协议适用简易程序"；第二节"简易程序的具体适用"中，新增子考点"传唤当事人与其他诉讼参与人"。

4. 第十五章第三节"上诉的案件的审理"中，新增子考点"上诉撤回的法律效果"。

5. 第十六章第三节"宣告公民失踪案件的审理"中，新增考点"宣告公民失踪判决的法律效果"。

6. 第十七章第二节"基于审判监督权提起再审"中，新增考点"人民法院提起再审的条件"；第三节"基于检察监督权的抗诉提起再审"中，新增子考点"抗诉的对象"和"人民法院对抗诉的接受"；第四节"基于诉权的申请再审"中，新增子考点"申请再审的管辖法院是原审法院的上一级法院"和"申请再审应提交必要的材料"。

7. 第二十一章第二节"执行开始"中，新增考点"执行通知和立即执行"；第三节"执行措施"中，新增考点"限制被执行人高消费"；第四节"执行中止和执行终结"改为"暂缓执行、执行中止和执行终结"，新增考点"暂缓执行"。

8. 第二十三章第一节"仲裁概述"中，新增考点"仲裁的概念"、"仲裁的类型"和"仲裁与民事诉讼的关系"。

9. 第二十五章第一节"仲裁协议概述"中，考点"仲裁协议的类型"下新增子考点"当事人通过援引达成的仲裁协议"；将原第三节"仲裁协议的效力"中的考点"仲裁条款的独立性"扩展为第三节，包括考点"仲裁条款独立性的含义"、"仲裁条款独立性原则的适用"；第五节"仲裁协议的无效与失效"中，新增考点"仲裁协议无效、失效的法律后果"。

◆ **教材增删解读**

从立法的角度来看，2011年民事诉讼法部分并没有什么变化，只是因为司法考试大纲和辅导用书存在滞后性，直到今年才根据2009年的民事诉讼法修订和最高人民法院关于适用《关于民事诉讼证据的若干规定》中有关举证时限规定的通知对民事诉讼法的相关内容进行调整。至于仲裁法的变化，完全属于理论表述的完善，没有实际意义，相关内容考生早已耳熟能详。

有关教材变化的简要内容如下：

一、确定举证期限

审理前的准备工作中最为重要的一项内容即是对证据材料的准备，为保证诉讼公正以及程序有序、高效进行，最高人民法院关于适用《关于民事诉讼证据的若干规定》中有关举证时限规定的通知规定了举证时限制度。根据司法解释，关于举证期限的确定有两种方式：一是人民法院指定，二是当事人协商并经人民法院同意。在普通程序中，人民法院指定举证期限原则上不少于30天。

二、人民法院提起再审的条件

1. 原审裁判确有错误。人民法院对民事案件作出判决，经宣告或送达，就具有约束力，不得随意撤销、变更。只有在人民法院确定原审裁判确有错误时，方能依职权提起再审。确有错误，是指原审裁判在事实认定、法律适用和程序运行中有重大缺陷，导致裁判结果的不公正。

人民法院享有独立的审判监督权，在发现原生效裁判或调解协议有损害国家利益、社会公共利益等错误情形时，应当提起再审，不以当事人申请再审或人民检察院抗诉为前提条件。

2. 由具有审判监督权的主体依法提起。根据民事诉讼法的规定，对民事案件基于审判监督权提起再审的人或机关是：各级人民法院院长及审判委员会、上级人民法院及最高人民法院。提起再审的主体不同，相应地提起再审的程序也不尽相同。

3. 提起再审的对象是人民法院制作的生效的民事判决书、裁定书、调解书。本级和下级人民法院经过诉讼程序制作的生效的民事判决书和民事调解书，只要确有错误，均是人民法院提起再审的对象。而根据司法解释的规定，可以提起再审的民事裁定，仅限于不予受理的裁定、驳回起诉的裁定和按自动撤回上诉处理的裁定。

4. 提起再审的次数限制。人民法院基于审判监督权提起再审，不受时限的限制，只要发现原审法律文书确有错误，均可以提起。但为了确保司法的终局性和安定性，根据司法解释的规定，在同一案件中，人民法院对本院生效裁判提起再审的次数，以及上级人民法院提起再审后指令或指定同一下级法院再审的次数，一般限于一次。

三、抗诉的对象

人民检察院提起抗诉的对象，只能是人民法院已经生效的民事裁定书和民事判决书。调解书系根据双方当事人合意的调解协议制作，属于私权处分的范围，人民检察院不能对调解书提起抗诉。

四、限制被执行人高消费

被执行人未按执行通知书指定的期间履行生效法律文书确定的给付义务的，人民法院可以限制其高消费，禁止被执行人及其法定代表人、主要负责人、影响债务履行的直接责任人以被执行人的财产支付下列行为：（1）乘坐交通工具时，选择飞机、列车软卧、轮船二等以上舱位；（2）在星级以上宾馆、酒店、夜总会、高尔夫球场等场所进行高消费；（3）购买不动产或者新建、扩建、高档装修房屋；（4）租赁高档写字楼、宾馆、公寓等场所办公；（5）购买非经营必需车辆；（6）旅游、度假；（7）子女就读高收费私立学校；（8）支付高额保费购买保险理财产品；（9）其他非生活和工作必需的高消费行为。

限制高消费的执行措施可以由债权人向人民法院申请启动，也可由人民法院自行依职权启动。人民法院决定限制高消费的，应当向被执行人发出限制高消费令。被执行人违反限制高消费令进行消费的行为属于拒不履行人民法院已经发生法律效力的判决、裁定的行为，经查证属实的，依法予以拘留、罚款；情节严重，构成犯罪的，追究其刑事责任。

人民法院根据案件需要和被执行人的情况可以向有义务协助调查、执行的单位送达协助执行通知书，也可以在相关媒体上进行公告。有关单位在收到人民法院协助执行通知书后，仍允许被执行人高消费的，应当依法追究其妨害民事诉讼行为的责任。

被执行人提供确实有效的担保或者经申请执行人同意，人民法院可以解除限制高消费令。被执行人依法履行执行根据后，人民法院应当及时解除限制高消费令。

五、暂缓执行

暂缓执行，是指在执行程序开始后，因法定事由的出现，人民法院决定暂时停止执行行为。根据民事诉讼法和相关司法解释，暂缓执行的情形主要包括：

1. 因执行担保暂缓执行。执行担保协议达成后，执行机构经债权人同意，可以决定暂缓执行。

2. 委托执行中的暂缓执行。受托法院发现执行中止、执行终结的情况或有案外人向受托法院提出执行标的异议后，受托法院将上述情形函告委托法院的同时，应当暂缓执行。

3. 因司法监督引起的暂缓执行。上级人民法院行使司法监督权，发现执行法院据以执行的执行根据确有错误，或者执行法院在执行中的执行行为不当，应予纠正时，为了避免错误后果的不断扩大，可以指令执行法院暂缓执行。出现暂缓执行的情形后，人民法院可以根据当事人的申请或依职权决定暂缓执行，在决定书中一般应当记明暂缓执行的期限。该期限一般不得超过3个月，因特殊事由需要延长的可以适当延长。暂缓执行期限届满后，人民法院应当立即恢复执行；暂缓执行期限届满前，阻却事由消灭的，人民法院也应当作出决定，提前恢复执行。

六、仲裁与民事诉讼的关系

（一）仲裁与民事诉讼的相同点

1. 仲裁与民事诉讼都是民事程序的重要组成部分。

2. 仲裁与民事诉讼解决的纠纷性质相同，都是民事纠纷。

3. 仲裁与民事诉讼都是由第三方作为纠纷的公断人。

4. 仲裁与民事诉讼所遵循的某些原则和制度是一致的，如处分原则、调解原则、回避制度等。

5. 仲裁裁决书、调解书和民事判决书、调解书具有同等的法律效力。

（二）仲裁与民事诉讼的区别

1. 仲裁与民事诉讼的性质不同。仲裁具有民间性，而民事诉讼是司法属性的纠纷解决方式。因此，与身份有关的纠纷，如婚姻、收养、监护、扶养、继承纠纷，不能通过仲裁解决。

2. 仲裁机构与法院的性质不同。仲裁机构是民间机构，法院是司法审判机构。

3. 案件管辖权的基础不同。仲裁案件的管辖权建立在双方当事人达成的仲裁协议基础上，而法院受理案件的管辖权来自于法律的明确规定。

4. 仲裁与民事诉讼的具体程序不同。如仲裁实行一裁终局制，而诉讼实行两审终审制。

（三）仲裁与民事诉讼的联系

1. 民事诉讼是保证仲裁裁决公正性必不可少的手段。我国仲裁法和民事诉讼法规定的撤销仲裁裁决制度和不予执行仲裁裁决制度是仲裁公正性的保障。

2. 仲裁与民事诉讼在法律渊源上有联系，反映了两种程序的一致性。

3. 仲裁裁决通过民事诉讼程序中的执行程序来实现。

4. 仲裁程序中的财产保全和证据保全措施由法院实施。

七、仲裁条款的独立性

（一）仲裁条款独立性的含义

仲裁条款的独立性，也称仲裁条款的可分割性或可分离性。它是指作为主合同的一个条款，尽管仲裁条款依附于主合同，但其效力与主合同的其他条款可以分离而独立，即仲裁条款不因主合同的无效而无效，不因主合同的被撤销而失效，也不因合同未成立而影响效力，仲裁机构仍然可以依照该仲裁条款取得和行使仲裁管辖权，在该仲裁条款所确定的提交仲裁的争议事项范围内，解决当事人之间的纠纷。我国《仲裁法》第19条规定，仲裁协议独立存在，合同的变更、解除、终止或者无效，不影响仲裁协议的效力。

仲裁条款的独立性是由仲裁条款与合同中的其他条款的差异性决定的。在一项合同中，主合同是关于双方当事人之间实体权利义务的规定，而处于附属地位的仲裁条款是双方当事人关于纠纷解决方式的约定，即如果当事人之间因主合同发生争议，将只能根据程序法的规定，通过仲裁方式而非诉讼方式解决。

（二）仲裁条款独立性原则的适用

最高人民法院关于适用《中华人民共和国仲裁法》若干问题的解释对仲裁条款的独立性问题作了如下规定：

1. 合同未成立、成立后未生效或者被撤销的，不影响仲裁协议的效力。

2. 当事人订立仲裁协议后合并、分立的，仲裁协议对其权利义务的继受人有效。当事人订立仲裁协议后死亡的，仲裁协议对承继其仲裁事项中的权利义务的继承人有效。但这两种情形，当事人订立仲裁协议时另有约定的除外。

3. 债权债务全部或者部分转让的，仲裁协议原则上对受让人有效，但当事人另有约定、在受让债权债务时受让人明确反对或者不知有单独仲裁协议的除外。

◆ **法规变化说明**

2011年民事诉讼法大纲中没有新增任何法律文件，大纲考点和教材内容的变化多是根据往年的法律文件进行修订而成。从法律文件自身情况来看，有两个法律文件值得特别关注，一是关于限制被执行人高消费的若干规定，二是人民调解法。关于限制被执行人高消费的若干规定的内容已经被大纲和教材吸收，非常重要。人民调解法虽然大纲没列，教材没写，但在去年的司法考试中已经进行了考试，其重要性不容忽视，考生务必关注。

第二编

新增法规解读

中华人民共和国村民委员会组织法

（1998年11月4日第九届全国人民代表大会常务委员会第五次会议通过 2010年10月28日第十一届全国人民代表大会常务委员会第十七次会议修订）

第一章 总 则

第一条 为了保障农村村民实行自治，由村民依法办理自己的事情，发展农村基层民主，维护村民的合法权益，促进社会主义新农村建设，根据宪法，制定本法。

第二条 村民委员会是村民自我管理、自我教育、自我服务的基层群众性自治组织，实行民主选举、民主决策、民主管理、民主监督。

村民委员会办理本村的公共事务和公益事业，调解民间纠纷，协助维护社会治安，向人民政府反映村民的意见、要求和提出建议。

村民委员会向村民会议、村民代表会议负责并报告工作。

第三条 村民委员会根据村民居住状况、人口多少，按照便于群众自治，有利于经济发展和社会管理的原则设立。

村民委员会的设立、撤销、范围调整，由乡、民族乡、镇的人民政府提出，经村民会议讨论同意，报县级人民政府批准。

村民委员会可以根据村民居住状况、集体土地所有权关系等分设若干村民小组。

第四条 中国共产党在农村的基层组织，按照中国共产党章程进行工作，发挥领导核心作用，领导和支持村民委员会行使职权；依照宪法和法律，支持和保障村民开展自治活动、直接行使民主权利。

第五条 乡、民族乡、镇的人民政府对村民委员会的工作给予指导、支持和帮助，但是不得干预依法属于村民自治范围内的事项。

村民委员会协助乡、民族乡、镇的人民政府开展工作。

第二章 村民委员会的组成和职责

第六条 村民委员会由主任、副主任和委员共三至七人组成。

村民委员会成员中，应当有妇女成员，多民族村民居住的村应当有人数较少的民族的成员。

对村民委员会成员，根据工作情况，给予适当补贴。

第七条 村民委员会根据需要设人民调解、治安保卫、公共卫生与计划生育等委员会。村民委员会成员可以兼任下属委员会的成员。人口少的村的村民委员会可以不设下属委员会，由村民委员会成员分工负责人民调解、治安保卫、公共卫生与计划生育等工作。

第八条 村民委员会应当支持和组织村民依法发展各种形式的合作经济和其他经济，承担本村生产的服务和协调工作，促进农村生产建设和经济发展。

村民委员会依照法律规定，管理本村属于村农民集体所有的土地和其他财产，引导村民合理利用自然资源，保护和改善生态环境。

村民委员会应当尊重并支持集体经济组织依法独立进行经济活动的自主权，维护以家庭承包经营为基础、统分结合的双层经营体制，保障集体经济组织和村民、承包经营户、联户或者合伙的合法财产权和其他合法权益。

第九条 村民委员会应当宣传宪法、法律、法规和国家的政策，教育和推动村民履行法律规定的义务、爱护公共财产，维护村民的合法权益，发展文化教育，普及科技知识，促进男女平等，做好计划生育工作，促进村与村之间的团结、互助，开展多种形式的社会主义精神文明建设活动。

村民委员会应当支持服务性、公益性、互助性社会组织依法开展活动，推动农村社区建设。

多民族村民居住的村，村民委员会应当教育和引导各民族村民增进团结、互相尊重、互相帮助。

第十条 村民委员会及其成员应当遵守宪法、法律、法规和国家的政策，遵守并组织实施村民自治章程、村规民约，执行村民会议、村民代表会议的决定、决议，办事公道，廉洁奉公，热心为村民服务，接受村民监督。

第三章　村民委员会的选举

第十一条 村民委员会主任、副主任和委员，由村民直接选举产生。任何组织或者个人不得指定、委派或者撤换村民委员会成员。

村民委员会每届任期三年，届满应当及时举行换届选举。村民委员会成员可以连选连任。

第十二条 村民委员会的选举，由村民选举委员会主持。

村民选举委员会由主任和委员组成，由村民会议、村民代表会议或者各村民小组会议推选产生。

村民选举委员会成员被提名为村民委员会成员候选人，应当退出村民选举委员会。

村民选举委员会成员退出村民选举委员会或者因其他原因出缺的，按照原推选结果依次递补，也可以另行推选。

第十三条 年满十八周岁的村民，不分民族、种族、性别、职业、家庭出身、宗教信仰、教育程度、财产状况、居住期限，都有选举权和被选举权；但是，依照法律被剥夺政治权利的人除外。

村民委员会选举前，应当对下列人员进行登记，列入参加选举的村民名单：

（一）户籍在本村并且在本村居住的村民；

（二）户籍在本村，不在本村居住，本人表示参加选举的村民；

（三）户籍不在本村，在本村居住一年以上，本人申请参加选举，并且经村民会议或者村民代表会议同意参加选举的公民。

已在户籍所在村或者居住村登记参加选举的村民，不得再参加其他地方村民委员会的选举。

第十四条 登记参加选举的村民名单应当在选举日的二十日前由村民选举委员会公布。

对登记参加选举的村民名单有异议的，应当自名单公布之日起五日内向村民选举委员会申诉，村民选举委员会应当自收到申诉之日起三日内作出处理决定，并公布处理结果。

第十五条 选举村民委员会，由登记参加选举的村民直接提名候选人。村民提名候选人，应当从全体村民利益出发，推荐奉公守法、品行良好、公道正派、热心公益、具有一定文化水平和工作能力的村民为候选人。候选人的名额应当多于应选名额。村民选举委员会应当组织候选人与村民见面，由候选人介绍履行职责的设想，回答村民提出的问题。

选举村民委员会，有登记参加选举的村民过半数投票，选举有效；候选人获得参加投票的村民过半数的选票，始得当选。当选人数不足应选名额的，不足的名额另行选举。另行选举的，第一次投票未当选的人员得票多的为候选人，候选人以得票多的当选，但是所得票数不得少于已投选票总数的三分之一。

选举实行无记名投票、公开计票的方法，选举结果应当当场公布。选举时，应当设立秘密写票处。

登记参加选举的村民，选举期间外出不能参加投票的，可以书面委托本村有选举权的近亲属代为投票。村民选举委员会应当公布委托人和受委托人的名单。

具体选举办法由省、自治区、直辖市的人民代表大会常务委员会规定。

第十六条 本村五分之一以上有选举权的村民或者三分之一以上的村民代表联名，可以提出罢免村民委员会成员的要求，并说明要求罢免的理由。被提出罢免的村民委员会成员有权提出申辩意见。

罢免村民委员会成员，须有登记参加选举的村民过半数投票，并须经投票的村民过半数通过。

第十七条 以暴力、威胁、欺骗、贿赂、伪造选票、虚报选举票数等不正当手段当选村民委员会成员的，当选无效。

对以暴力、威胁、欺骗、贿赂、伪造选票、虚报选举票数等不正当手段，妨害村民行使选举权、被选举权，破坏村民委员会选举的行为，村民有权向乡、民族乡、镇的人民代表大会和人民政府或者县级人民代表大会常务委员会和人民政府及其有关主管部门举报，由乡级或者县级人民政府负责调查并依法处理。

第十八条 村民委员会成员丧失行为能力或者被判处刑罚的，其职务自行终止。

第十九条 村民委员会成员出缺，可以由村民会议或者村民代表会议进行补选。补选程序参照本法第十五条的规定办理。补选的村民委员会成员的任期到本届村民委员会任期届满时止。

第二十条 村民委员会应当自新一届村民委员会产生之日起十日内完成工作移交。工作移交由村民选举委员会主持，由乡、民族乡、镇的人民政府监督。

第四章 村民会议和村民代表会议

第二十一条 村民会议由本村十八周岁以上的村民组成。

村民会议由村民委员会召集。有十分之一以上的村民或者三分之一以上的村民代表提议，应当召集村民会议。召集村民会议，应当提前十天通知村民。

第二十二条 召开村民会议，应当有本村十八周岁以上村民的过半数，或者本村三分之二以上的户的代表参加，村民会议所作决定应当经到会人员的过半数通过。法律对召开村民会议及作出决定另有规定的，依照其规定。

召开村民会议，根据需要可以邀请驻本村的企业、事业单位和群众组织派代表列席。

第二十三条　村民会议审议村民委员会的年度工作报告，评议村民委员会成员的工作；有权撤销或者变更村民委员会不适当的决定；有权撤销或者变更村民代表会议不适当的决定。

村民会议可以授权村民代表会议审议村民委员会的年度工作报告，评议村民委员会成员的工作，撤销或者变更村民委员会不适当的决定。

第二十四条　涉及村民利益的下列事项，经村民会议讨论决定方可办理：

（一）本村享受误工补贴的人员及补贴标准；

（二）从村集体经济所得收益的使用；

（三）本村公益事业的兴办和筹资筹劳方案及建设承包方案；

（四）土地承包经营方案；

（五）村集体经济项目的立项、承包方案；

（六）宅基地的使用方案；

（七）征地补偿费的使用、分配方案；

（八）以借贷、租赁或者其他方式处分村集体财产；

（九）村民会议认为应当由村民会议讨论决定的涉及村民利益的其他事项。

村民会议可以授权村民代表会议讨论决定前款规定的事项。

法律对讨论决定村集体经济组织财产和成员权益的事项另有规定的，依照其规定。

第二十五条　人数较多或者居住分散的村，可以设立村民代表会议，讨论决定村民会议授权的事项。村民代表会议由村民委员会成员和村民代表组成，村民代表应当占村民代表会议组成人员的五分之四以上，妇女村民代表应当占村民代表会议组成人员的三分之一以上。

村民代表由村民按每五户至十五户推选一人，或者由各村民小组推选若干人。村民代表的任期与村民委员会的任期相同。村民代表可以连选连任。

村民代表应当向其推选户或者村民小组负责，接受村民监督。

第二十六条　村民代表会议由村民委员会召集。村民代表会议每季度召开一次。有五分之一以上的村民代表提议，应当召集村民代表会议。

村民代表会议有三分之二以上的组成人员参加方可召开，所作决定应当经到会人员的过半数同意。

第二十七条　村民会议可以制定和修改村民自治章程、村规民约，并报乡、民族乡、镇的人民政府备案。

村民自治章程、村规民约以及村民会议或者村民代表会议的决定不得与宪法、法律、法规和国家的政策相抵触，不得有侵犯村民的人身权利、民主权利和合法财产权利的内容。

村民自治章程、村规民约以及村民会议或者村民代表会议的决定违反前款规定的，由乡、民族乡、镇的人民政府责令改正。

第二十八条　召开村民小组会议，应当有本村民小组十八周岁以上的村民三分之二以上，或者本村民小组三分之二以上的户的代表参加，所作决定应当经到会人员的过半数同意。

村民小组组长由村民小组会议推选。村民小组组长任期与村民委员会的任期相同，可以连选连任。

属于村民小组的集体所有的土地、企业和其他财产的经营管理以及公益事项的办理，由村民小组会议依照有关法律的规定讨论决定，所作决定及实施情况应当及时向本村民小组的村民公布。

第五章 民主管理和民主监督

第二十九条 村民委员会应当实行少数服从多数的民主决策机制和公开透明的工作原则，建立健全各种工作制度。

第三十条 村民委员会实行村务公开制度。

村民委员会应当及时公布下列事项，接受村民的监督：

（一）本法第二十三条、第二十四条规定的由村民会议、村民代表会议讨论决定的事项及其实施情况；

（二）国家计划生育政策的落实方案；

（三）政府拨付和接受社会捐赠的救灾救助、补贴补助等资金、物资的管理使用情况；

（四）村民委员会协助人民政府开展工作的情况；

（五）涉及本村村民利益，村民普遍关心的其他事项。

前款规定事项中，一般事项至少每季度公布一次；集体财务往来较多的，财务收支情况应当每月公布一次；涉及村民利益的重大事项应当随时公布。

村民委员会应当保证所公布事项的真实性，并接受村民的查询。

第三十一条 村民委员会不及时公布应当公布的事项或者公布的事项不真实的，村民有权向乡、民族乡、镇的人民政府或者县级人民政府及其有关主管部门反映，有关人民政府或者主管部门应当负责调查核实，责令依法公布；经查证确有违法行为的，有关人员应当依法承担责任。

第三十二条 村应当建立村务监督委员会或者其他形式的村务监督机构，负责村民民主理财，监督村务公开等制度的落实，其成员由村民会议或者村民代表会议在村民中推选产生，其中应有具备财会、管理知识的人员。村民委员会成员及其近亲属不得担任村务监督机构成员。村务监督机构成员向村民会议和村民代表会议负责，可以列席村民委员会会议。

第三十三条 村民委员会成员以及由村民或者村集体承担误工补贴的聘用人员，应当接受村民会议或者村民代表会议对其履行职责情况的民主评议。民主评议每年至少进行一次，由村务监督机构主持。

村民委员会成员连续两次被评议不称职的，其职务终止。

第三十四条 村民委员会和村务监督机构应当建立村务档案。村务档案包括：选举文件和选票，会议记录，土地发包方案和承包合同，经济合同，集体财务账目，集体资产登记文件，公益设施基本资料，基本建设资料，宅基地使用方案，征地补偿费使用及分配方案等。村务档案应当真实、准确、完整、规范。

第三十五条 村民委员会成员实行任期和离任经济责任审计，审计包括下列事项：

（一）本村财务收支情况；

（二）本村债权债务情况；

（三）政府拨付和接受社会捐赠的资金、物资管理使用情况；

（四）本村生产经营和建设项目的发包管理以及公益事业建设项目招标投标情况；

（五）本村资金管理使用以及本村集体资产、资源的承包、租赁、担保、出让情况、征地补偿费的使用、分配情况；

（六）本村五分之一以上的村民要求审计的其他事项。

村民委员会成员的任期和离任经济责任审计，由县级人民政府农业部门、财政部门或者乡、民族乡、镇的人民政府负责组织，审计结果应当公布，其中离任经济责任审计结果应当在下一届村民委员会选举之前公布。

第三十六条　村民委员会或者村民委员会成员作出的决定侵害村民合法权益的，受侵害的村民可以申请人民法院予以撤销，责任人依法承担法律责任。

村民委员会不依照法律、法规的规定履行法定义务的，由乡、民族乡、镇的人民政府责令改正。

乡、民族乡、镇的人民政府干预依法属于村民自治范围事项的，由上一级人民政府责令改正。

第六章　附　则

第三十七条　人民政府对村民委员会协助政府开展工作应当提供必要的条件；人民政府有关部门委托村民委员会开展工作需要经费的，由委托部门承担。

村民委员会办理本村公益事业所需的经费，由村民会议通过筹资筹劳解决；经费确有困难的，由地方人民政府给予适当支持。

第三十八条　驻在农村的机关、团体、部队、国有及国有控股企业、事业单位及其人员不参加村民委员会组织，但应当通过多种形式参与农村社区建设，并遵守有关村规民约。

村民委员会、村民会议或者村民代表会议讨论决定与前款规定的单位有关的事项，应当与其协商。

第三十九条　地方各级人民代表大会和县级以上地方各级人民代表大会常务委员会在本行政区域内保证本法的实施，保障村民依法行使自治权利。

第四十条　省、自治区、直辖市的人民代表大会常务委员会根据本法，结合本行政区域的实际情况，制定实施办法。

第四十一条　本法自公布之日起施行。

中华人民共和国涉外民事关系法律适用法

（第十一届全国人民代表大会常务委员会第十七次会议于 2010 年 10 月 28 日通过，2010 年 10 月 28 日公布，自 2011 年 4 月 1 日起施行）

第一章 一般规定

第一条 为了明确涉外民事关系的法律适用，合理解决涉外民事争议，维护当事人的合法权益，制定本法。

★**第二条（适用原则）** 涉外民事关系适用的法律，依照本法确定。其他法律对涉外民事关系法律适用另有特别规定的，依照其规定。

本法和其他法律对涉外民事关系法律适用没有规定的，适用与该涉外民事关系有最密切联系的法律。

第三条 当事人依照法律规定可以明示选择涉外民事关系适用的法律。

★**第四条（强制适用规则）** 中华人民共和国法律对涉外民事关系有强制性规定的，直接适用该强制性规定。

★**第五条（公共利益规则）** 外国法律的适用将损害中华人民共和国社会公共利益的，适用中华人民共和国法律。

第六条（区际法律适用） 涉外民事关系适用外国法律，该国不同区域实施不同法律的，适用与该涉外民事关系有最密切联系区域的法律。

★**第七条（时效的法律适用）** 诉讼时效，适用相关涉外民事关系应当适用的法律。

★**第八条（定性）** 涉外民事关系的定性，适用法院地法律。

★**第九条（不承认转致、反致规则）** 涉外民事关系适用的外国法律，不包括该国的法律适用法。

★**第十条（法律查明及不能查明的后果）** 涉外民事关系适用的外国法律，由人民法院、仲裁机构或者行政机关查明。当事人选择适用外国法律的，应当提供该国法律。

不能查明外国法律或者该国法律没有规定的，适用中华人民共和国法律。

第二章 民事主体

★**第十一条（个人能力的法律适用）** 自然人的民事权利能力，适用经常居所地法律。

★**第十二条（个人能力的法律适用）** 自然人的民事行为能力，适用经常居所地法律。

自然人从事民事活动，依照经常居所地法律为无民事行为能力，依照行为地法律为有民事行为能力的，适用行为地法律，但涉及婚姻家庭、继承的除外。

第十三条 宣告失踪或者宣告死亡，适用自然人经常居所地法律。

★**第十四条（法人能力的法律适用）** 法人及其分支机构的民事权利能力、民事行为能力、组织机构、股东权利义务等事项，适用登记地法律。

法人的主营业地与登记地不一致的，可以适用主营业地法律。法人的经常居所地，为其主营业地。

★**第十五条（人格权的法律适用）** 人格权的内容，适用权利人经常居所地法律。

★**第十六条（代理的法律适用）** 代理适用代理行为地法律，但被代理人与代理人的民事关系，适用代理关系发生地法律。

当事人可以协议选择委托代理适用的法律。

★**第十七条** 当事人可以协议选择信托适用的法律。当事人没有选择的，适用信托财产所在地法律或者信托关系发生地法律。

★**第十八条** 当事人可以协议选择仲裁协议适用的法律。当事人没有选择的，适用仲裁机构所在地法律或者仲裁地法律。

★★**第十九条（国籍的法律适用）** 依照本法适用国籍国法律，自然人具有两个以上国籍的，适用有经常居所的国籍国法律；在所有国籍国均无经常居所的，适用与其有最密切联系的国籍国法律。自然人无国籍或者国籍不明的，适用其经常居所地法律。

★**第二十条** 依照本法适用经常居所地法律，自然人经常居所地不明的，适用其现在居所地法律。

第三章 婚姻家庭

★**第二十一条（结婚的法律适用）** 结婚条件，适用当事人共同经常居所地法律；没有共同经常居所地的，适用共同国籍国法律；没有共同国籍，在一方当事人经常居所地或者国籍国缔结婚姻的，适用婚姻缔结地法律。

★**第二十二条（婚姻效力）** 结婚手续，符合婚姻缔结地法律、一方当事人经常居所地法律或者国籍国法律的，均为有效。

★**第二十三条（夫妻人身关系）** 夫妻人身关系，适用共同经常居所地法律；没有共同经常居所地的，适用共同国籍国法律。

★**第二十四条（夫妻财产关系）** 夫妻财产关系，当事人可以协议选择适用一方当事人经常居所地法律、国籍国法律或者主要财产所在地法律。当事人没有选择的，适用共同经常居所地法律；没有共同经常居所地的，适用共同国籍国法律。

★**第二十五条（父母子女关系）** 父母子女人身、财产关系，适用共同经常居所地法律；没有共同经常居所地的，适用一方当事人经常居所地法律或者国籍国法律中有利于保护弱者权益的法律。

★**第二十六条（协议离婚的法律适用）** 协议离婚，当事人可以协议选择适用一方当事人经常居所地法律或者国籍国法律。当事人没有选择的，适用共同经常居所地法律；没有共同经常居所地的，适用共同国籍国法律；没有共同国籍的，适用办理离婚手续机构所在地法律。

★**第二十七条（诉讼离婚的法律适用）** 诉讼离婚，适用法院地法律。

★**第二十八条（收养的法律适用）** 收养的条件和手续，适用收养人和被收养人经常居所地法律。收养的效力，适用收养时收养人经常居所地法律。收养关系的解除，适用收养时被收养人经常居所地法律或者法院地法律。

★**第二十九条（扶养的法律适用）** 扶养，适用一方当事人经常居所地法律、国籍国法律或者主要财产所在地法律中有利于保护被扶养人权益的法律。

★**第三十条（监护的法律适用）** 监护，适用一方当事人经常居所地法律或者国籍国法律中有利于保护被监护人权益的法律。

第四章 继 承

★**第三十一条（法定继承的法律适用）** 法定继承，适用被继承人死亡时经常居所地法律，但不动产法定继承，适用不动产所在地法律。

★**第三十二条（遗嘱的法律适用）** 遗嘱方式，符合遗嘱人立遗嘱时或者死亡时经常居所地法律、国籍国法律或者遗嘱行为地法律的，遗嘱均为成立。

★**第三十三条（遗嘱效力的法律适用）** 遗嘱效力，适用遗嘱人立遗嘱时或者死亡时经常居所地法律或者国籍国法律。

★**第三十四条（遗产继承的法律适用）** 遗产管理等事项，适用遗产所在地法律。

第三十五条 无人继承遗产的归属，适用被继承人死亡时遗产所在地法律。

第五章 物 权

第三十六条 不动产物权，适用不动产所在地法律。

第三十七条 当事人可以协议选择动产物权适用的法律。当事人没有选择的，适用法律事实发生时动产所在地法律。

第三十八条 当事人可以协议选择运输中动产物权发生变更适用的法律。当事人没有选择的，适用运输目的地法律。

第三十九条 有价证券，适用有价证券权利实现地法律或者其他与该有价证券有最密切联系的法律。

★**第四十条（质权的法律适用）** 权利质权，适用质权设立地法律。

第六章 债 权

★**第四十一条（债权的法律适用）** 当事人可以协议选择合同适用的法律。当事人没有选择的，适用履行义务最能体现该合同特征的一方当事人经常居所地法律或者其他与该合同有最密切联系的法律。

第四十二条 消费者合同，适用消费者经常居所地法律；消费者选择适用商品、服务提供地法律或者经营者在消费者经常居所地没有从事相关经营活动的，适用商品、服务提供地法律。

第四十三条 劳动合同，适用劳动者工作地法律；难以确定劳动者工作地的，适用用人单位主营业地法律。劳务派遣，可以适用劳务派出地法律。

★**第四十四条（侵权的法律适用）** 侵权责任，适用侵权行为地法律，但当事人有共同经常居所地的，适用共同经常居所地法律。侵权行为发生后，当事人协议选择适用法律的，按照其协议。

★**第四十五条（产品责任的法律适用）** 产品责任，适用被侵权人经常居所地法律；被侵权人选择适用侵权人主营业地法律、损害发生地法律的，或者侵权人在被侵权人经常居所地没有从事相关经营活动的，适用侵权人主营业地法律或者损害发生地法律。

★**第四十六条** 通过网络或者采用其他方式侵害姓名权、肖像权、名誉权、隐私权等人格权的，适用被侵权人经常居所地法律。

★**第四十七条** 不当得利、无因管理，适用当事人协议选择适用的法律。当事人没有选择的，适用当事人共同经常居所地法律；没有共同经常居所地的，适用不当得利、无因管理发生地法律。

第七章 知识产权

第四十八条 知识产权的归属和内容，适用被请求保护地法律。

第四十九条 当事人可以协议选择知识产权转让和许可使用适用的法律。当事人没有选择的，适用本法对合同的有关规定。

第五十条 知识产权的侵权责任，适用被请求保护地法律，当事人也可以在侵权行为发生后协议选择适用法院地法律。

第八章 附 则

第五十一条 《中华人民共和国民法通则》第一百四十六条、第一百四十七条，《中华人民共和国继承法》第三十六条，与本法的规定不一致的，适用本法。

第五十二条 本法自 2011 年 4 月 1 日起施行。

法规解读 ▶

2010 年新通过的涉外民事关系法律适用法可谓近年来我国国际私法研究和实务经验的集中反映，其体系完善、规定内容先进，在传承中又有创新，在批判中又有继承，是一部既符合我国国情、又代表国际私法发展趋势的法律。从司法考试的角度看，无疑又为广大考生提供了新的素材，发掘出全新的考点，因而有望引领国际私法的考点分布，从司法协助的程序规则向传统法律适用规则正式回归。这一全新的视角与趋势，必将促使其成为今后几年国际私法部分新的"闪光点"。

以下将分"总则"和"分则"两个部分进行具体解读。

一、法律适用规则的"总则"

（一）当事人意思自治原则

该原则在第 3 条中明确体现，充分尊重当事人按照自己的意愿来选择其所涉及的民事关系所应适用的法律。其广泛地适用于分则多种民事法律关系中，包括合同、代理、信托、夫妻财产关系、运输中的动产物权、侵权行为、不当得利和无因管理、知识产权的转让和许可使用等领域。

（二）最密切联系原则

该原则最先体现在第 2 条，作为适用的"补充规则"，即在本法和其他法律对涉外民事关系法律适用没有规定的，在没有当事人明示选择所适用的法律时，适用与该涉外民事关系有最密切联系的法律。

在合同领域，最密切联系原则为仅次于当事人意思自治原则的法律适用准则，这种"最密切联系"可以首先通过"特征性履行"与"经常居所地"两个连结点联合确立，也可以通过其他连结点确立。第 41 条规定，在当事人没有协议选择合同准据法的情形下，合同"适用履行义务最能体现该合同特征的一方当事人经常居所地法律或者其他与该合同有最密切联系的法律"。第 39 条规定，有价证券，适用有价证券权利实现地法律或者其他与该有价证券有最密切联系的法律。

其次，该原则还用来解决区际法律冲突的问题，在第 6 条中规定，当准据法所指向的国家不同区域实施不同法律时，适用与该涉外民事关系有最密切联系区域的法律。

最后，最密切联系原则还捎带解决了国籍确定的问题，依第19条，当事人在其所有国籍国均无经常居所的，适用与其有最密切联系的国籍国法律。

（三）直接适用的法律

在这部新的法律适用法中，"直接适用的法律"得以充分凸显，其规定具体、指向明确，使得适用中国的法律有了明确而更加肯定的依据。

首先，第4条通过强制性规则，确立必须直接适用中国法，即我国法律有强制性规定的，直接适用中国法上相应该强制性规定。

其次，第5条通过公共利益保护规则，确立必须直接适用中国法，即适用外国法律将损害中国公共利益的，则直接适用中国法。

再次，当法律查明通过各种途径无法解决时，则将适用中国法。

顺便提及的是，为了避免在应当直接适用法律时，面临可能适用其他国家冲突规范而导致的不确定性，本部法律明确地否决了任何可能的"转致"、"反致"和"间接转致"。第9条规定，涉外民事关系适用的外国法律，不包括该国的法律适用法。

（四）法院地法

法院地法，即审理案件的法院所在地的法律，在我国这样一个法律体系统一的国家，相对于域外的其他国家和地区，法院地法就相当于中国法。在这部新的法律适用法中，法院地法也获得了相当的重视。

首先，法院地法规则解决了"识别"问题，第8条规定，涉外民事关系的定性，适用法院地法律。例如，关于"时效"规则，属于实体问题还是程序问题，不同国家有不同的"定性"（如果是实体规则，应适用涉外关系的法律适用法；如果是程序法规则，则一般适用准据法）。这就是个"识别"的问题，即给"时效"问题进行"定性"，依据法院地法的规定来确定其是实体规则或程序规则，进而确定应适用的法律规则。根据本法第7条之规定，诉讼时效，适用相关涉外民事关系应当适用的法律。可见当法院地在中国时，即适用中国法，认定时效属于实体问题。

其次，法院地法规则还解决了诉讼离婚的法适用（注意：此处仅适用于诉讼离婚，与当事人协议相区别，后者更多的是协议选择适用法律的范畴）。

二、法律适用规则的"分则"

如果说"总则"解决了涉外民事关系法律适用法的一般原理和规则，那么"分则"中所解决的是法律适用规则的进一步具体化。这种具体化的规定，既是实践中法律适用规则的总结，也是立法者对适用规则的进一步明确规定，为不同类别案件的法律适用提供了更加细致的适用依据。为了便于归类思考，特作如下整理，便于对比和思考。

	首先适用	其次适用	再次适用	或有附加条件
连结点	［须］表示必须首先适用；未标明，表示可首先适用	［没有］表示适用有先后顺序；［或］表示可并列选择适用	［没有］表示适用有先后顺序；［或］表示可并列选择适用；［且］表示并存要件	［＋］表示选择适用法律时须附加考虑的条件

续前表

民事法律关系主体	[11] 权利能力（序号为引用的法条序号，以下同）	[须] 自然人经常居所地法		
	[12] 行为能力	[须] 自然人经常居所地法	依经常居所地法律为无民事行为能力，依行为地法律为有民事行为能力的，适用行为地法	[且] 但涉及婚姻家庭、继承的除外
	[13] 失踪/死亡	[须] 自然人经常居所地法	[20] 自然人经常居所地不明的，适用其现在居所地法律（以下同）	
	[14] 法人能力	[须] 适用登记地法	法人的主营业地与登记地不一致的，可以适用主营业地法	[且] 法人的经常居所地，为其主营业地
	[15] 人格权	[须] 权利人经常居所地法		
	[19] 国籍	[须] 国籍国法	[且] 自然人具有两个以上国籍的，适用有经常居所的国籍国法	[没有] 适用与其有最密切联系的国籍国法	[没有] 自然人无国籍或者国籍不明的，适用其经常居所地法
	[16] 代理	[须] 代理适用代理行为地法律		
		[须] 代理人与被代理人关系，适用代理关系发生地法		
		协议选择"委托代理"的法律适用		
	[17] 信托	协议选择	[没有] 信托财产所在地法	[或] 信托关系发生地法
婚姻家庭关系	[21] 结婚条件	当事人共同经常居所地法	[没有] 共同国籍国法	[没有] 在一方当事人经常居所地或者国籍国缔结婚姻的，适用婚姻缔结地法
	[22] 婚姻效力	符合婚姻缔结地法律、一方当事人经常居所地法律或者国籍国法律的，均为有效		
	[23] 夫妻人身关系	共同经常居所地法	[没有] 共同国籍国法	
	[24] 夫妻财产关系	协议选择适用一方当事人经常居所地法律、国籍国法律或者主要财产所在地法	[没有] 共同经常居所地法	[没有] 共同国籍国法

续前表

婚姻家庭关系	[25] 父母子女关系	共同经常居所地法	[没有] 适用一方当事人经常居所地法律或者国籍国法律中有利于保护弱者权益的法律		
	[26] 协议离婚	协议选择适用一方当事人经常居所地法律或者国籍国法	[没有] 共同经常居所地法	[没有] 共同国籍国法	[没有] 适用办理离婚手续机构所在地法
	[27] 诉讼离婚	[须] 法院地法			
	[28] 收养关系	[须] 收养的条件和手续，适用收养人和被收养人经常居所地法			
		[须] 收养的效力，适用收养时收养人经常居所地法			
		[须] 收养关系的解除，适用收养时被收养人经常居所地法律或者法院地法			
	[29] 扶养关系	一方当事人经常居所地法	[或] 国籍国法	[或] 主要财产所在地法	[+] 有利于保护被扶养人权益的法
	[30] 监护关系	一方当事人经常居所地法	国籍国法		[+] 有利于保护被监护人权益的法
继承关系	[31] 法定继承	被继承人死亡时经常居所地法	[且] 不动产法定继承，适用不动产所在地法		
	[32] 遗嘱继承	经常居所地法	[或] 国籍国法	[或] 遗嘱行为地法	[+] 遗嘱人立遗嘱时或者死亡时
	[33] 遗嘱效力	经常居所地法	[或] 国籍国法		[+] 遗嘱人立遗嘱时或者死亡时
	[34] 遗产管理	遗产所在地法			
	[35] 无人继承	被继承人死亡时，遗产所在地法			

续前表

物权关系	[36] 不动产物权	不动产所在地法		
	[37] 动产物权	协议选择	[没有] 法律事实发生时动产所在地法律	
	[38] 运输中的动产	协议选择	[没有] 运输目的地法律	
	[39] 有价证券	权利实现地法	[或] 其他与该有价证券有最密切联系的法律	
	[40] 质权	[须] 质权设立地法		
债权关系	[41] 合同	协议选择	适用履行义务最能体现该合同特征的一方当事人经常居所地法	[或] 其他与该合同有最密切联系的法律
	[42] 消费者合同	消费者经常居所地法		
		消费者选择适用商品、服务提供地法律或者经营者在消费者经常居所地没有从事相关经营活动的，适用商品、服务提供地法律		
	[43] 劳动合同	劳动者工作地法	[没有] 难以确定劳动者工作地的，适用用人单位主营业地法	
		劳务派遣，可以适用劳务派出地法律		
	[44] 侵权行为	侵权行为发生后，协议选择	[或] 侵权行为地法	[且] 当事人有共同经常居所地的，适用共同经常居所地法
	[45] 产品责任	被侵权人经常居所地法律	[或] 被侵权人选择适用侵权人主营业地法律、损害发生地法律	[或] 侵权人在被侵权人经常居所地没有从事相关经营活动的，适用侵权人主营业地法律或者损害发生地法律
	[46] 侵犯人格权	适用被侵权人经常居所地法律		
	[47] 不当得利/无因管理	协议选择	[或] 共同经常居所地	[没有] 适用不当得利、无因管理发生地法律

续前表

知识产权关系	[48]知识产权归属/内容	适用被请求保护地法律		
	[50]知识产权侵权	适用被请求保护地法律	[或]侵权行为发生后协议选择适用法院地法律	
仲裁	[18]仲裁协议	协议选择	[没有]仲裁机构所作地法律	[或]仲裁地法

最高人民法院关于审理涉台民商事案件法律适用问题的规定

（2010 年 4 月 26 日由最高人民法院审判委员会第 1486 次会议通过，2010 年 12 月 27 日公布，自 2011 年 1 月 1 日起施行）（法释〔2010〕19 号）

为正确审理涉台民商事案件，准确适用法律，维护当事人的合法权益，根据民法通则、民事诉讼法等有关法律，制定本规定。

第一条 人民法院审理涉台民商事案件，应当适用法律和司法解释的有关规定。

根据法律和司法解释中选择适用法律的规则，确定适用台湾地区民事法律的，人民法院予以适用。

第二条 台湾地区当事人在人民法院参与民事诉讼，与大陆当事人有同等的诉讼权利和义务，其合法权益受法律平等保护。

第三条 根据本规定确定适用有关法律违反国家法律的基本原则或者社会公共利益的，不予适用。

中华人民共和国车船税法

（第十一届全国人民代表大会常务委员会第十九次会议于 2011 年 2 月 25 日通过，自 2012 年 1 月 1 日起施行）

第一条 在中华人民共和国境内属于本法所附《车船税税目税额表》规定的车辆、船舶（以下简称车船）的所有人或者管理人，为车船税的纳税人，应当依照本法缴纳车船税。

第二条 车船的适用税额依照本法所附《车船税税目税额表》执行。

车辆的具体适用税额由省、自治区、直辖市人民政府依照本法所附《车船税税目税额表》规定的税额幅度和国务院的规定确定。

船舶的具体适用税额由国务院在本法所附《车船税税目税额表》规定的税额幅度内确定。

第三条 下列车船免征车船税：

（一）捕捞、养殖渔船；

（二）军队、武装警察部队专用的车船；

（三）警用车船；

（四）依照法律规定应当予以免税的外国驻华使领馆、国际组织驻华代表机构及其有关人员的车船。

第四条 对节约能源、使用新能源的车船可以减征或者免征车船税；对受严重自然灾害影响纳税困难以及有其他特殊原因确需减税、免税的，可以减征或者免征车船税。具体办法由国务院规定，并报全国人民代表大会常务委员会备案。

第五条 省、自治区、直辖市人民政府根据当地实际情况，可以对公共交通车船，农村居民拥有并主要在农村地区使用的摩托车、三轮汽车和低速载货汽车定期减征或者免征车船税。

第六条 从事机动车第三者责任强制保险业务的保险机构为机动车车船税的扣缴义务人，应当在收取保险费时依法代收车船税，并出具代收税款凭证。

第七条 车船税的纳税地点为车船的登记地或者车船税扣缴义务人所在地。依法不需要办理登记的车船，车船税的纳税地点为车船的所有人或者管理人所在地。

第八条 车船税纳税义务发生时间为取得车船所有权或者管理权的当月。

第九条 车船税按年申报缴纳。具体申报纳税期限由省、自治区、直辖市人民政府规定。

第十条 公安、交通运输、农业、渔业等车船登记管理部门、船舶检验机构和车船税扣缴义务人的行业主管部门应当在提供车船有关信息等方面，协助税务机关加强车船税的征收管理。

车辆所有人或者管理人在申请办理车辆相关登记、定期检验手续时，应当向公安机关交通管理部门提交依法纳税或者免税证明。公安机关交通管理部门核查后办理相关手续。

第十一条 车船税的征收管理，依照本法和《中华人民共和国税收征收管理法》的规定执行。

第十二条 国务院根据本法制定实施条例。

第十三条 本法自 2012 年 1 月 1 日起施行。2006 年 12 月 29 日国务院公布的《中华人民共和国车船税暂行条例》同时废止。

中华人民共和国社会保险法

（第十一届全国人民代表大会常务委员会第十七次会议于 2010 年 10 月 28 日通过，自 2011 年 7 月 1 日起施行）

第一章 总 则

第一条 为了规范社会保险关系，维护公民参加社会保险和享受社会保险待遇的合法权益，使公民共享发展成果，促进社会和谐稳定，根据宪法，制定本法。

★**第二条（社会保险的种类）** 国家建立基本养老保险、基本医疗保险、工伤保险、失业保险、生育保险等社会保险制度，保障公民在年老、疾病、工伤、失业、生育等情况下依法从国家和社会获得物质帮助的权利。

第三条 社会保险制度坚持广覆盖、保基本、多层次、可持续的方针，社会保险水平应当与经济社会发展水平相适应。

第四条 中华人民共和国境内的用人单位和个人依法缴纳社会保险费，有权查询缴费记录、个人权益记录，要求社会保险经办机构提供社会保险咨询等相关服务。

个人依法享受社会保险待遇，有权监督本单位为其缴费情况。

第五条 县级以上人民政府将社会保险事业纳入国民经济和社会发展规划。

国家多渠道筹集社会保险资金。县级以上人民政府对社会保险事业给予必要的经费支持。

国家通过税收优惠政策支持社会保险事业。

第六条 国家对社会保险基金实行严格监管。

国务院和省、自治区、直辖市人民政府建立健全社会保险基金监督管理制度，保障社会保险基金安全、有效运行。

县级以上人民政府采取措施，鼓励和支持社会各方面参与社会保险基金的监督。

第七条 国务院社会保险行政部门负责全国的社会保险管理工作，国务院其他有关部门在各自的职责范围内负责有关的社会保险工作。

县级以上地方人民政府社会保险行政部门负责本行政区域的社会保险管理工作，县级以上地方人民政府其他有关部门在各自的职责范围内负责有关的社会保险工作。

第八条 社会保险经办机构提供社会保险服务，负责社会保险登记、个人权益记录、社会保险待遇支付等工作。

第九条 工会依法维护职工的合法权益，有权参与社会保险重大事项的研究，参加社会保险监督委员会，对与职工社会保险权益有关的事项进行监督。

第二章 基本养老保险

★**第十条（基本养老保险费的缴纳）** 职工应当参加基本养老保险，由用人单位和职工共同缴纳基本养老保险费。

无雇工的个体工商户、未在用人单位参加基本养老保险的非全日制从业人员以及其他灵活就业人员可以参加基本养老保险，由个人缴纳基本养老保险费。

公务员和参照公务员法管理的工作人员养老保险的办法由国务院规定。

第十一条 基本养老保险实行社会统筹与个人账户相结合。

基本养老保险基金由用人单位和个人缴费以及政府补贴等组成。

第十二条 用人单位应当按照国家规定的本单位职工工资总额的比例缴纳基本养老保险费，记入基本养老保险统筹基金。

职工应当按照国家规定的本人工资的比例缴纳基本养老保险费，记入个人账户。

无雇工的个体工商户、未在用人单位参加基本养老保险的非全日制从业人员以及其他灵活就业人员参加基本养老保险的，应当按照国家规定缴纳基本养老保险费，分别记入基本养老保险统筹基金和个人账户。

第十三条 国有企业、事业单位职工参加基本养老保险前，视同缴费年限期间应当缴纳的基本养老保险费由政府承担。

基本养老保险基金出现支付不足时，政府给予补贴。

第十四条 个人账户不得提前支取，记账利率不得低于银行定期存款利率，免征利息税。个人死亡的，个人账户余额可以继承。

第十五条 基本养老金由统筹养老金和个人账户养老金组成。

基本养老金根据个人累计缴费年限、缴费工资、当地职工平均工资、个人账户金额、城镇人口平均预期寿命等因素确定。

第十六条 参加基本养老保险的个人，达到法定退休年龄时累计缴费满十五年的，按月领取基本养老金。

参加基本养老保险的个人，达到法定退休年龄时累计缴费不足十五年的，可以缴费至满十五年，按月领取基本养老金；也可以转入新型农村社会养老保险或者城镇居民社会养老保险，按照国务院规定享受相应的养老保险待遇。

第十七条 参加基本养老保险的个人，因病或者非因工死亡的，其遗属可以领取丧葬补助金和抚恤金；在未达到法定退休年龄时因病或者非因工致残完全丧失劳动能力的，可以领取病残津贴。所需资金从基本养老保险基金中支付。

第十八条 国家建立基本养老金正常调整机制。根据职工平均工资增长、物价上涨情况，适时提高基本养老保险待遇水平。

第十九条 个人跨统筹地区就业的，其基本养老保险关系随本人转移，缴费年限累计计算。个人达到法定退休年龄时，基本养老金分段计算、统一支付。具体办法由国务院规定。

第二十条 国家建立和完善新型农村社会养老保险制度。

新型农村社会养老保险实行个人缴费、集体补助和政府补贴相结合。

第二十一条 新型农村社会养老保险待遇由基础养老金和个人账户养老金组成。

参加新型农村社会养老保险的农村居民，符合国家规定条件的，按月领取新型农村社会养老保险待遇。

第二十二条 国家建立和完善城镇居民社会养老保险制度。

省、自治区、直辖市人民政府根据实际情况，可以将城镇居民社会养老保险和新型农村社会养老保险合并实施。

第三章　基本医疗保险

第二十三条　职工应当参加职工基本医疗保险，由用人单位和职工按照国家规定共同缴纳基本医疗保险费。

无雇工的个体工商户、未在用人单位参加职工基本医疗保险的非全日制从业人员以及其他灵活就业人员可以参加职工基本医疗保险，由个人按照国家规定缴纳基本医疗保险费。

第二十四条　国家建立和完善新型农村合作医疗制度。

新型农村合作医疗的管理办法，由国务院规定。

第二十五条　国家建立和完善城镇居民基本医疗保险制度。

城镇居民基本医疗保险实行个人缴费和政府补贴相结合。

享受最低生活保障的人、丧失劳动能力的残疾人、低收入家庭六十周岁以上的老年人和未成年人等所需个人缴费部分，由政府给予补贴。

第二十六条　职工基本医疗保险、新型农村合作医疗和城镇居民基本医疗保险的待遇标准按照国家规定执行。

第二十七条　参加职工基本医疗保险的个人，达到法定退休年龄时累计缴费达到国家规定年限的，退休后不再缴纳基本医疗保险费，按照国家规定享受基本医疗保险待遇；未达到国家规定年限的，可以缴费至国家规定年限。

第二十八条　符合基本医疗保险药品目录、诊疗项目、医疗服务设施标准以及急诊、抢救的医疗费用，按照国家规定从基本医疗保险基金中支付。

第二十九条　参保人员医疗费用中应当由基本医疗保险基金支付的部分，由社会保险经办机构与医疗机构、药品经营单位直接结算。

社会保险行政部门和卫生行政部门应当建立异地就医医疗费用结算制度，方便参保人员享受基本医疗保险待遇。

★第三十条　下列医疗费用不纳入基本医疗保险基金支付范围：

（一）应当从工伤保险基金中支付的；

（二）应当由第三人负担的；

（三）应当由公共卫生负担的；

（四）在境外就医的。

医疗费用依法应当由第三人负担，第三人不支付或者无法确定第三人的，由基本医疗保险基金先行支付。基本医疗保险基金先行支付后，有权向第三人追偿。

第三十一条　社会保险经办机构根据管理服务的需要，可以与医疗机构、药品经营单位签订服务协议，规范医疗服务行为。

医疗机构应当为参保人员提供合理、必要的医疗服务。

第三十二条　个人跨统筹地区就业的，其基本医疗保险关系随本人转移，缴费年限累计计算。

第四章　工伤保险

★第三十三条（工伤保险费的缴纳）　职工应当参加工伤保险，由用人单位缴纳工伤保险费，职工不缴纳工伤保险费。

第三十四条　国家根据不同行业的工伤风险程度确定行业的差别费率，并根据使用工伤保险基金、工伤发生率等情况在每个行业内确定费率档次。行业差别费率和行业内费率档次由国务院社会保险行政部门制定，报国务院批准后公布施行。

社会保险经办机构根据用人单位使用工伤保险基金、工伤发生率和所属行业费率档次等情况，确定用人单位缴费费率。

第三十五条　用人单位应当按照本单位职工工资总额，根据社会保险经办机构确定的费率缴纳工伤保险费。

第三十六条　职工因工作原因受到事故伤害或者患职业病，且经工伤认定的，享受工伤保险待遇；其中，经劳动能力鉴定丧失劳动能力的，享受伤残待遇。

工伤认定和劳动能力鉴定应当简捷、方便。

★第三十七条　职工因下列情形之一导致本人在工作中伤亡的，<u>不认定为工伤</u>：

（一）故意犯罪；

（二）醉酒或者吸毒；

（三）自残或者自杀；

（四）法律、行政法规规定的其他情形。

第三十八条　因工伤发生的下列费用，按照国家规定从工伤保险基金中支付：

（一）治疗工伤的医疗费用和康复费用；

（二）住院伙食补助费；

（三）到统筹地区以外就医的交通食宿费；

（四）安装配置伤残辅助器具所需费用；

（五）生活不能自理的，经劳动能力鉴定委员会确认的生活护理费；

（六）一次性伤残补助金和一至四级伤残职工按月领取的伤残津贴；

（七）终止或者解除劳动合同时，应当享受的一次性医疗补助金；

（八）因工死亡的，其遗属领取的丧葬补助金、供养亲属抚恤金和因工死亡补助金；

（九）劳动能力鉴定费。

第三十九条　因工伤发生的下列费用，按照国家规定由用人单位支付：

（一）治疗工伤期间的工资福利；

（二）五级、六级伤残职工按月领取的伤残津贴；

（三）终止或者解除劳动合同时，应当享受的一次性伤残就业补助金。

第四十条　工伤职工符合领取基本养老金条件的，停发伤残津贴，享受基本养老保险待遇。基本养老保险待遇低于伤残津贴的，从工伤保险基金中补足差额。

第四十一条　职工所在用人单位未依法缴纳工伤保险费，发生工伤事故的，由用人单位支付工伤保险待遇。用人单位不支付的，从工伤保险基金中先行支付。

从工伤保险基金中先行支付的工伤保险待遇应当由用人单位偿还。用人单位不偿还的，社会保险经办机构可以依照本法第六十三条的规定追偿。

第四十二条　由于第三人的原因造成工伤，第三人不支付工伤医疗费用或者无法确定第三人的，由工伤保险基金先行支付。工伤保险基金先行支付后，有权向第三人追偿。

第四十三条　工伤职工有下列情形之一的，停止享受工伤保险待遇：

（一）丧失享受待遇条件的；

（二）拒不接受劳动能力鉴定的；

（三）拒绝治疗的。

第五章　失业保险

★**第四十四条（失业保险费的缴纳）**　职工应当参加失业保险，由用人单位和职工按照国家规定共同缴纳失业保险费。

第四十五条　失业人员符合下列条件的，从失业保险基金中领取失业保险金：

（一）失业前用人单位和本人已经缴纳失业保险费满一年的；

（二）非因本人意愿中断就业的；

（三）已经进行失业登记，并有求职要求的。

第四十六条　失业人员失业前用人单位和本人累计缴费满一年不足五年的，领取失业保险金的期限最长为十二个月；累计缴费满五年不足十年的，领取失业保险金的期限最长为十八个月；累计缴费十年以上的，领取失业保险金的期限最长为二十四个月。重新就业后，再次失业的，缴费时间重新计算，领取失业保险金的期限与前次失业应当领取而尚未领取的失业保险金的期限合并计算，最长不超过二十四个月。

第四十七条　失业保险金的标准，由省、自治区、直辖市人民政府确定，不得低于城市居民最低生活保障标准。

第四十八条　失业人员在领取失业保险金期间，参加职工基本医疗保险，享受基本医疗保险待遇。

失业人员应当缴纳的基本医疗保险费从失业保险基金中支付，个人不缴纳基本医疗保险费。

第四十九条　失业人员在领取失业保险金期间死亡的，参照当地对在职职工死亡的规定，向其遗属发给一次性丧葬补助金和抚恤金。所需资金从失业保险基金中支付。

个人死亡同时符合领取基本养老保险丧葬补助金、工伤保险丧葬补助金和失业保险丧葬补助金条件的，其遗属只能选择领取其中的一项。

第五十条　用人单位应当及时为失业人员出具终止或者解除劳动关系的证明，并将失业人员的名单自终止或者解除劳动关系之日起十五日内告知社会保险经办机构。

失业人员应当持本单位为其出具的终止或者解除劳动关系的证明，及时到指定的公共就业服务机构办理失业登记。

失业人员凭失业登记证明和个人身份证明，到社会保险经办机构办理领取失业保险金的手续。失业保险金领取期限自办理失业登记之日起计算。

第五十一条　失业人员在领取失业保险金期间有下列情形之一的，停止领取失业保险金，并同时停止享受其他失业保险待遇：

（一）重新就业的；

（二）应征服兵役的；

（三）移居境外的；

（四）享受基本养老保险待遇的；

（五）无正当理由，拒不接受当地人民政府指定部门或者机构介绍的适当工作或者提供的培训的。

第五十二条　职工跨统筹地区就业的，其失业保险关系随本人转移，缴费年限累计计算。

第六章 生育保险

★**第五十三条（生育保险费的缴纳）** 职工应当参加生育保险，由用人单位按照国家规定缴纳生育保险费，职工不缴纳生育保险费。

第五十四条 用人单位已经缴纳生育保险费的，其职工享受生育保险待遇；职工未就业配偶按照国家规定享受生育医疗费用待遇。所需资金从生育保险基金中支付。

生育保险待遇包括生育医疗费用和生育津贴。

第五十五条 生育医疗费用包括下列各项：

（一）生育的医疗费用；

（二）计划生育的医疗费用；

（三）法律、法规规定的其他项目费用。

第五十六条 职工有下列情形之一的，可以按照国家规定享受生育津贴：

（一）女职工生育享受产假；

（二）享受计划生育手术休假；

（三）法律、法规规定的其他情形。

生育津贴按照职工所在用人单位上年度职工月平均工资计发。

第七章 社会保险费征缴

第五十七条 用人单位应当自成立之日起三十日内凭营业执照、登记证书或者单位印章，向当地社会保险经办机构申请办理社会保险登记。社会保险经办机构应当自收到申请之日起十五日内予以审核，发给社会保险登记证件。

用人单位的社会保险登记事项发生变更或者用人单位依法终止的，应当自变更或者终止之日起三十日内，到社会保险经办机构办理变更或者注销社会保险登记。

工商行政管理部门、民政部门和机构编制管理机关应当及时向社会保险经办机构通报用人单位的成立、终止情况，公安机关应当及时向社会保险经办机构通报个人的出生、死亡以及户口登记、迁移、注销等情况。

第五十八条 用人单位应当自用工之日起三十日内为其职工向社会保险经办机构申请办理社会保险登记。未办理社会保险登记的，由社会保险经办机构核定其应当缴纳的社会保险费。

自愿参加社会保险的无雇工的个体工商户、未在用人单位参加社会保险的非全日制从业人员以及其他灵活就业人员，应当向社会保险经办机构申请办理社会保险登记。

国家建立全国统一的个人社会保障号码。个人社会保障号码为公民身份号码。

第五十九条 县级以上人民政府加强社会保险费的征收工作。

社会保险费实行统一征收，实施步骤和具体办法由国务院规定。

第六十条 用人单位应当自行申报、按时足额缴纳社会保险费，非因不可抗力等法定事由不得缓缴、减免。职工应当缴纳的社会保险费由用人单位代扣代缴，用人单位应当按月将缴纳社会保险费的明细情况告知本人。

无雇工的个体工商户、未在用人单位参加社会保险的非全日制从业人员以及其他灵活就业人员，可以直接向社会保险费征收机构缴纳社会保险费。

第六十一条 社会保险费征收机构应当依法按时足额征收社会保险费，并将缴费情况定期告知用人单位和个人。

第六十二条 用人单位未按规定申报应当缴纳的社会保险费数额的，按照该单位上月缴费额的百分之一百一十确定应当缴纳数额；缴费单位补办申报手续后，由社会保险费征收机构按照规定结算。

第六十三条 用人单位未按时足额缴纳社会保险费的，由社会保险费征收机构责令其限期缴纳或者补足。

用人单位逾期仍未缴纳或者补足社会保险费的，社会保险费征收机构可以向银行和其他金融机构查询其存款账户；并可以申请县级以上有关行政部门作出划拨社会保险费的决定，书面通知其开户银行或者其他金融机构划拨社会保险费。用人单位账户余额少于应当缴纳的社会保险费的，社会保险费征收机构可以要求该用人单位提供担保，签订延期缴费协议。

用人单位未足额缴纳社会保险费且未提供担保的，社会保险费征收机构可以申请人民法院扣押、查封、拍卖其价值相当于应当缴纳社会保险费的财产，以拍卖所得抵缴社会保险费。

第八章 社会保险基金

第六十四条 社会保险基金包括基本养老保险基金、基本医疗保险基金、工伤保险基金、失业保险基金和生育保险基金。各项社会保险基金按照社会保险险种分别建账，分账核算，执行国家统一的会计制度。

社会保险基金专款专用，任何组织和个人不得侵占或者挪用。

基本养老保险基金逐步实行全国统筹，其他社会保险基金逐步实行省级统筹，具体时间、步骤由国务院规定。

第六十五条 社会保险基金通过预算实现收支平衡。

县级以上人民政府在社会保险基金出现支付不足时，给予补贴。

第六十六条 社会保险基金按照统筹层次设立预算。社会保险基金预算按照社会保险项目分别编制。

第六十七条 社会保险基金预算、决算草案的编制、审核和批准，依照法律和国务院规定执行。

第六十八条 社会保险基金存入财政专户，具体管理办法由国务院规定。

第六十九条 社会保险基金在保证安全的前提下，按照国务院规定投资运营实现保值增值。

社会保险基金不得违规投资运营，不得用于平衡其他政府预算，不得用于兴建、改建办公场所和支付人员经费、运行费用、管理费用，或者违反法律、行政法规规定挪作其他用途。

第七十条 社会保险经办机构应当定期向社会公布参加社会保险情况以及社会保险基金的收入、支出、结余和收益情况。

第七十一条 国家设立全国社会保障基金，由中央财政预算拨款以及国务院批准的其他方式筹集的资金构成，用于社会保障支出的补充、调剂。全国社会保障基金由全国社会保障基金管理运营机构负责管理运营，在保证安全的前提下实现保值增值。

全国社会保障基金应当定期向社会公布收支、管理和投资运营的情况。国务院财政部门、社会保险行政部门、审计机关对全国社会保障基金的收支、管理和投资运营情况实施监督。

第九章 社会保险经办

第七十二条 统筹地区设立社会保险经办机构。社会保险经办机构根据工作需要，经所在地的社会保险行政部门和机构编制管理机关批准，可以在本统筹地区设立分支机构和服务网点。

社会保险经办机构的人员经费和经办社会保险发生的基本运行费用、管理费用，由同级财政按照国家规定予以保障。

第七十三条 社会保险经办机构应当建立健全业务、财务、安全和风险管理制度。

社会保险经办机构应当按时足额支付社会保险待遇。

第七十四条 社会保险经办机构通过业务经办、统计、调查获取社会保险工作所需的数据，有关单位和个人应当及时、如实提供。

社会保险经办机构应当及时为用人单位建立档案，完整、准确地记录参加社会保险的人员、缴费等社会保险数据，妥善保管登记、申报的原始凭证和支付结算的会计凭证。

社会保险经办机构应当及时、完整、准确地记录参加社会保险的个人缴费和用人单位为其缴费，以及享受社会保险待遇等个人权益记录，定期将个人权益记录单免费寄送本人。

用人单位和个人可以免费向社会保险经办机构查询、核对其缴费和享受社会保险待遇记录，要求社会保险经办机构提供社会保险咨询等相关服务。

第七十五条 全国社会保险信息系统按照国家统一规划，由县级以上人民政府按照分级负责的原则共同建设。

第十章 社会保险监督

第七十六条 各级人民代表大会常务委员会听取和审议本级人民政府对社会保险基金的收支、管理、投资运营以及监督检查情况的专项工作报告，组织对本法实施情况的执法检查等，依法行使监督职权。

第七十七条 县级以上人民政府社会保险行政部门应当加强对用人单位和个人遵守社会保险法律、法规情况的监督检查。

社会保险行政部门实施监督检查时，被检查的用人单位和个人应当如实提供与社会保险有关的资料，不得拒绝检查或者谎报、瞒报。

第七十八条 财政部门、审计机关按照各自职责，对社会保险基金的收支、管理和投资运营情况实施监督。

第七十九条 社会保险行政部门对社会保险基金的收支、管理和投资运营情况进行监督检查，发现存在问题的，应当提出整改建议，依法作出处理决定或者向有关行政部门提出处理建议。社会保险基金检查结果应当定期向社会公布。

社会保险行政部门对社会保险基金实施监督检查，有权采取下列措施：

（一）查阅、记录、复制与社会保险基金收支、管理和投资运营相关的资料，对可能被转移、隐匿或者灭失的资料予以封存；

（二）询问与调查事项有关的单位和个人，要求其对与调查事项有关的问题作出说明、提供有关证明材料；

（三）对隐匿、转移、侵占、挪用社会保险基金的行为予以制止并责令改正。

第八十条 统筹地区人民政府成立由用人单位代表、参保人员代表，以及工会代表、专家等组成的社会保险监督委员会，掌握、分析社会保险基金的收支、管理和投资运营情况，对社会保险工作提出咨询意见和建议，实施社会监督。

社会保险经办机构应当定期向社会保险监督委员会汇报社会保险基金的收支、管理和投资运营情况。社会保险监督委员会可以聘请会计师事务所对社会保险基金的收支、管理和投资运营情况进行年度审计和专项审计。审计结果应当向社会公开。

社会保险监督委员会发现社会保险基金收支、管理和投资运营中存在问题的，有权提出改正建议；对社会保险经办机构及其工作人员的违法行为，有权向有关部门提出依法处理建议。

第八十一条 社会保险行政部门和其他有关行政部门、社会保险经办机构、社会保险费征收机构及其工作人员，应当依法为用人单位和个人的信息保密，不得以任何形式泄露。

第八十二条 任何组织或者个人有权对违反社会保险法律、法规的行为进行举报、投诉。

社会保险行政部门、卫生行政部门、社会保险经办机构、社会保险费征收机构和财政部门、审计机关对属于本部门、本机构职责范围的举报、投诉，应当依法处理；对不属于本部门、本机构职责范围的，应当书面通知并移交有权处理的部门、机构处理。有权处理的部门、机构应当及时处理，不得推诿。

第八十三条 用人单位或者个人认为社会保险费征收机构的行为侵害自己合法权益的，可以依法申请行政复议或者提起行政诉讼。

用人单位或者个人对社会保险经办机构不依法办理社会保险登记、核定社会保险费、支付社会保险待遇、办理社会保险转移接续手续或者侵害其他社会保险权益的行为，可以依法申请行政复议或者提起行政诉讼。

个人与所在用人单位发生社会保险争议的，可以依法申请调解、仲裁，提起诉讼。用人单位侵害个人社会保险权益的，个人也可以要求社会保险行政部门或者社会保险费征收机构依法处理。

第十一章 法律责任

第八十四条 用人单位不办理社会保险登记的，由社会保险行政部门责令限期改正；逾期不改正的，对用人单位处应缴社会保险费数额一倍以上三倍以下的罚款，对其直接负责的主管人员和其他直接责任人员处五百元以上三千元以下的罚款。

第八十五条 用人单位拒不出具终止或者解除劳动关系证明的，依照《中华人民共和国劳动合同法》的规定处理。

第八十六条 用人单位未按时足额缴纳社会保险费的，由社会保险费征收机构责令限期缴纳或者补足，并自欠缴之日起，按日加收万分之五的滞纳金；逾期仍不缴纳的，由有关行政部门处欠缴数额一倍以上三倍以下的罚款。

第八十七条 社会保险经办机构以及医疗机构、药品经营单位等社会保险服务机构以欺诈、伪造证明材料或者其他手段骗取社会保险基金支出的，由社会保险行政部门责令退回骗取的社会保险金，处骗取金额二倍以上五倍以下的罚款；属于社会保险服务机构的，解除服务协议；直接负责的主管人员和其他直接责任人员有执业资格的，依法吊销其执业资格。

第八十八条　以欺诈、伪造证明材料或者其他手段骗取社会保险待遇的，由社会保险行政部门责令退回骗取的社会保险金，处骗取金额二倍以上五倍以下的罚款。

第八十九条　社会保险经办机构及其工作人员有下列行为之一的，由社会保险行政部门责令改正；给社会保险基金、用人单位或者个人造成损失的，依法承担赔偿责任；对直接负责的主管人员和其他直接责任人员依法给予处分：

（一）未履行社会保险法定职责的；

（二）未将社会保险基金存入财政专户的；

（三）克扣或者拒不按时支付社会保险待遇的；

（四）丢失或者篡改缴费记录、享受社会保险待遇记录等社会保险数据、个人权益记录的；

（五）有违反社会保险法律、法规的其他行为的。

第九十条　社会保险费征收机构擅自更改社会保险费缴费基数、费率，导致少收或者多收社会保险费的，由有关行政部门责令其追缴应当缴纳的社会保险费或者退还不应当缴纳的社会保险费；对直接负责的主管人员和其他直接责任人员依法给予处分。

第九十一条　违反本法规定，隐匿、转移、侵占、挪用社会保险基金或者违规投资运营的，由社会保险行政部门、财政部门、审计机关责令追回；有违法所得的，没收违法所得；对直接负责的主管人员和其他直接责任人员依法给予处分。

第九十二条　社会保险行政部门和其他有关行政部门、社会保险经办机构、社会保险费征收机构及其工作人员泄露用人单位和个人信息的，对直接负责的主管人员和其他直接责任人员依法给予处分；给用人单位或者个人造成损失的，应当承担赔偿责任。

第九十三条　国家工作人员在社会保险管理、监督工作中滥用职权、玩忽职守、徇私舞弊的，依法给予处分。

第九十四条　违反本法规定，构成犯罪的，依法追究刑事责任。

第十二章　附　则

第九十五条　进城务工的农村居民依照本法规定参加社会保险。

第九十六条　征收农村集体所有的土地，应当足额安排被征地农民的社会保险费，按照国务院规定将被征地农民纳入相应的社会保险制度。

第九十七条　外国人在中国境内就业的，参照本法规定参加社会保险。

第九十八条　本法自 2011 年 7 月 1 日起施行。

法规解读▶

社会保险法是 2010 年通过的重要法律，被列入 2011 年大纲，但新大纲中并未增加有关社会保险法的考点。社会保险法属于社会法的典型内容，与经济法存在较大差异，现行大纲体例吸收社会保险法考点还需要进一步酝酿。作为一部重要的法律，社会保险法应该会在 2011 年司法考试中有所考查，题目会比较简单。

中华人民共和国法官职业道德基本准则

（最高人民法院2001年10月18日发布　2010年12月6日修订后重新发布）（法发〔2010〕53号）

第一章　总　则

第一条　为加强法官职业道德建设，保证法官正确履行法律赋予的职责，根据《中华人民共和国法官法》和其他相关规定，制定本准则。

★第二条（核心与基本要求）　法官职业道德的核心是公正、廉洁、为民。基本要求是忠诚司法事业、保证司法公正、确保司法廉洁、坚持司法为民、维护司法形象。

第三条　法官应当自觉遵守法官职业道德，在本职工作和业外活动中严格要求自己，维护人民法院形象和司法公信力。

第二章　忠诚司法事业

第四条　牢固树立社会主义法治理念，忠于党、忠于国家、忠于人民、忠于法律，做中国特色社会主义事业建设者和捍卫者。

第五条　坚持和维护中国特色社会主义司法制度，认真贯彻落实依法治国基本方略，尊崇和信仰法律，模范遵守法律，严格执行法律，自觉维护法律的权威和尊严。

第六条　热爱司法事业，珍惜法官荣誉，坚持职业操守，恪守法官良知，牢固树立司法核心价值观，以维护社会公平正义为己任，认真履行法官职责。

第七条　维护国家利益，遵守政治纪律，保守国家秘密和审判工作秘密，不从事或参与有损国家利益和司法权威的活动，不发表有损国家利益和司法权威的言论。

第三章　保证司法公正

第八条　坚持和维护人民法院依法独立行使审判权的原则，客观公正审理案件，在审判活动中独立思考、自主判断，敢于坚持原则，不受任何行政机关、社会团体和个人的干涉，不受权势、人情等因素的影响。

第九条　坚持以事实为根据，以法律为准绳，努力查明案件事实，准确把握法律精神，正确适用法律，合理行使裁量权，避免主观臆断、超越职权、滥用职权，确保案件裁判结果公平公正。

第十条　牢固树立程序意识，坚持实体公正与程序公正并重，严格按照法定程序执法办案，充分保障当事人和其他诉讼参与人的诉讼权利，避免执法办案中的随意行为。

第十一条　严格遵守法定办案时限，提高审判执行效率，及时化解纠纷，注重节约司法资源，杜绝玩忽职守、拖延办案等行为。

第十二条　认真贯彻司法公开原则，尊重人民群众的知情权，自觉接受法律监督和社会监督，同时避免司法审判受到外界的不当影响。

第十三条 自觉遵守司法回避制度，审理案件保持中立公正的立场，平等对待当事人和其他诉讼参与人，不偏袒或歧视任何一方当事人，不私自单独会见当事人及其代理人、辩护人。

第十四条 尊重其他法官对审判职权的依法行使，除履行工作职责或者通过正当程序外，不过问、不干预、不评论其他法官正在审理的案件。

第四章 确保司法廉洁

第十五条 树立正确的权力观、地位观、利益观，坚持自重、自省、自警、自励，坚守廉洁底线，依法正确行使审判权、执行权，杜绝以权谋私、贪赃枉法行为。

第十六条 严格遵守廉洁司法规定，不接受案件当事人及相关人员的请客送礼，不利用职务便利或者法官身份谋取不正当利益，不违反规定与当事人或者其他诉讼参与人进行不正当交往，不在执法办案中徇私舞弊。

第十七条 不从事或者参与营利性的经营活动，不在企业及其他营利性组织中兼任法律顾问等职务，不就未决案件或者再审案件给当事人及其他诉讼参与人提供咨询意见。

第十八条 妥善处理个人和家庭事务，不利用法官身份寻求特殊利益。按规定如实报告个人有关事项，教育督促家庭成员不利用法官的职权、地位谋取不正当利益。

第五章 坚持司法为民

第十九条 牢固树立以人为本、司法为民的理念，强化群众观念，重视群众诉求，关注群众感受，自觉维护人民群众的合法权益。

第二十条 注重发挥司法的能动作用，积极寻求有利于案结事了的纠纷解决办法，努力实现法律效果与社会效果的统一。

第二十一条 认真执行司法便民规定，努力为当事人和其他诉讼参与人提供必要的诉讼便利，尽可能降低其诉讼成本。

第二十二条 尊重当事人和其他诉讼参与人的人格尊严，避免盛气凌人、"冷硬横推"等不良作风；尊重律师，依法保障律师参与诉讼活动的权利。

第六章 维护司法形象

第二十三条 坚持学习，精研业务，忠于职守，秉公办案，惩恶扬善，弘扬正义，保持昂扬的精神状态和良好的职业操守。

第二十四条 坚持文明司法，遵守司法礼仪，在履行职责过程中行为规范、着装得体、语言文明、态度平和，保持良好的职业修养和司法作风。

第二十五条 加强自身修养，培育高尚道德操守和健康生活情趣，杜绝与法官职业形象不相称、与法官职业道德相违背的不良嗜好和行为，遵守社会公德和家庭美德，维护良好的个人声誉。

第二十六条 法官退休后应当遵守国家相关规定，不利用自己的原有身份和便利条件过问、干预执法办案，避免因个人不当言行对法官职业形象造成不良影响。

第七章 附 则

第二十七条 人民陪审员依法履行审判职责期间，应当遵守本准则。人民法院其他工作人员参照执行本准则。

第二十八条 各级人民法院负责督促实施本准则，对于违反本准则的行为，视情节后果予以诫勉谈话、批评通报；情节严重构成违纪违法的，依照相关纪律和法律规定予以严肃处理。

第二十九条 本准则由最高人民法院负责解释。

第三十条 本准则自发布之日起施行。最高人民法院 2001 年 10 月 18 日发布的《中华人民共和国法官职业道德基本准则》同时废止。

公证员职业道德基本准则

（2002 年 2 月 28 日中国公证员协会三届三次理事会会议通过，2010 年 12 月 28 日中国公证协会六届二次理事会会议修订）

为加强公证员职业道德建设，保证公证员依法履行公证职责，维护和增强公证公信力，根据《中华人民共和国公证法》，制定本准则。

一、忠于法律　尽职履责

第一条　公证员应当忠于宪法和法律，自觉践行社会主义法治理念。

第二条　公证员应当政治坚定、业务精通、维护公正、恪守诚信，坚定不移地做中国特色社会主义事业的建设者、捍卫者。

第三条　公证员应当依法办理公证事项，恪守客观、公正的原则，做到以事实为依据、法律为准绳。

第四条　公证员应当自觉遵守法定回避制度，不得为本人及近亲属办理公证或者办理与本人及近亲属有利害关系的公证。

第五条　公证员应当自觉履行执业保密义务，不得泄露在执业中知悉的国家秘密、商业秘密或个人隐私，更不能利用知悉的秘密为自己或他人谋取利益。

第六条　公证员在履行职责时，对发现的违法、违规或违反社会公德的行为，应当按照法律规定的权限，积极采取措施予以纠正、制止。

二、爱岗敬业　规范服务

第七条　公证员应当珍惜职业荣誉，强化服务意识，勤勉敬业、恪尽职守，为当事人提供优质高效的公证法律服务。

第八条　公证员在履行职责时，应当告知当事人、代理人和参与人的权利与义务，并就权利和义务的真实意思和可能产生的法律后果作出明确解释，避免形式上的简单告知。

第九条　公证员在执行职务时，应当平等、热情地对待当事人、代理人和参与人，要注重其民族、种族、国籍、宗教信仰、性别、年龄、健康状况、职业的差别，避免言行不慎使对方产生歧义。

第十条　公证员应当严格按照规定的程序和期限办理公证事项，注重提高办证质量和效率，杜绝疏忽大意、敷衍塞责和延误办证的行为。

第十一条　公证员应当注重礼仪，做到着装规范、举止文明，维护职业形象。

现场宣读公证词时，应当语言规范、吐字清晰，避免使用可能引起他人反感的语言表达方式。

第十二条　公证员如果发现已生效的公证文书存在问题或其他公证员有违法、违规行为，应当及时向有关部门反映。

第十三条　公证员不得利用媒体或采用其他方式，对正在办理或已办结的公证事项发表不当评论，更不得发表有损公证严肃性和权威性的言论。

三、加强修养　提高素质

第十四条　公证员应当牢固树立社会主义荣辱观，遵守社会公德，倡导良好社会风尚。

第十五条　公证员应当道德高尚、诚实信用、谦虚谨慎，具有良好的个人修养和品行。

第十六条　公证员应当忠于职守、不徇私情、弘扬正义，自觉维护社会公平和公众利益。

第十七条　公证员应当热爱集体，团结协作，相互支持、相互配合、相互监督，共同营造健康、有序、和谐的工作环境。

第十八条　公证员应当不断提高自身的业务能力和职业素养，保证自己的执业品质和专业技能满足正确履行职责的需要。

第十九条　公证员应当树立终身学习理念，勤勉进取，努力钻研，不断提高职业素质和执业水平。

四、廉洁自律　尊重同行

第二十条　公证员应当树立廉洁自律意识，遵守职业道德和执业纪律，不得从事有报酬的其他职业和与公证员职务、身份不相符的活动。

第二十一条　公证员应当妥善处理个人事务，不得利用公证员的身份和职务为自己、亲属或他人谋取利益。

第二十二条　公证员不得索取或接受当事人及其代理人、利害关系人的答谢款待、馈赠财物或其他利益。

第二十三条　公证员应当相互尊重，与同行保持良好的合作关系，公平竞争，同业互助，共谋发展。

第二十四条　公证员不得以不正当方式或途径对其他公证员正在办理的公证事项进行干预或施加影响。

第二十五条　公证员不得从事以下不正当竞争行为：

（一）利用媒体或其他手段炫耀自己，贬损他人，排斥同行，为自己招揽业务；

（二）以支付介绍费、给予回扣、许诺提供利益等方式承揽业务；

（三）利用与行政机关、社会团体的特殊关系进行业务垄断；

（四）其他不正当竞争行为。

五、附　则

第二十六条　中国公证协会和地方公证协会监督公证员遵守本准则。

第二十七条　公证员助理和公证机构其他工作人员，参照执行本准则的有关规定。

第二十八条　本准则由中国公证协会负责解释。

第二十九条　本准则自发布之日起施行。

中国公证协会，2011年1月6日印发。

中华人民共和国刑法修正案（八）

（2011年2月25日第十一届全国人民代表大会常务委员会第十九次会议通过）

★一（已满75周岁的人犯罪）、在刑法第十七条后增加一条，作为第十七条之一："已满七十五周岁的人故意犯罪的，可以从轻或者减轻处罚；过失犯罪的，应当从轻或者减轻处罚。"

二、在刑法第三十八条中增加一款作为第二款："判处管制，可以根据犯罪情况，同时禁止犯罪分子在执行期间从事特定活动，进入特定区域、场所，接触特定的人。"

原第二款作为第三款，修改为："对判处管制的犯罪分子，依法实行社区矫正。"

增加一款作为第四款："违反第二款规定的禁止令的，由公安机关依照《中华人民共和国治安管理处罚法》的规定处罚。"

★三（已满75周岁的人不适用死刑）、在刑法第四十九条中增加一款作为第二款："审判的时候已满七十五周岁的人，不适用死刑，但以特别残忍手段致人死亡的除外。"

四、将刑法第五十条修改为："判处死刑缓期执行的，在死刑缓期执行期间，如果没有故意犯罪，二年期满以后，减为无期徒刑；如果确有重大立功表现，二年期满以后，减为二十五年有期徒刑；如果故意犯罪，查证属实的，由最高人民法院核准，执行死刑。

"对被判处死刑缓期执行的累犯以及因故意杀人、强奸、抢劫、绑架、放火、爆炸、投放危险物质或者有组织的暴力性犯罪被判处死刑缓期执行的犯罪分子，人民法院根据犯罪情节等情况可以同时决定对其限制减刑。"

五、将刑法第六十三条第一款修改为："犯罪分子具有本法规定的减轻处罚情节的，应当在法定刑以下判处刑罚；本法规定有数个量刑幅度的，应当在法定量刑幅度的下一个量刑幅度内判处刑罚。"

六、将刑法第六十五条第一款修改为："被判处有期徒刑以上刑罚的犯罪分子，刑罚执行完毕或者赦免以后，在五年以内再犯应当判处有期徒刑以上刑罚之罪的，是累犯，应当从重处罚，但是过失犯罪和不满十八周岁的人犯罪的除外。"

七、将刑法第六十六条修改为："危害国家安全犯罪、恐怖活动犯罪、黑社会性质的组织犯罪的犯罪分子，在刑罚执行完毕或者赦免以后，在任何时候再犯上述任一类罪的，都以累犯论处。"

八、在刑法第六十七条中增加一款作为第三款："犯罪嫌疑人虽不具有前两款规定的自首情节，但是如实供述自己罪行的，可以从轻处罚；因其如实供述自己罪行，避免特别严重后果发生的，可以减轻处罚。"

九、删去刑法第六十八条第二款。

★十（数罪并罚的刑期）、将刑法第六十九条修改为："判决宣告以前一人犯数罪的，除判处死刑和无期徒刑的以外，应当在总和刑期以下、数刑中最高刑期以上，酌情决定执行的刑期，但是管制最高不能超过三年，拘役最高不能超过一年，有期徒刑总和刑期不满三十五年的，最高不能超过二十年，总和刑期在三十五年以上的，最高不能超过二十五年。

"数罪中有判处附加刑的，附加刑仍须执行，其中附加刑种类相同的，合并执行，种类不同的，分别执行。"

★十一（缓刑的适用条件）、将刑法第七十二条修改为："对于被判处拘役、三年以下有期徒刑的犯罪分子，同时符合下列条件的，可以宣告缓刑，对其中不满十八周岁的人、怀孕的妇女和已满七十五周岁的人，应当宣告缓刑：

"（一）犯罪情节较轻；

"（二）有悔罪表现；

"（三）没有再犯罪的危险；

"（四）宣告缓刑对所居住社区没有重大不良影响。

"宣告缓刑，可以根据犯罪情况，同时禁止犯罪分子在缓刑考验期限内从事特定活动，进入特定区域、场所，接触特定的人。

"被宣告缓刑的犯罪分子，如果被判处附加刑，附加刑仍须执行。"

十二、将刑法第七十四条修改为："对于累犯和犯罪集团的首要分子，不适用缓刑。"

十三、将刑法第七十六条修改为："对宣告缓刑的犯罪分子，在缓刑考验期限内，依法实行社区矫正，如果没有本法第七十七条规定的情形，缓刑考验期满，原判的刑罚就不再执行，并公开予以宣告。"

十四、将刑法第七十七条第二款修改为："被宣告缓刑的犯罪分子，在缓刑考验期限内，违反法律、行政法规或者国务院有关部门关于缓刑的监督管理规定，或者违反人民法院判决中的禁止令，情节严重的，应当撤销缓刑，执行原判刑罚。"

★十五（减刑的刑期限制）、将刑法第七十八条第二款修改为："减刑以后实际执行的刑期不能少于下列期限：

"（一）判处管制、拘役、有期徒刑的，不能少于原判刑期的二分之一；

"（二）判处无期徒刑的，不能少于十三年；

"（三）人民法院依照本法第五十条第二款规定限制减刑的死刑缓期执行的犯罪分子，缓期执行期满后依法减为无期徒刑的，不能少于二十五年，缓期执行期满后依法减为二十五年有期徒刑的，不能少于二十年。"

十六、将刑法第八十一条修改为："被判处有期徒刑的犯罪分子，执行原判刑期二分之一以上，被判处无期徒刑的犯罪分子，实际执行十三年以上，如果认真遵守监规，接受教育改造，确有悔改表现，没有再犯罪的危险的，可以假释。如果有特殊情况，经最高人民法院核准，可以不受上述执行刑期的限制。

"对累犯以及因故意杀人、强奸、抢劫、绑架、放火、爆炸、投放危险物质或者有组织的暴力性犯罪被判处十年以上有期徒刑、无期徒刑的犯罪分子，不得假释。

"对犯罪分子决定假释时，应当考虑其假释后对所居住社区的影响。"

十七、将刑法第八十五条修改为："对假释的犯罪分子，在假释考验期限内，依法实行社区矫正，如果没有本法第八十六条规定的情形，假释考验期满，就认为原判刑罚已经执行完毕，并公开予以宣告。"

十八、将刑法第八十六条第三款修改为："被假释的犯罪分子，在假释考验期限内，有违反法律、行政法规或者国务院有关部门关于假释的监督管理规定的行为，尚未构成新的犯罪的，应当依照法定程序撤销假释，收监执行未执行完毕的刑罚。"

十九、在刑法第一百条中增加一款作为第二款："犯罪的时候不满十八周岁被判处五年有期徒刑以下刑罚的人，免除前款规定的报告义务。"

二十、将刑法第一百零七条修改为："境内外机构、组织或者个人资助实施本章第一百零二条、第一百零三条、第一百零四条、第一百零五条规定之罪的，对直接责任人员，处五年以下有期徒刑、拘役、管制或者剥夺政治权利；情节严重的，处五年以上有期徒刑。"

二十一、将刑法第一百零九条修改为："国家机关工作人员在履行公务期间，擅离岗位，叛逃境外或者在境外叛逃的，处五年以下有期徒刑、拘役、管制或者剥夺政治权利；情节严重的，处五年以上十年以下有期徒刑。

"掌握国家秘密的国家工作人员叛逃境外或者在境外叛逃的，依照前款的规定从重处罚。"

★二十二（危险驾驶罪）、在刑法第一百三十三条后增加一条，作为第一百三十三条之一："在道路上驾驶机动车追逐竞驶，情节恶劣的，或者在道路上醉酒驾驶机动车的，处拘役，并处罚金。

"有前款行为，同时构成其他犯罪的，依照处罚较重的规定定罪处罚。"

二十三、将刑法第一百四十一条第一款修改为："生产、销售假药的，处三年以下有期徒刑或者拘役，并处罚金；对人体健康造成严重危害或者有其他严重情节的，处三年以上十年以下有期徒刑，并处罚金；致人死亡或者有其他特别严重情节的，处十年以上有期徒刑、无期徒刑或者死刑，并处罚金或者没收财产。"

二十四、将刑法第一百四十三条修改为："生产、销售不符合食品安全标准的食品，足以造成严重食物中毒事故或者其他严重食源性疾病的，处三年以下有期徒刑或者拘役，并处罚金；对人体健康造成严重危害或者有其他严重情节的，处三年以上七年以下有期徒刑，并处罚金；后果特别严重的，处七年以上有期徒刑或者无期徒刑，并处罚金或者没收财产。"

二十五、将刑法第一百四十四条修改为："在生产、销售的食品中掺入有毒、有害的非食品原料的，或者销售明知掺有有毒、有害的非食品原料的食品的，处五年以下有期徒刑，并处罚金；对人体健康造成严重危害或者有其他严重情节的，处五年以上十年以下有期徒刑，并处罚金；致人死亡或者有其他特别严重情节的，依照本法第一百四十一条的规定处罚。"

二十六、将刑法第一百五十一条修改为："走私武器、弹药、核材料或者伪造的货币的，处七年以上有期徒刑，并处罚金或者没收财产；情节特别严重的，处无期徒刑或者死刑，并处没收财产；情节较轻的，处三年以上七年以下有期徒刑，并处罚金。

"走私国家禁止出口的文物、黄金、白银和其他贵重金属或者国家禁止进出口的珍贵动物及其制品的，处五年以上十年以下有期徒刑，并处罚金；情节特别严重的，处十年以上有期徒刑或者无期徒刑，并处没收财产；情节较轻的，处五年以下有期徒刑，并处罚金。

"走私珍稀植物及其制品等国家禁止进出口的其他货物、物品的，处五年以下有期徒刑或者拘役，并处或者单处罚金；情节严重的，处五年以上有期徒刑，并处罚金。

"单位犯本条规定之罪的，对单位判处罚金，并对其直接负责的主管人员和其他直接责任人员，依照本条各款的规定处罚。"

二十七、将刑法第一百五十三条第一款修改为："走私本法第一百五十一条、第一百五十二条、第三百四十七条规定以外的货物、物品的，根据情节轻重，分别依照下列规定处罚：

"（一）走私货物、物品偷逃应缴税额较大或者一年内曾因走私被给予二次行政处罚后又走私的，处三年以下有期徒刑或者拘役，并处偷逃应缴税额一倍以上五倍以下罚金。

"（二）走私货物、物品偷逃应缴税额巨大或者有其他严重情节的，处三年以上十年以下有期徒刑，并处偷逃应缴税额一倍以上五倍以下罚金。

"（三）走私货物、物品偷逃应缴税额特别巨大或者有其他特别严重情节的，处十年以上有期徒刑或者无期徒刑，并处偷逃应缴税额一倍以上五倍以下罚金或者没收财产。"

二十八、将刑法第一百五十七条第一款修改为："武装掩护走私的，依照本法第一百五十一条第一款的规定从重处罚。"

二十九、将刑法第一百六十四条修改为："为谋取不正当利益，给予公司、企业或者其他单位的工作人员以财物，数额较大的，处三年以下有期徒刑或者拘役；数额巨大的，处三年以上十年以下有期徒刑，并处罚金。

"为谋取不正当商业利益，给予外国公职人员或者国际公共组织官员以财物的，依照前款的规定处罚。

"单位犯前两款罪的，对单位判处罚金，并对其直接负责的主管人员和其他直接责任人员，依照第一款的规定处罚。

"行贿人在被追诉前主动交待行贿行为的，可以减轻处罚或者免除处罚。"

三十、将刑法第一百九十九条修改为："犯本节第一百九十二条规定之罪，数额特别巨大并且给国家和人民利益造成特别重大损失的，处无期徒刑或者死刑，并处没收财产。"

三十一、将刑法第二百条修改为："单位犯本节第一百九十二条、第一百九十四条、第一百九十五条规定之罪的，对单位判处罚金，并对其直接负责的主管人员和其他直接责任人员，处五年以下有期徒刑或者拘役，可以并处罚金；数额巨大或者有其他严重情节的，处五年以上十年以下有期徒刑，并处罚金；数额特别巨大或者有其他特别严重情节的，处十年以上有期徒刑或者无期徒刑，并处罚金。"

三十二、删去刑法第二百零五条第二款。

三十三、在刑法第二百零五条后增加一条，作为第二百零五条之一："虚开本法第二百零五条规定以外的其他发票，情节严重的，处二年以下有期徒刑、拘役或者管制，并处罚金；情节特别严重的，处二年以上七年以下有期徒刑，并处罚金。

"单位犯前款罪的，对单位判处罚金，并对其直接负责的主管人员和其他直接责任人员，依照前款的规定处罚。"

三十四、删去刑法第二百零六条第二款。

三十五、在刑法第二百一十条后增加一条，作为第二百一十条之一："明知是伪造的发票而持有，数量较大的，处二年以下有期徒刑、拘役或者管制，并处罚金；数量巨大的，处二年以上七年以下有期徒刑，并处罚金。

"单位犯前款罪的，对单位判处罚金，并对其直接负责的主管人员和其他直接责任人员，依照前款的规定处罚。"

三十六、将刑法第二百二十六条修改为："以暴力、威胁手段，实施下列行为之一，情节严重的，处三年以下有期徒刑或者拘役，并处或者单处罚金；情节特别严重的，处三年以上七年以下有期徒刑，并处罚金：

"（一）强买强卖商品的；

"（二）强迫他人提供或者接受服务的；

"（三）强迫他人参与或者退出投标、拍卖的；

"（四）强迫他人转让或者收购公司、企业的股份、债券或者其他资产的；

"（五）强迫他人参与或者退出特定的经营活动的。"

★三十七（组织出卖人体器官罪）、在刑法第二百三十四条后增加一条，作为第二百三十四条之一："组织他人出卖人体器官的，处五年以下有期徒刑，并处罚金；情节严重的，处五年以上有期徒刑，并处罚金或者没收财产。

"未经本人同意摘取其器官，或者摘取不满十八周岁的人的器官，或者强迫、欺骗他人捐献器官的，依照本法第二百三十四条、第二百三十二条的规定定罪处罚。

"违背本人生前意愿摘取其尸体器官，或者本人生前未表示同意，违反国家规定，违背其近亲属意愿摘取其尸体器官的，依照本法第三百零二条的规定定罪处罚。"

三十八、将刑法第二百四十四条修改为："以暴力、威胁或者限制人身自由的方法强迫他人劳动的，处三年以下有期徒刑或者拘役，并处罚金；情节严重的，处三年以上十年以下有期徒刑，并处罚金。

"明知他人实施前款行为，为其招募、运送人员或者有其他协助强迫他人劳动行为的，依照前款的规定处罚。

"单位犯前两款罪的，对单位判处罚金，并对其直接负责的主管人员和其他直接责任人员，依照第一款的规定处罚。"

三十九、将刑法第二百六十四条修改为："盗窃公私财物，数额较大的，或者多次盗窃、入户盗窃、携带凶器盗窃、扒窃的，处三年以下有期徒刑、拘役或者管制，并处或者单处罚金；数额巨大或者有其他严重情节的，处三年以上十年以下有期徒刑，并处罚金；数额特别巨大或者有其他特别严重情节的，处十年以上有期徒刑或者无期徒刑，并处罚金或者没收财产。"

四十、将刑法第二百七十四条修改为："敲诈勒索公私财物，数额较大或者多次敲诈勒索的，处三年以下有期徒刑、拘役或者管制，并处或者单处罚金；数额巨大或者有其他严重情节的，处三年以上十年以下有期徒刑，并处罚金；数额特别巨大或者有其他特别严重情节的，处十年以上有期徒刑，并处罚金。"

★四十一（拒不支付劳动报酬罪）、在刑法第二百七十六条后增加一条，作为第二百七十六条之一："以转移财产、逃匿等方法逃避支付劳动者的劳动报酬或者有能力支付而不支付劳动者的劳动报酬，数额较大，经政府有关部门责令支付仍不支付的，处三年以下有期徒刑或者拘役，并处或者单处罚金；造成严重后果的，处三年以上七年以下有期徒刑，并处罚金。

"单位犯前款罪的，对单位判处罚金，并对其直接负责的主管人员和其他直接责任人员，依照前款的规定处罚。

"有前两款行为，尚未造成严重后果，在提起公诉前支付劳动者的劳动报酬，并依法承担相应赔偿责任的，可以减轻或者免除处罚。"

四十二、将刑法第二百九十三条修改为："有下列寻衅滋事行为之一，破坏社会秩序的，处五年以下有期徒刑、拘役或者管制：

"（一）随意殴打他人，情节恶劣的；

"（二）追逐、拦截、辱骂、恐吓他人，情节恶劣的；

"（三）强拿硬要或者任意损毁、占用公私财物，情节严重的；

"（四）在公共场所起哄闹事，造成公共场所秩序严重混乱的。

"纠集他人多次实施前款行为，严重破坏社会秩序的，处五年以上十年以下有期徒刑，可以并处罚金。"

四十三、将刑法第二百九十四条修改为："组织、领导黑社会性质的组织的，处七年以上有期徒刑，并处没收财产；积极参加的，处三年以上七年以下有期徒刑，可以并处罚金或者没收财产；其他参加的，处三年以下有期徒刑、拘役、管制或者剥夺政治权利，可以并处罚金。

"境外的黑社会组织的人员到中华人民共和国境内发展组织成员的，处三年以上十年以下有期徒刑。

"国家机关工作人员包庇黑社会性质的组织，或者纵容黑社会性质的组织进行违法犯罪活动的，处五年以下有期徒刑；情节严重的，处五年以上有期徒刑。

"犯前三款罪又有其他犯罪行为的，依照数罪并罚的规定处罚。

"黑社会性质的组织应当同时具备以下特征：

"（一）形成较稳定的犯罪组织，人数较多，有明确的组织者、领导者，骨干成员基本固定；

"（二）有组织地通过违法犯罪活动或者其他手段获取经济利益，具有一定的经济实力，以支持该组织的活动；

"（三）以暴力、威胁或者其他手段，有组织地多次进行违法犯罪活动，为非作恶，欺压、残害群众；

"（四）通过实施违法犯罪活动，或者利用国家工作人员的包庇或者纵容，称霸一方，在一定区域或者行业内，形成非法控制或者重大影响，严重破坏经济、社会生活秩序。"

四十四、将刑法第二百九十五条修改为："传授犯罪方法的，处五年以下有期徒刑、拘役或者管制；情节严重的，处五年以上十年以下有期徒刑；情节特别严重的，处十年以上有期徒刑或者无期徒刑。"

四十五、将刑法第三百二十八条第一款修改为："盗掘具有历史、艺术、科学价值的古文化遗址、古墓葬的，处三年以上十年以下有期徒刑，并处罚金；情节较轻的，处三年以下有期徒刑、拘役或者管制，并处罚金；有下列情形之一的，处十年以上有期徒刑或者无期徒刑，并处罚金或者没收财产：

"（一）盗掘确定为全国重点文物保护单位和省级文物保护单位的古文化遗址、古墓葬的；

"（二）盗掘古文化遗址、古墓葬集团的首要分子；

"（三）多次盗掘古文化遗址、古墓葬的；

"（四）盗掘古文化遗址、古墓葬，并盗窃珍贵文物或者造成珍贵文物严重破坏的。"

四十六、将刑法第三百三十八条修改为："违反国家规定，排放、倾倒或者处置有放射性的废物、含传染病病原体的废物、有毒物质或者其他有害物质，严重污染环境的，处三年以下有期徒刑或者拘役，并处或者单处罚金；后果特别严重的，处三年以上七年以下有期徒刑，并处罚金。"

四十七、将刑法第三百四十三条第一款修改为："违反矿产资源法的规定，未取得采矿许可证擅自采矿，擅自进入国家规划矿区、对国民经济具有重要价值的矿区和他人矿区范围采矿，或者擅自开采国家规定实行保护性开采的特定矿种，情节严重的，处三年以下有期徒刑、拘役或者管制，并处或者单处罚金；情节特别严重的，处三年以上七年以下有期徒刑，并处罚金。"

四十八、将刑法第三百五十八条第三款修改为："为组织卖淫的人招募、运送人员或者有其他协助组织他人卖淫行为的，处五年以下有期徒刑，并处罚金；情节严重的，处五年以上十年以下有期徒刑，并处罚金。"

四十九、在刑法第四百零八条后增加一条，作为第四百零八条之一："负有食品安全监督管理职责的国家机关工作人员，滥用职权或者玩忽职守，导致发生重大食品安全事故或者造成其他严重后果的，处五年以下有期徒刑或者拘役；造成特别严重后果的，处五年以上十年以下有期徒刑。

"徇私舞弊犯前款罪的，从重处罚。"

五十、本修正案自 2011 年 5 月 1 日起施行。

法规解读 ▶

一、刑罚内容的变化

（一）社区矫正

对管制、缓刑、假释等犯罪分子实行社区矫正。

（二）禁止性判令

对判处管制的罪犯，根据其犯罪情况，可以判令其在管制期间不得从事特定活动，不得进入特定区域、场所，不得接触特定的人。同样适用于缓刑。

（三）死刑

1. 减少死刑罪名

取消 13 个经济性非暴力犯罪的死刑。具体是：（1）走私类：走私文物罪，走私贵重金属罪，走私珍贵动物、珍贵动物制品罪，走私普通货物、物品罪；（2）金融诈骗类：票据诈骗罪，金融凭证诈骗罪，信用证诈骗罪（死刑仅留集资诈骗罪）；（3）发票类：虚开增值税专用发票、用于骗取出口退税、抵扣税款发票罪，伪造、出售伪造的增值税专用发票罪；（4）盗窃罪；（5）妨害社会管理类：传授犯罪方法罪，盗掘古文化遗址、古墓葬罪，盗掘古人类化石、古脊椎动物化石罪。

2. 限制死刑的适用

审判的时候已满 75 周岁的人，不适用死刑。但以特别残忍手段致人死亡的除外。

3. 限制对被判处死刑缓期执行犯罪分子的减刑

（1）将《刑法》第 50 条规定的"判处死刑缓期执行的，如果确有重大立功表现，二年期满以后，减为十五年以上二十年以下有期徒刑"的减刑幅度修改为"减为二十五年有期徒刑"。

（2）对被判处死刑缓期执行的累犯以及因故意杀人、强奸、抢劫、绑架、放火、爆炸、投放危险物质或者有组织的暴力性犯罪被判处死刑缓期执行的犯罪分子，人民法院根据犯罪情节等情况可以同时决定对其限制减刑。

二、量刑情节

（一）尊老爱幼条款

1. 已满 75 周岁的人故意犯罪的，可以从轻或者减轻处罚，过失犯罪的，应当从轻或者减轻处罚。

2. 犯罪的时候不满 18 周岁被判处 5 年有期徒刑以下刑罚的人，免除其前科报告义务。

（二）减轻处罚

犯罪分子具有刑法规定的减轻处罚情节的，应当在法定刑以下判处刑罚；刑法规定有数个量刑幅度的，应当在法定量刑幅度的下一个量刑幅度内判处刑罚。

（三）累犯

1. 犯罪时不满 18 周岁的人不构成累犯。

2. 扩大特殊累犯的范围，加大对恐怖活动犯罪、黑社会性质组织犯罪的惩处力度。

（四）自首与坦白

1. 进一步落实坦白从宽的刑事政策。

2. 废除"自首后有重大立功表现的，应当减轻或者免除处罚"的规定。

三、量刑制度

（一）明确缓刑条件

1. 对于被判处拘役、3 年以下有期徒刑的犯罪分子，同时符合下列条件的，可以宣告缓刑，对其中不满 18 周岁的人、怀孕的妇女和已满 75 周岁的人，应当宣告缓刑：

（1）犯罪情节较轻；

（2）有悔罪表现；

（3）没有再犯罪的危险；

（4）宣告缓刑对所居住社区没有重大不良影响。

2. 对累犯和犯罪集团的首要分子不得适用缓刑。

（二）数罪并罚上限提高

1. 有期徒刑总和刑期不满 35 年的，最高不能超过 20 年，总和刑期在 35 年以上的，最高不能超过 25 年。

2. 数罪中有判处附加刑的，附加刑仍须执行，其中附加刑种类相同的，合并执行，种类不同的，分别执行。

四、刑罚的执行

（一）减刑

1. 判处无期徒刑的，减刑以后实际执行的刑期不能少于 13 年；

2. 人民法院依照第 50 条第 2 款规定限制减刑的死刑缓期执行的犯罪分子，缓期执行期满后依法减为无期徒刑的，减刑以后实际执行的刑期不能少于 25 年，缓期执行期满后依法减为 25 年有期徒刑的，不能少于 20 年。

（二）假释

1. 被判处有期徒刑的犯罪分子，执行原判刑期二分之一以上，被判处无期徒刑的犯罪分子，实际执行 13 年以上，如果认真遵守监规，接受教育改造，确有悔改表现，没有再犯罪的危险的，可以假释。如果有特殊情况，经最高人民法院核准，可以不受上述执行刑期的限制。

2. 对累犯以及因故意杀人、强奸、抢劫、绑架、放火、爆炸、投放危险物质或者有组织的暴力性犯罪被判处 10 年以上有期徒刑、无期徒刑的犯罪分子，不得假释。

3. 对犯罪分子决定假释时，应当考虑其假释后对所居住社区的影响。

最高人民法院关于处理自首和
立功若干具体问题的意见

（法发〔2010〕60 号）

为规范司法实践中对自首和立功制度的运用，更好地贯彻落实宽严相济刑事政策，根据刑法、刑事诉讼法和《最高人民法院关于处理自首和立功具体应用法律若干问题的解释》（以下简称《解释》）等规定，对自首和立功若干具体问题提出如下处理意见：

一、关于"自动投案"的具体认定

（自动投案）《解释》第一条第（一）项规定七种应当视为自动投案的情形，体现了犯罪嫌疑人投案的主动性和自愿性。根据《解释》第一条第（一）项的规定，犯罪嫌疑人具有以下情形之一的，也应当视为自动投案：（1）犯罪后主动报案，虽未表明自己是作案人，但没有逃离现场，在司法机关询问时交代自己罪行的；（2）明知他人报案而在现场等待，抓捕时无拒捕行为，供认犯罪事实的；（3）在司法机关未确定犯罪嫌疑人，尚在一般性排查询问时主动交代自己罪行的；（4）因特定违法行为被采取劳动教养、行政拘留、司法拘留、强制隔离戒毒等行政、司法强制措施期间，主动向执行机关交代尚未被掌握的犯罪行为的；（5）其他符合立法本意，应当视为自动投案的情形。

（不能视为投案的情形）罪行未被有关部门、司法机关发觉，仅因形迹可疑被盘问、教育后，主动交代了犯罪事实的，应当视为自动投案，但有关部门、司法机关在其身上、随身携带的物品、驾乘的交通工具等处发现与犯罪有关的物品的，不能认定为自动投案。

（自动投案与从严掌握）交通肇事后保护现场、抢救伤者，并向公安机关报告的，应认定为自动投案，构成自首的，因上述行为同时系犯罪嫌疑人的法定义务，对其是否从宽、从宽幅度要适当从严掌握。交通肇事逃逸后自动投案，如实供述自己罪行的，应认定为自首，但应依法以较重法定刑为基准，视情决定对其是否从宽处罚以及从宽处罚的幅度。

（可以从轻处罚）犯罪嫌疑人被亲友采用捆绑等手段送到司法机关，或者在亲友带领侦查人员前来抓捕时无拒捕行为，并如实供认犯罪事实的，虽然不能认定为自动投案，但可以参照法律对自首的有关规定酌情从轻处罚。

二、关于"如实供述自己的罪行"的具体认定

（如实供述）《解释》第一条第（二）项规定如实供述自己的罪行，除供述自己的主要犯罪事实外，还应包括姓名、年龄、职业、住址、前科等情况。犯罪嫌疑人供述的身份等情况与真实情况虽有差别，但不影响定罪量刑的，应认定为如实供述自己的罪行。犯罪嫌疑人自动投案后隐瞒自己的真实身份等情况，影响对其定罪量刑的，不能认定为如实供述自己的罪行。

（如实供述主要犯罪事实）犯罪嫌疑人多次实施同种罪行的，应当综合考虑已交代的犯罪事实与未交代的犯罪事实的危害程度，决定是否认定为如实供述主要犯罪事实。虽然投案后没有交代全部犯罪事实，但如实交代的犯罪情节重于未交代的犯罪情节，或者如实交代的犯罪数额多于未交代的犯罪数额，一般应认定为如实供述自己的主要犯罪事实。无法区分已交代的与未交代的犯罪情节的严重程度，或者已交代的犯罪数额与未交代的犯罪数额相当，一般不认定为如实供述自己的主要犯罪事实。

（主动交代）犯罪嫌疑人自动投案时虽然没有交代自己的主要犯罪事实，但在司法机关掌握其主要犯罪事实之前主动交代的，应认定为如实供述自己的罪行。

三、关于"司法机关还未掌握的本人其他罪行"和"不同种罪行"的具体认定

（已掌握罪行的认定）犯罪嫌疑人、被告人在被采取强制措施期间，向司法机关主动如实供述本人的其他罪行，该罪行能否认定为司法机关已掌握，应根据不同情形区别对待。如果该罪行已被通缉，一般应以该司法机关是否在通缉令发布范围内作出判断，不在通缉令发布范围内的，应认定为还未掌握，在通缉令发布范围内的，应视为已掌握；如果该罪行已录入全国公安信息网络在逃人员信息数据库，应视为已掌握。如果该罪行未被通缉、也未录入全国公安信息网络在逃人员信息数据库，应以该司法机关是否已实际掌握该罪行为标准。

（同种罪与不同种罪的区分）犯罪嫌疑人、被告人在被采取强制措施期间如实供述本人其他罪行，该罪行与司法机关已掌握的罪行属同种罪行还是不同种罪行，一般应以罪名区分。虽然如实供述的其他罪行的罪名与司法机关已掌握犯罪的罪名不同，但如实供述的其他犯罪与司法机关已掌握的犯罪属选择性罪名或者在法律、事实上密切关联，如因受贿被采取强制措施后，又交代因受贿为他人谋取利益行为，构成滥用职权罪的，应认定为同种罪行。

四、关于立功线索来源的具体认定

（非法获取的立功线索）犯罪分子通过贿买、暴力、胁迫等非法手段，或者被羁押后与律师、亲友会见过程中违反监管规定，获取他人犯罪线索并"检举揭发"的，不能认定为有立功表现。

（职务行为中的立功线索）犯罪分子将本人以往查办犯罪职务活动中掌握的，或者从负有查办犯罪、监管职责的国家工作人员处获取的他人犯罪线索予以检举揭发的，不能认定为有立功表现。

（亲友提供的线索）犯罪分子亲友为使犯罪分子"立功"，向司法机关提供他人犯罪线索、协助抓捕犯罪嫌疑人的，不能认定为犯罪分子有立功表现。

五、关于"协助抓捕其他犯罪嫌疑人"的具体认定

（协助抓捕其他犯罪嫌疑人）犯罪分子具有下列行为之一，使司法机关抓获其他犯罪嫌疑人的，属于《解释》第五条规定的"协助司法机关抓捕其他犯罪嫌疑人"：（1）按照司法机关的安排，以打电话、发信息等方式将其他犯罪嫌疑人（包括同案犯）约至指定地点的；（2）按照司法机关的安排，当场指认、辨认其他犯罪嫌疑人（包括同案犯）的；（3）带领侦查人员抓获其他犯罪嫌疑人（包括同案犯）的；（4）提供司法机关尚未掌握的其他案件犯罪嫌疑人的联络方式、藏匿地址的，等等。

（不认定为协助抓捕的情形）犯罪分子提供同案犯姓名、住址、体貌特征等基本情况，或者提供犯罪前、犯罪中掌握、使用的同案犯联络方式、藏匿地址，司法机关据此抓捕同案犯的，不能认定为协助司法机关抓捕同案犯。

六、关于立功线索的查证程序和具体认定

（应及时移交）被告人在一、二审审理期间检举揭发他人犯罪行为或者提供侦破其他案件的重要线索，人民法院经审查认为该线索内容具体、指向明确的，应及时移交有关人民检察院或者公安机关依法处理。

（不再查证）侦查机关出具材料，表明在三个月内还不能查证并抓获被检举揭发的人，或者不能查实的，人民法院审理案件可不再等待查证结果。

（不再查证）被告人检举揭发他人犯罪行为或者提供侦破其他案件的重要线索经查证不属实，又重复提供同一线索，且没有提出新的证据材料的，可以不再查证。

（查证依据及处理）根据被告人检举揭发破获的他人犯罪案件，如果已有审判结果，应当依据判决确认的事实认定是否查证属实；如果被检举揭发的他人犯罪案件尚未进入审判程序，可以依据侦查机关提供的书面查证情况认定是否查证属实。检举揭发的线索经查确有犯罪发生，或者确定了犯罪嫌疑人，可能构成重大立功，只是未能将犯罪嫌疑人抓获归案的，对可能判处死刑的被告人一般要留有余地，对其他被告人原则上应酌情从轻处罚。

（不影响认定立功的情形）被告人检举揭发或者协助抓获的人的行为构成犯罪，但因法定事由不追究刑事责任、不起诉、终止审理的，不影响对被告人立功表现的认定；被告人检举揭发或者协助抓获的人的行为应判处无期徒刑以上刑罚，但因具有法定、酌定从宽情节，宣告刑为有期徒刑或者更轻刑罚的，不影响对被告人重大立功表现的认定。

七、关于自首、立功证据材料的审查

人民法院审查的自首证据材料，应当包括被告人投案经过、有罪供述以及能够证明其投案情况的其他材料。投案经过的内容一般应包括被告人投案时间、地点、方式等。证据材料应加盖接受被告人投案的单位的印章，并有接受人员签名。

人民法院审查的立功证据材料，一般应包括被告人检举揭发材料及证明其来源的材料、司法机关的调查核实材料、被检举揭发人的供述等。被检举揭发案件已立案、侦破，被检举揭发人被采取强制措施、公诉或者审判的，还应审查相关的法律文书。证据材料应加盖接收被告人检举揭发材料的单位的印章，并有接收人员签名。

人民法院经审查认为证明被告人自首、立功的材料不规范、不全面的，应当由检察机关、侦查机关予以完善或者提供补充材料。

（应当质证）上述证据材料在被告人被指控的犯罪一、二审审理时已形成的，应当经庭审质证。

八、关于对自首、立功的被告人的处罚

对具有自首、立功情节的被告人是否从宽处罚、从宽处罚的幅度，应当考虑其犯罪事实、犯罪性质、犯罪情节、危害后果、社会影响、被告人的主观恶性和人身危险性等。自首的还应考虑投案的主动性、供述的及时性和稳定性等。立功的还应考虑检举揭发罪行的轻重、被检举揭发的人可能或者已经被判处的刑罚、提供的线索对侦破案件或者协助抓捕其他犯罪嫌疑人所起作用的大小等。

具有自首或者立功情节的，一般应依法从轻、减轻处罚；犯罪情节较轻的，可以免除处罚。类似情况下，对具有自首情节的被告人的从宽幅度要适当宽于具有立功情节的被告人。

虽然具有自首或者立功情节，但犯罪情节特别恶劣、犯罪后果特别严重、被告人主观

恶性深、人身危险性大，或者在犯罪前即为规避法律、逃避处罚而准备自首、立功的，可以不从宽处罚。

对于被告人具有自首、立功情节，同时又有累犯、毒品再犯等法定从重处罚情节的，既要考虑自首、立功的具体情节，又要考虑被告人的主观恶性、人身危险性等因素，综合分析判断，确定从宽或者从严处罚。累犯的前罪为非暴力犯罪的，一般可以从宽处罚，前罪为暴力犯罪或者前、后罪为同类犯罪的，可以不从宽处罚。

在共同犯罪案件中，对具有自首、立功情节的被告人的处罚，应注意共同犯罪人以及首要分子、主犯、从犯之间的量刑平衡。犯罪集团的首要分子、共同犯罪的主犯检举揭发或者协助司法机关抓捕同案地位、作用较次的犯罪分子的，从宽处罚与否应当从严掌握，如果从轻处罚可能导致全案量刑失衡的，一般不从轻处罚；如果检举揭发或者协助司法机关抓捕的是其他案件中罪行同样严重的犯罪分子，一般应依法从宽处罚。对于犯罪集团的一般成员、共同犯罪的从犯立功的，特别是协助抓捕首要分子、主犯的，应当充分体现政策，依法从宽处罚。

最高人民法院关于
《中华人民共和国刑法修正案（八）》
时间效力问题的解释

（2011 年 4 月 20 日由最高人民法院审判委员会第 1519 次会议通过，2011 年 4 月 25 日公布，自 2011 年 5 月 1 日起施行）（法释〔2011〕9 号）

为正确适用《中华人民共和国刑法修正案（八）》，根据刑法有关规定，现就人民法院 2011 年 5 月 1 日以后审理的刑事案件，具体适用刑法的有关问题规定如下：

第一条 对于 2011 年 4 月 30 日以前犯罪，依法应当判处管制或者宣告缓刑的，人民法院根据犯罪情况，认为确有必要同时禁止犯罪分子在管制期间或者缓刑考验期内从事特定活动，进入特定区域、场所，接触特定人的，适用修正后刑法第三十八条第二款或者第七十二条第二款的规定。

犯罪分子在管制期间或者缓刑考验期内，违反人民法院判决中的禁止令的，适用修正后刑法第三十八条第四款或者第七十七条第二款的规定。

第二条 2011 年 4 月 30 日以前犯罪，判处死刑缓期执行的，适用修正前刑法第五十条的规定。

被告人具有累犯情节，或者所犯之罪是故意杀人、强奸、抢劫、绑架、放火、爆炸、投放危险物质或者有组织的暴力性犯罪，罪行极其严重，根据修正前刑法判处死刑缓期执行不能体现罪刑相适应原则，而根据修正后刑法判处死刑缓期执行同时决定限制减刑可以罚当其罪的，适用修正后刑法第五十条第二款的规定。

第三条 被判处有期徒刑以上刑罚，刑罚执行完毕或者赦免以后，在 2011 年 4 月 30 日以前再犯应当判处有期徒刑以上刑罚之罪的，是否构成累犯，适用修正前刑法第六十五条的规定；但是，前罪实施时不满十八周岁的，是否构成累犯，适用修正后刑法第六十五条的规定。

曾犯危害国家安全犯罪，刑罚执行完毕或者赦免以后，在 2011 年 4 月 30 日以前再犯危害国家安全犯罪的，是否构成累犯，适用修正前刑法第六十六条的规定。

曾被判处有期徒刑以上刑罚，或者曾犯危害国家安全犯罪、恐怖活动犯罪、黑社会性质的组织犯罪，在 2011 年 5 月 1 日以后再犯罪的，是否构成累犯，适用修正后刑法第六十五条、第六十六条的规定。

第四条 2011 年 4 月 30 日以前犯罪，虽不具有自首情节，但是如实供述自己罪行的，适用修正后刑法第六十七条第三款的规定。

第五条 2011 年 4 月 30 日以前犯罪，犯罪后自首又有重大立功表现的，适用修正前刑法第六十八条第二款的规定。

第六条 2011 年 4 月 30 日以前一人犯数罪，应当数罪并罚的，适用修正前刑法第六十九条的规定；2011 年 4 月 30 日前后一人犯数罪，其中一罪发生在 2011 年 5 月 1 日以后的，适用修正后刑法第六十九条的规定。

第七条 2011 年 4 月 30 日以前犯罪，被判处无期徒刑的罪犯，减刑以后或者假释前实际执行的刑期，适用修正前刑法第七十八条第二款、第八十一条第一款的规定。

第八条 2011 年 4 月 30 日以前犯罪，因具有累犯情节或者系故意杀人、强奸、抢劫、绑架、放火、爆炸、投放危险物质或者有组织的暴力性犯罪并被判处十年以上有期徒刑、无期徒刑的犯罪分子，2011 年 5 月 1 日以后仍在服刑的，能否假释，适用修正前刑法第八十一条第二款的规定；2011 年 4 月 30 日以前犯罪，因其他暴力性犯罪被判处十年以上有期徒刑、无期徒刑的犯罪分子，2011 年 5 月 1 日以后仍在服刑的，能否假释，适用修正后刑法第八十一条第二款、第三款的规定。

最高人民法院关于审理非法集资刑事案件 具体应用法律若干问题的解释

（2010 年 11 月 22 日最高人民法院审判委员会第 1502 次会议通过）（法释〔2010〕18 号）

为依法惩治非法吸收公众存款、集资诈骗等非法集资犯罪活动，根据刑法有关规定，现就审理此类刑事案件具体应用法律的若干问题解释如下：

★**第一条（犯罪要件）** 违反国家金融管理法律规定，向社会公众（包括单位和个人）吸收资金的行为，同时具备下列四个条件的，除刑法另有规定的以外，应当认定为刑法第一百七十六条规定的"非法吸收公众存款或者变相吸收公众存款"：

（一）未经有关部门依法批准或者借用合法经营的形式吸收资金；

（二）通过媒体、推介会、传单、手机短信等途径向社会公开宣传；

（三）承诺在一定期限内以货币、实物、股权等方式还本付息或者给付回报；

（四）向社会公众即社会不特定对象吸收资金。

（除外事由）未向社会公开宣传，在亲友或者单位内部针对特定对象吸收资金的，不属于非法吸收或者变相吸收公众存款。

第二条 实施下列行为之一，符合本解释第一条第一款规定的条件的，应当依照刑法第一百七十六条的规定，以非法吸收公众存款罪定罪处罚：

（一）不具有房产销售的真实内容或者不以房产销售为主要目的，以返本销售、售后包租、约定回购、销售房产份额等方式非法吸收资金的；

（二）以转让林权并代为管护等方式非法吸收资金的；

（三）以代种植（养殖）、租种植（养殖）、联合种植（养殖）等方式非法吸收资金的；

（四）不具有销售商品、提供服务的真实内容或者不以销售商品、提供服务为主要目的，以商品回购、寄存代售等方式非法吸收资金的；

（五）不具有发行股票、债券的真实内容，以虚假转让股权、发售虚构债券等方式非法吸收资金的；

（六）不具有募集基金的真实内容，以假借境外基金、发售虚构基金等方式非法吸收资金的；

（七）不具有销售保险的真实内容，以假冒保险公司、伪造保险单据等方式非法吸收资金的；

（八）以投资入股的方式非法吸收资金的；

（九）以委托理财的方式非法吸收资金的；

（十）利用民间"会"、"社"等组织非法吸收资金的；

（十一）其他非法吸收资金的行为。

第三条 非法吸收或者变相吸收公众存款，具有下列情形之一的，应当依法追究刑事责任：

（一）个人非法吸收或者变相吸收公众存款，数额在20万元以上的，单位非法吸收或者变相吸收公众存款，数额在100万元以上的；

（二）个人非法吸收或者变相吸收公众存款对象30人以上的，单位非法吸收或者变相吸收公众存款对象150人以上的；

（三）个人非法吸收或者变相吸收公众存款，给存款人造成直接经济损失数额在10万元以上的，单位非法吸收或者变相吸收公众存款，给存款人造成直接经济损失数额在50万元以上的；

（四）造成恶劣社会影响或者其他严重后果的。

具有下列情形之一的，属于刑法第一百七十六条规定的"数额巨大或者有其他严重情节"：

（一）个人非法吸收或者变相吸收公众存款，数额在100万元以上的，单位非法吸收或者变相吸收公众存款，数额在500万元以上的；

（二）个人非法吸收或者变相吸收公众存款对象100人以上的，单位非法吸收或者变相吸收公众存款对象500人以上的；

（三）个人非法吸收或者变相吸收公众存款，给存款人造成直接经济损失数额在50万元以上的，单位非法吸收或者变相吸收公众存款，给存款人造成直接经济损失数额在250万元以上的；

（四）造成特别恶劣社会影响或者其他特别严重后果的。

非法吸收或者变相吸收公众存款的数额，以行为人所吸收的资金全额计算。案发前后已归还的数额，可以作为量刑情节酌情考虑。

非法吸收或者变相吸收公众存款，主要用于正常的生产经营活动，能够及时清退所吸收资金，可以免予刑事处罚；情节显著轻微的，不作为犯罪处理。

第四条 以非法占有为目的，使用诈骗方法实施本解释第二条规定所列行为的，应当依照刑法第一百九十二条的规定，以集资诈骗罪定罪处罚。

使用诈骗方法非法集资，具有下列情形之一的，可以认定为"以非法占有为目的"：

（一）集资后不用于生产经营活动或者用于生产经营活动与筹集资金规模明显不成比例，致使集资款不能返还的；

（二）肆意挥霍集资款，致使集资款不能返还的；

（三）携带集资款逃匿的；

（四）将集资款用于违法犯罪活动的；

（五）抽逃、转移资金、隐匿财产，逃避返还资金的；

（六）隐匿、销毁账目，或者搞假破产、假倒闭，逃避返还资金的；

（七）拒不交代资金去向，逃避返还资金的；

（八）其他可以认定非法占有目的的情形。

集资诈骗罪中的非法占有目的，应当区分情形进行具体认定。行为人部分非法集资行为具有非法占有目的的，对该部分非法集资行为所涉集资款以集资诈骗罪定罪处罚；非法集资共同犯罪中部分行为人具有非法占有目的，其他行为人没有非法占有集资款的共同故意和行为的，对具有非法占有目的的行为人以集资诈骗罪定罪处罚。

第五条 个人进行集资诈骗，数额在10万元以上的，应当认定为"数额较大"；数额在 30 万元以上的，应当认定为"数额巨大"；数额在 100 万元以上的，应当认定为"数额特别巨大"。

单位进行集资诈骗，数额在 50 万元以上的，应当认定为"数额较大"；数额在 150 万元以上的，应当认定为"数额巨大"；数额在 500 万元以上的，应当认定为"数额特别巨大"。

集资诈骗的数额以行为人实际骗取的数额计算，案发前已归还的数额应予扣除。行为人为实施集资诈骗活动而支付的广告费、中介费、手续费、回扣，或者用于行贿、赠与等费用，不予扣除。行为人为实施集资诈骗活动而支付的利息，除本金未归还可予折抵本金以外，应当计入诈骗数额。

第六条 未经国家有关主管部门批准，向社会不特定对象发行、以转让股权等方式变相发行股票或者公司、企业债券，或者向特定对象发行、变相发行股票或者公司、企业债券累计超过 200 人的，应当认定为刑法第一百七十九条规定的"擅自发行股票、公司、企业债券"。构成犯罪的，以擅自发行股票、公司、企业债券罪定罪处罚。

第七条 违反国家规定，未经依法核准擅自发行基金份额募集基金，情节严重的，依照刑法第二百二十五条的规定，以非法经营罪定罪处罚。

第八条 广告经营者、广告发布者违反国家规定，利用广告为非法集资活动相关的商品或者服务作虚假宣传，具有下列情形之一的，依照刑法第二百二十二条的规定，以虚假广告罪定罪处罚：

（一）违法所得数额在 10 万元以上的；

（二）造成严重危害后果或者恶劣社会影响的；

（三）二年内利用广告作虚假宣传，受过行政处罚二次以上的；

（四）其他情节严重的情形。

明知他人从事欺诈发行股票、债券，非法吸收公众存款，擅自发行股票、债券，集资诈骗或者组织、领导传销活动等集资犯罪活动，为其提供广告等宣传的，以相关犯罪的共犯论处。

第九条 此前发布的司法解释与本解释不一致的，以本解释为准。

最高人民法院、最高人民检察院 关于办理诈骗刑事案件 具体应用法律若干问题的解释

（2011年2月21日由最高人民法院审判委员会第1512次会议、2010年11月24日由最高人民检察院第十一届检察委员会第49次会议通过，2011年3月1日公布，自2011年4月8日起施行）（法释〔2011〕7号）

为依法惩治诈骗犯罪活动，保护公私财产所有权，根据刑法、刑事诉讼法有关规定，结合司法实践的需要，现就办理诈骗刑事案件具体应用法律的若干问题解释如下：

第一条（认定标准） 诈骗公私财物价值三千元至一万元以上、三万元至十万元以上、五十万元以上的，应当分别认定为刑法第二百六十六条规定的"数额较大"、"数额巨大"、"数额特别巨大"。

各省、自治区、直辖市高级人民法院、人民检察院可以结合本地区经济社会发展状况，在前款规定的数额幅度内，共同研究确定本地区执行的具体数额标准，报最高人民法院、最高人民检察院备案。

第二条 诈骗公私财物达到本解释第一条规定的数额标准，具有下列情形之一的，可以依照刑法第二百六十六条的规定酌情从严惩处：

（一）通过发送短信、拨打电话或者利用互联网、广播电视、报刊杂志等发布虚假信息，对不特定多数人实施诈骗的；

（二）诈骗救灾、抢险、防汛、优抚、扶贫、移民、救济、医疗款物的；

（三）以赈灾募捐名义实施诈骗的；

（四）诈骗残疾人、老年人或者丧失劳动能力人的财物的；

（五）造成被害人自杀、精神失常或者其他严重后果的。

诈骗数额接近本解释第一条规定的"数额巨大"、"数额特别巨大"的标准，并具有前款规定的情形之一或者属于诈骗集团首要分子的，应当分别认定为刑法第二百六十六条规定的"其他严重情节"、"其他特别严重情节"。

第三条 诈骗公私财物虽已达到本解释第一条规定的"数额较大"的标准，但具有下列情形之一，且行为人认罪、悔罪的，可以根据刑法第三十七条、刑事诉讼法第一百四十二条的规定不起诉或者免予刑事处罚：

（一）具有法定从宽处罚情节的；

（二）一审宣判前全部退赃、退赔的；

（三）没有参与分赃或者获赃较少且不是主犯的；

（四）被害人谅解的；

（五）其他情节轻微、危害不大的。

第四条 诈骗近亲属的财物，近亲属谅解的，一般可不按犯罪处理。

诈骗近亲属的财物，确有追究刑事责任必要的，具体处理也应酌情从宽。

第五条 诈骗未遂，以数额巨大的财物为诈骗目标的，或者具有其他严重情节的，应当定罪处罚。

利用发送短信、拨打电话、互联网等电信技术手段对不特定多数人实施诈骗，诈骗数额难以查证，但具有下列情形之一的，应当认定为刑法第二百六十六条规定的"其他严重情节"，以诈骗罪（未遂）定罪处罚：

（一）发送诈骗信息五千条以上的；

（二）拨打诈骗电话五百人次以上的；

（三）诈骗手段恶劣、危害严重的。

实施前款规定行为，数量达到前款第（一）、（二）项规定标准十倍以上的，或者诈骗手段特别恶劣、危害特别严重的，应当认定为刑法第二百六十六条规定的"其他特别严重情节"，以诈骗罪（未遂）定罪处罚。

第六条（既遂与未遂的处理） 诈骗既有既遂，又有未遂，分别达到不同量刑幅度的，依照处罚较重的规定处罚；达到同一量刑幅度的，以诈骗罪既遂处罚。

第七条 明知他人实施诈骗犯罪，为其提供信用卡、手机卡、通讯工具、通讯传输通道、网络技术支持、费用结算等帮助的，以共同犯罪论处。

第八条 冒充国家机关工作人员进行诈骗，同时构成诈骗罪和招摇撞骗罪的，依照处罚较重的规定定罪处罚。

第九条 案发后查封、扣押、冻结在案的诈骗财物及其孳息，权属明确的，应当发还被害人；权属不明确的，可按被骗款物占查封、扣押、冻结在案的财物及其孳息总额的比例发还被害人，但已获退赔的应予扣除。

第十条 行为人已将诈骗财物用于清偿债务或者转让给他人，具有下列情形之一的，应当依法追缴：

（一）对方明知是诈骗财物而收取的；

（二）对方无偿取得诈骗财物的；

（三）对方以明显低于市场的价格取得诈骗财物的；

（四）对方取得诈骗财物系源于非法债务或者违法犯罪活动的。

他人善意取得诈骗财物的，不予追缴。

第十一条 以前发布的司法解释与本解释不一致的，以本解释为准。

最高人民法院、最高人民检察院、公安部、司法部关于办理侵犯知识产权刑事案件适用法律若干问题的意见

（法发〔2011〕3号）

为解决近年来公安机关、人民检察院、人民法院在办理侵犯知识产权刑事案件中遇到的新情况、新问题，依法惩治侵犯知识产权犯罪活动，维护社会主义市场经济秩序，根据刑法、刑事诉讼法及有关司法解释的规定，结合侦查、起诉、审判实践，制定本意见。

一、关于侵犯知识产权犯罪案件的管辖问题

（管辖及认定要件）侵犯知识产权犯罪案件由犯罪地公安机关立案侦查。必要时，可以由犯罪嫌疑人居住地公安机关立案侦查。侵犯知识产权犯罪案件的犯罪地，包括侵权产品制造地、储存地、运输地、销售地，传播侵权作品、销售侵权产品的网站服务器所在地、网络接入地、网站建立者或者管理者所在地，侵权作品上传者所在地，权利人受到实际侵害的犯罪结果发生地。对有多个侵犯知识产权犯罪地的，由最初受理的公安机关或者主要犯罪地公安机关管辖。多个侵犯知识产权犯罪地的公安机关对管辖有争议的，由共同的上级公安机关指定管辖，需要提请批准逮捕、移送审查起诉、提起公诉的，由该公安机关所在地的同级人民检察院、人民法院受理。

对于不同犯罪嫌疑人、犯罪团伙跨地区实施的涉及同一批侵权产品的制造、储存、运输、销售等侵犯知识产权犯罪行为，符合并案处理要求的，有关公安机关可以一并立案侦查，需要提请批准逮捕、移送审查起诉、提起公诉的，由该公安机关所在地的同级人民检察院、人民法院受理。

二、关于办理侵犯知识产权刑事案件中行政执法部门收集、调取证据的效力问题

（刑事诉讼证据）行政执法部门依法收集、调取、制作的物证、书证、视听资料、检验报告、鉴定结论、勘验笔录、现场笔录，经公安机关、人民检察院审查，人民法院庭审质证确认，可以作为刑事证据使用。

行政执法部门制作的证人证言、当事人陈述等调查笔录，公安机关认为有必要作为刑事证据使用的，应当依法重新收集、制作。

三、关于办理侵犯知识产权刑事案件的抽样取证问题和委托鉴定问题

公安机关在办理侵犯知识产权刑事案件时，可以根据工作需要抽样取证，或者商请同级行政执法部门、有关检验机构协助抽样取证。法律、法规对抽样机构或者抽样方法有规定的，应当委托规定的机构并按照规定方法抽取样品。

公安机关、人民检察院、人民法院在办理侵犯知识产权刑事案件时，对于需要鉴定的事项，应当委托国家认可的有鉴定资质的鉴定机构进行鉴定。

公安机关、人民检察院、人民法院应当对鉴定结论进行审查，听取权利人、犯罪嫌疑

人、被告人对鉴定结论的意见，可以要求鉴定机构作出相应说明。

四、关于侵犯知识产权犯罪自诉案件的证据收集问题

（依职权调查取证）人民法院依法受理侵犯知识产权刑事自诉案件，对于当事人因客观原因不能取得的证据，在提起自诉时能够提供有关线索，申请人民法院调取的，人民法院应当依法调取。

五、关于刑法第二百一十三条规定的"同一种商品"的认定问题

（同一种商品）名称相同的商品以及名称不同但指同一事物的商品，可以认定为"同一种商品"。"名称"是指国家工商行政管理总局商标局在商标注册工作中对商品使用的名称，通常即《商标注册用商品和服务国际分类》中规定的商品名称。"名称不同但指同一事物的商品"是指在功能、用途、主要原料、消费对象、销售渠道等方面相同或者基本相同，相关公众一般认为是同一种事物的商品。

认定"同一种商品"，应当在权利人注册商标核定使用的商品和行为人实际生产销售的商品之间进行比较。

六、关于刑法第二百一十三条规定的"与其注册商标相同的商标"的认定问题

具有下列情形之一，可以认定为"与其注册商标相同的商标"：

（一）改变注册商标的字体、字母大小写或者文字横竖排列，与注册商标之间仅有细微差别的；

（二）改变注册商标的文字、字母、数字等之间的间距，不影响体现注册商标显著特征的；

（三）改变注册商标颜色的；

（四）其他与注册商标在视觉上基本无差别、足以对公众产生误导的商标。

七、关于尚未附着或者尚未全部附着假冒注册商标标识的侵权产品价值是否计入非法经营数额的问题

（非法经营数额）在计算制造、储存、运输和未销售的假冒注册商标侵权产品价值时，对于已经制作完成但尚未附着（含加贴）或者尚未全部附着（含加贴）假冒注册商标标识的产品，如果有确实、充分证据证明该产品将假冒他人注册商标，其价值计入非法经营数额。

八、关于销售假冒注册商标的商品犯罪案件中尚未销售或者部分销售情形的定罪量刑问题

销售明知是假冒注册商标的商品，具有下列情形之一的，依照刑法第二百一十四条的规定，以销售假冒注册商标的商品罪（未遂）定罪处罚：

（一）假冒注册商标的商品尚未销售，货值金额在十五万元以上的；

（二）假冒注册商标的商品部分销售，已销售金额不满五万元，但与尚未销售的假冒注册商标的商品的货值金额合计在十五万元以上的。

假冒注册商标的商品尚未销售，货值金额分别达到十五万元以上不满二十五万元、二十五万元以上的，分别依照刑法第二百一十四条规定的各法定刑幅度定罪处罚。

销售金额和未销售货值金额分别达到不同的法定刑幅度或者均达到同一法定刑幅度的，在处罚较重的法定刑或者同一法定刑幅度内酌情从重处罚。

九、关于销售他人非法制造的注册商标标识犯罪案件中尚未销售或者部分销售情形的定罪问题

（销售非法制造的注册商标标识罪）销售他人伪造、擅自制造的注册商标标识，具有下列情形之一的，依照刑法第二百一十五条的规定，以销售非法制造的注册商标标识罪（未遂）定罪处罚：

（一）尚未销售他人伪造、擅自制造的注册商标标识数量在六万件以上的；

（二）尚未销售他人伪造、擅自制造的两种以上注册商标标识数量在三万件以上的；

（三）部分销售他人伪造、擅自制造的注册商标标识，已销售标识数量不满二万件，但与尚未销售标识数量合计在六万件以上的；

（四）部分销售他人伪造、擅自制造的两种以上注册商标标识，已销售标识数量不满一万件，但与尚未销售标识数量合计在三万件以上的。

十、关于侵犯著作权犯罪案件"以营利为目的"的认定问题

除销售外，具有下列情形之一的，可以认定为"以营利为目的"：

（一）以在他人作品中刊登收费广告、捆绑第三方作品等方式直接或者间接收取费用的；

（二）通过信息网络传播他人作品，或者利用他人上传的侵权作品，在网站或者网页上提供刊登收费广告服务，直接或者间接收取费用的；

（三）以会员制方式通过信息网络传播他人作品，收取会员注册费或者其他费用的；

（四）其他利用他人作品牟利的情形。

十一、关于侵犯著作权犯罪案件"未经著作权人许可"的认定问题

"未经著作权人许可"一般应当依据著作权人或者其授权的代理人、著作权集体管理组织、国家著作权行政管理部门指定的著作权认证机构出具的涉案作品版权认证文书，或者证明出版者、复制发行者伪造、涂改授权许可文件或者超出授权许可范围的证据，结合其他证据综合予以认定。

在涉案作品种类众多且权利人分散的案件中，上述证据确实难以一一取得，但有证据证明涉案复制品系非法出版、复制发行的，且出版者、复制发行者不能提供获得著作权人许可的相关证明材料的，可以认定为"未经著作权人许可"。但是，有证据证明权利人放弃权利、涉案作品的著作权不受我国著作权法保护，或者著作权保护期限已经届满的除外。

十二、关于刑法第二百一十七条规定的"发行"的认定及相关问题

"发行"，包括总发行、批发、零售、通过信息网络传播以及出租、展销等活动。

非法出版、复制、发行他人作品，侵犯著作权构成犯罪的，按照侵犯著作权罪定罪处罚，不认定为非法经营罪等其他犯罪。

十三、关于通过信息网络传播侵权作品行为的定罪处罚标准问题

以营利为目的，未经著作权人许可，通过信息网络向公众传播他人文字作品、音乐、电影、电视、美术、摄影、录像作品、录音录像制品、计算机软件及其他作品，具有下列情形之一的，属于刑法第二百一十七条规定的"其他严重情节"：

（一）非法经营数额在五万元以上的；

（二）传播他人作品的数量合计在五百件（部）以上的；

（三）传播他人作品的实际被点击数达到五万次以上的；

（四）以会员制方式传播他人作品，注册会员达到一千人以上的；

（五）数额或者数量虽未达到第（一）项至第（四）项规定标准，但分别达到其中两项以上标准一半以上的；

（六）其他严重情节的情形。

实施前款规定的行为，数额或者数量达到前款第（一）项至第（五）项规定标准五倍以上的，属于刑法第二百一十七条规定的"其他特别严重情节"。

十四、关于多次实施侵犯知识产权行为累计计算数额问题

（非法经营数额累计计算）依照《最高人民法院、最高人民检察院关于办理侵犯知识产权刑事案件具体应用法律若干问题的解释》第十二条第二款的规定，多次实施侵犯知识产权行为，未经行政处理或者刑事处罚的，非法经营数额、违法所得数额或者销售金额累计计算。

二年内多次实施侵犯知识产权违法行为，未经行政处理，累计数额构成犯罪的，应当依法定罪处罚。实施侵犯知识产权犯罪行为的追诉期限，适用刑法的有关规定，不受前述二年的限制。

十五、关于为他人实施侵犯知识产权犯罪提供原材料、机械设备等行为的定性问题

（共犯）明知他人实施侵犯知识产权犯罪，而为其提供生产、制造侵权产品的主要原材料、辅助材料、半成品、包装材料、机械设备、标签标识、生产技术、配方等帮助，或者提供互联网接入、服务器托管、网络存储空间、通讯传输通道、代收费、费用结算等服务的，以侵犯知识产权犯罪的共犯论处。

十六、关于侵犯知识产权犯罪竞合的处理问题

（竞合）行为人实施侵犯知识产权犯罪，同时构成生产、销售伪劣商品犯罪的，依照侵犯知识产权犯罪与生产、销售伪劣商品犯罪中处罚较重的规定定罪处罚。

法规解读 ▶

有关知识产权犯罪在司法考试中不太重要，多年来考查不多。本意见内容琐细，考生了解即可。

最高人民法院、最高人民检察院、公安部
关于办理网络赌博犯罪案件
适用法律若干问题的意见

（公通字〔2010〕40 号）

各省、自治区、直辖市高级人民法院、人民检察院、公安厅、局，新疆维吾尔自治区高级人民法院生产建设兵团分院、新疆生产建设兵团人民检察院、公安局：

为依法惩治网络赌博犯罪活动，根据《中华人民共和国刑法》、《中华人民共和国刑事诉讼法》和《最高人民法院、最高人民检察院关于办理赌博刑事案件具体应用法律若干问题的解释》等有关规定，结合司法实践，现就办理网络赌博犯罪案件适用法律的若干问题，提出如下意见：

一、关于网上开设赌场犯罪的定罪量刑标准

利用互联网、移动通讯终端等传输赌博视频、数据，组织赌博活动，具有下列情形之一的，属于刑法第三百零三条第二款规定的"开设赌场"行为：

（一）建立赌博网站并接受投注的；

（二）建立赌博网站并提供给他人组织赌博的；

（三）为赌博网站担任代理并接受投注的；

（四）参与赌博网站利润分成的。

实施前款规定的行为，具有下列情形之一的，应当认定为刑法第三百零三条第二款规定的"情节严重"：

（一）抽头渔利数额累计达到 3 万元以上的；

（二）赌资数额累计达到 30 万元以上的；

（三）参赌人数累计达到 120 人以上的；

（四）建立赌博网站后通过提供给他人组织赌博，违法所得数额在 3 万元以上的；

（五）参与赌博网站利润分成，违法所得数额在 3 万元以上的；

（六）为赌博网站招募下级代理，由下级代理接受投注的；

（七）招揽未成年人参与网络赌博的；

（八）其他情节严重的情形。

二、关于网上开设赌场共同犯罪的认定和处罚

（共犯）明知是赌博网站，而为其提供下列服务或者帮助的，属于开设赌场罪的共同犯罪，依照刑法第三百零三条第二款的规定处罚：

（一）为赌博网站提供互联网接入、服务器托管、网络存储空间、通讯传输通道、投放广告、发展会员、软件开发、技术支持等服务，收取服务费数额在 2 万元以上的；

（二）为赌博网站提供资金支付结算服务，收取服务费数额在 1 万元以上或者帮助收取赌资 20 万元以上的；

（三）为 10 个以上赌博网站投放与网址、赔率等信息有关的广告或者为赌博网站投放广告累计 100 条以上的。

实施前款规定的行为，数量或者数额达到前款规定标准 5 倍以上的，应当认定为刑法第三百零三条第二款规定的"情节严重"。

实施本条第一款规定的行为，具有下列情形之一的，应当认定行为人"明知"，但是有证据证明确实不知道的除外：

（一）收到行政主管机关书面等方式的告知后，仍然实施上述行为的；

（二）为赌博网站提供互联网接入、服务器托管、网络存储空间、通讯传输通道、投放广告、软件开发、技术支持、资金支付结算等服务，收取服务费明显异常的；

（三）在执法人员调查时，通过销毁、修改数据、账本等方式故意规避调查或者向犯罪嫌疑人通风报信的；

（四）其他有证据证明行为人明知的。

如果有开设赌场的犯罪嫌疑人尚未到案，但是不影响对已到案共同犯罪嫌疑人、被告人的犯罪事实认定的，可以依法对已到案者定罪处罚。

三、关于网络赌博犯罪的参赌人数、赌资数额和网站代理的认定

赌博网站的会员账号数可以认定为参赌人数，如果查实一个账号多人使用或者多个账号一人使用的，应当按照实际使用的人数计算参赌人数。

赌资数额可以按照在网络上投注或者赢取的点数乘以每一点实际代表的金额认定。

对于将资金直接或间接兑换为虚拟货币、游戏道具等虚拟物品，并用其作为筹码投注的，赌资数额按照购买该虚拟物品所需资金数额或者实际支付资金数额认定。

对于开设赌场犯罪中用于接收、流转赌资的银行账户内的资金，犯罪嫌疑人、被告人不能说明合法来源的，可以认定为赌资。向该银行账户转入、转出资金的银行账户数量可以认定为参赌人数。如果查实一个账户多人使用或多个账户一人使用的，应当按照实际使用的人数计算参赌人数。

有证据证明犯罪嫌疑人在赌博网站上的账号设置有下级账号的，应当认定其为赌博网站的代理。

四、关于网络赌博犯罪案件的管辖

网络赌博犯罪案件的地域管辖，应当坚持以犯罪地管辖为主、被告人居住地管辖为辅的原则。

"犯罪地"包括赌博网站服务器所在地、网络接入地，赌博网站建立者、管理者所在地，以及赌博网站代理人、参赌人实施网络赌博行为地等。

公安机关对侦办跨区域网络赌博犯罪案件的管辖权有争议的，应本着有利于查清犯罪事实、有利于诉讼的原则，认真协商解决。经协商无法达成一致的，报共同的上级公安机关指定管辖。对即将侦查终结的跨省（自治区、直辖市）重大网络赌博案件，必要时可由公安部商最高人民法院和最高人民检察院指定管辖。

为保证及时结案，避免超期羁押，人民检察院对于公安机关提请审查逮捕、移送审查起诉的案件，人民法院对于已进入审判程序的案件，犯罪嫌疑人、被告人及其辩护人提出管辖异议或者办案单位发现没有管辖权的，受案人民检察院、人民法院经审查可以依法报

请上级人民检察院、人民法院指定管辖，不再自行移送有管辖权的人民检察院、人民法院。

五、关于电子证据的收集与保全

侦查机关对于能够证明赌博犯罪案件真实情况的网站页面、上网记录、电子邮件、电子合同、电子交易记录、电子账册等电子数据，应当作为刑事证据予以提取、复制、固定。

侦查人员应当对提取、复制、固定电子数据的过程制作相关文字说明，记录案由、对象、内容以及提取、复制、固定的时间、地点、方法，电子数据的规格、类别、文件格式等，并由提取、复制、固定电子数据的制作人、电子数据的持有人签名或者盖章，附所提取、复制、固定的电子数据一并随案移送。

对于电子数据存储在境外的计算机上的，或者侦查机关从赌博网站提取电子数据时犯罪嫌疑人未到案的，或者电子数据的持有人无法签字或者拒绝签字的，应当由能够证明提取、复制、固定过程的见证人签名或者盖章，记明有关情况。必要时，可对提取、复制、固定有关电子数据的过程拍照或者录像。

最高人民法院
关于规范上下级人民法院审判业务关系
的若干意见

为进一步规范上下级人民法院之间的审判业务关系，明确监督指导的范围与程序，保障各级人民法院依法独立行使审判权，根据《中华人民共和国宪法》和《中华人民共和国人民法院组织法》等相关法律规定，结合审判工作实际，制定本意见。

第一条 最高人民法院监督指导地方各级人民法院和专门人民法院的审判业务工作。上级人民法院监督指导下级人民法院的审判业务工作。监督指导的范围、方式和程序应当符合法律规定。

第二条 各级人民法院在法律规定范围内履行各自职责，依法独立行使审判权。

★第三条 基层人民法院和中级人民法院对于已经受理的下列第一审案件，必要时可以根据相关法律规定，书面报请上一级人民法院审理：

(1) 重大、疑难、复杂案件；

(2) 新类型案件；

(3) 具有普遍法律适用意义的案件；

(4) 有管辖权的人民法院不宜行使审判权的案件。

第四条 上级人民法院对下级人民法院提出的移送审理请求，应当及时决定是否由自己审理，并下达同意移送决定书或者不同意移送决定书。

第五条 上级人民法院认为下级人民法院管辖的第一审案件，属于本意见第三条所列类型，有必要由自己审理的，可以决定提级管辖。

★第六条（发回重审） 第一审人民法院已经查清事实的案件，第二审人民法院原则上不得以事实不清、证据不足为由发回重审。

第二审人民法院作出发回重审裁定时，应当在裁定书中详细阐明发回重审的理由及法律依据。

第七条 第二审人民法院因原审判决事实不清、证据不足将案件发回重审的，原则上只能发回重审一次。

第八条 最高人民法院通过审理案件、制定司法解释或者规范性文件、发布指导性案例、召开审判业务会议、组织法官培训等形式，对地方各级人民法院和专门人民法院的审判业务工作进行指导。

第九条 高级人民法院通过审理案件、制定审判业务文件、发布参考性案例、召开审判业务会议、组织法官培训等形式，对辖区内各级人民法院和专门人民法院的审判业务工作进行指导。

高级人民法院制定审判业务文件，应当经审判委员会讨论通过。最高人民法院发

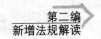

现高级人民法院制定的审判业务文件与现行法律、司法解释相抵触的，应当责令其纠正。

第十条 中级人民法院通过审理案件、总结审判经验、组织法官培训等形式，对基层人民法院的审判业务工作进行指导。

第十一条 本意见自公布之日起施行。

最高人民法院、最高人民检察院、
公安部、国家安全部、司法部
关于办理死刑案件审查判断证据若干问题的规定

为依法、公正、准确、慎重地办理死刑案件，惩罚犯罪，保障人权，根据《中华人民共和国刑事诉讼法》等有关法律规定，结合司法实际，制定本规定。

一、一般规定

第一条 办理死刑案件，必须严格执行刑法和刑事诉讼法，切实做到事实清楚，证据确实、充分，程序合法，适用法律正确，确保案件质量。

第二条 认定案件事实，必须以证据为根据。

第三条 侦查人员、检察人员、审判人员应当严格遵守法定程序，全面、客观地收集、审查、核实和认定证据。

第四条 经过当庭出示、辨认、质证等法庭调查程序查证属实的证据，才能作为定罪量刑的根据。

第五条（死刑案件中证据确实、充分） 办理死刑案件，对被告人犯罪事实的认定，必须达到证据确实、充分。

证据确实、充分是指：

（一）定罪量刑的事实都有证据证明；

（二）每一个定案的证据均已经法定程序查证属实；

（三）证据与证据之间、证据与案件事实之间不存在矛盾或者矛盾得以合理排除；

（四）共同犯罪案件中，被告人的地位、作用均已查清；

（五）根据证据认定案件事实的过程符合逻辑和经验规则，由证据得出的结论为唯一结论。

办理死刑案件，对于以下事实的证明必须达到证据确实、充分：

（一）被指控的犯罪事实的发生；

（二）被告人实施了犯罪行为与被告人实施犯罪行为的时间、地点、手段、后果以及其他情节；

（三）影响被告人定罪的身份情况；

（四）被告人有刑事责任能力；

（五）被告人的罪过；

（六）是否共同犯罪及被告人在共同犯罪中的地位、作用；

（七）对被告人从重处罚的事实。

二、证据的分类审查与认定

1. 物证、书证

第六条 对物证、书证应当着重审查以下内容：

（一）物证、书证是否为原物、原件，物证的照片、录像或者复制品及书证的副本、复制件与原物、原件是否相符；物证、书证是否经过辨认、鉴定；物证的照片、录像或者复制品和书证的副本、复制件是否由二人以上制作，有无制作人关于制作过程及原件、原物存放于何处的文字说明及签名。

（二）物证、书证的收集程序、方式是否符合法律及有关规定；经勘验、检查、搜查提取、扣押的物证、书证，是否附有相关笔录或者清单；笔录或者清单是否有侦查人员、物品持有人、见证人签名，没有物品持有人签名的，是否注明原因；对物品的特征、数量、质量、名称等注明是否清楚。

（三）物证、书证在收集、保管及鉴定过程中是否受到破坏或者改变。

（四）物证、书证与案件事实有无关联。对现场遗留与犯罪有关的具备检验鉴定条件的血迹、指纹、毛发、体液等生物物证、痕迹、物品，是否通过 DNA 鉴定、指纹鉴定等鉴定方式与被告人或者被害人的相应生物检材、生物特征、物品等作同一认定。

（五）与案件事实有关联的物证、书证是否全面收集。

第七条　对在勘验、检查、搜查中发现与案件事实可能有关联的血迹、指纹、足迹、字迹、毛发、体液、人体组织等痕迹和物品应当提取而没有提取，应当检验而没有检验，导致案件事实存疑的，人民法院应当向人民检察院说明情况，人民检察院依法可以补充收集、调取证据，作出合理的说明或者退回侦查机关补充侦查，调取有关证据。

★第八条（原物与复制品）　据以定案的物证应当是原物。只有在原物不便搬运、不易保存或者依法应当由有关部门保管、处理或者依法应当返还时，才可以拍摄或者制作足以反映原物外形或者内容的照片、录像或者复制品。物证的照片、录像或者复制品，经与原物核实无误或者经鉴定证明为真实的，或者以其他方式确能证明其真实的，可以作为定案的根据。原物的照片、录像或者复制品，不能反映原物的外形和特征的，不能作为定案的根据。

据以定案的书证应当是原件。只有在取得原件确有困难时，才可以使用副本或者复制件。书证的副本、复制件，经与原件核实无误或者经鉴定证明为真实的，或者以其他方式确能证明其真实的，可以作为定案的根据。书证有更改或者更改迹象不能作出合理解释的，书证的副本、复制件不能反映书证原件及其内容的，不能作为定案的根据。

★★第九条（勘验证据）　经勘验、检查、搜查提取、扣押的物证、书证，未附有勘验、检查笔录，搜查笔录，提取笔录，扣押清单，不能证明物证、书证来源的，不能作为定案的根据。

物证、书证的收集程序、方式存在下列瑕疵，通过有关办案人员的补正或者作出合理解释的，可以采用：

（一）收集调取的物证、书证，在勘验、检查笔录，搜查笔录，提取笔录，扣押清单上没有侦查人员、物品持有人、见证人签名或者物品特征、数量、质量、名称等注明不详的；

（二）收集调取物证照片、录像或者复制品，书证的副本、复制件未注明与原件核对无异，无复制时间、无被收集、调取人（单位）签名（盖章）的；

（三）物证照片、录像或者复制品，书证的副本、复制件没有制作人关于制作过程及原物、原件存放于何处的说明或者说明中无签名的；

（四）物证、书证的收集程序、方式存在其他瑕疵的。

对物证、书证的来源及收集过程有疑问，不能作出合理解释的，该物证、书证不能作为定案的根据。

第十条 具备辨认条件的物证、书证应当交由当事人或者证人进行辨认，必要时应当进行鉴定。

2. 证人证言

第十一条（证人证言） 对证人证言应当着重审查以下内容：

（一）证言的内容是否为证人直接感知。

（二）证人作证时的年龄、认知水平、记忆能力和表达能力，生理上和精神上的状态是否影响作证。

（三）证人与案件当事人、案件处理结果有无利害关系。

（四）证言的取得程序、方式是否符合法律及有关规定：有无使用暴力、威胁、引诱、欺骗以及其他非法手段取证的情形；有无违反询问证人应当个别进行的规定；笔录是否经证人核对确认并签名（盖章）、捺指印；询问未成年证人，是否通知了其法定代理人到场，其法定代理人是否在场等。

（五）证人证言之间以及与其他证据之间能否相互印证，有无矛盾。

★**第十二条（证人证言的排除）** 以暴力、威胁等非法手段取得的证人证言，不能作为定案的根据。

处于明显醉酒、麻醉品中毒或者精神药物麻醉状态，以致不能正确表达的证人所提供的证言，不能作为定案的根据。

证人的猜测性、评论性、推断性的证言，不能作为证据使用，但根据一般生活经验判断符合事实的除外。

★**第十三条（证人证言的排除）** 具有下列情形之一的证人证言，不能作为定案的根据：

（一）询问证人没有个别进行而取得的证言；

（二）没有经证人核对确认并签名（盖章）、捺指印的书面证言；

（三）询问聋哑人或者不通晓当地通用语言、文字的少数民族人员、外国人，应当提供翻译而未提供的。

★★**第十四条（瑕疵补正）** 证人证言的收集程序和方式有下列瑕疵，通过有关办案人员的补正或者作出合理解释的，可以采用：

（一）没有填写询问人、记录人、法定代理人姓名或者询问的起止时间、地点的；

（二）询问证人的地点不符合规定的；

（三）询问笔录没有记录告知证人应当如实提供证言和有意作伪证或者隐匿罪证要负法律责任内容的；

（四）询问笔录反映出在同一时间段内，同一询问人员询问不同证人的。

★★**第十五条（不具可采性）** 具有下列情形的证人，人民法院应当通知出庭作证；经依法通知不出庭作证证人的书面证言经质证无法确认的，不能作为定案的根据：

（一）人民检察院、被告人及其辩护人对证人证言有异议，该证人证言对定罪量刑有重大影响的；

（二）人民法院认为其他应当出庭作证的。

证人在法庭上的证言与其庭前证言相互矛盾，如果证人当庭能够对其翻证作出合理解释，并有相关证据印证的，应当采信庭审证言。

对未出庭作证证人的书面证言，应当听取出庭检察人员、被告人及其辩护人的意见，并结合其他证据综合判断。未出庭作证证人的书面证言出现矛盾，不能排除矛盾且无证据印证的，不能作为定案的根据。

第十六条 证人作证，涉及国家秘密或者个人隐私的，应当保守秘密。

证人出庭作证，必要时，人民法院可以采取限制公开证人信息、限制询问、遮蔽容貌、改变声音等保护性措施。

3．被害人陈述

第十七条 对被害人陈述的审查与认定适用前述关于证人证言的有关规定。

4．被告人供述和辩解

第十八条 对被告人供述和辩解应当着重审查以下内容：

（一）讯问的时间、地点、讯问人的身份等是否符合法律及有关规定，讯问被告人的侦查人员是否不少于二人，讯问被告人是否个别进行等。

（二）讯问笔录的制作、修改是否符合法律及有关规定，讯问笔录是否注明讯问的起止时间和讯问地点，首次讯问时是否告知被告人申请回避、聘请律师等诉讼权利，被告人是否核对确认并签名（盖章）、捺指印，是否有不少于二人的讯问人签名等。

（三）讯问聋哑人、少数民族人员、外国人时是否提供了通晓聋、哑手势的人员或者翻译人员，讯问未成年同案犯时，是否通知了其法定代理人到场，其法定代理人是否在场。

（四）被告人的供述有无以刑讯逼供等非法手段获取的情形，必要时可以调取被告人进出看守所的健康检查记录、笔录。

（五）被告人的供述是否前后一致，有无反复以及出现反复的原因；被告人的所有供述和辩解是否均已收集入卷；应当入卷的供述和辩解没有入卷的，是否出具了相关说明。

（六）被告人的辩解内容是否符合案情和常理，有无矛盾。

（七）被告人的供述和辩解与同案犯的供述和辩解以及其他证据能否相互印证，有无矛盾。

对于上述内容，侦查机关随案移送有录音录像资料的，应当结合相关录音录像资料进行审查。

第十九条（供述排除） 采用刑讯逼供等非法手段取得的被告人供述，不能作为定案的根据。

第二十条（不具可采性） 具有下列情形之一的被告人供述，不能作为定案的根据：

（一）讯问笔录没有经被告人核对确认并签名（盖章）、捺指印的；

（二）讯问聋哑人、不通晓当地通用语言、文字的人员时，应当提供通晓聋、哑手势的人员或者翻译人员而未提供的。

★★第二十一条（瑕疵补正） 讯问笔录有下列瑕疵，通过有关办案人员的补正或者作出合理解释的，可以采用：

（一）笔录填写的讯问时间、讯问人、记录人、法定代理人等有误或者存在矛盾的；

（二）讯问人没有签名的；

（三）首次讯问笔录没有记录告知被讯问人诉讼权利内容的。

★★第二十二条（被告人翻供的处理） 对被告人供述和辩解的审查，应当结合控辩双方提供的所有证据以及被告人本人的全部供述和辩解进行。

被告人庭前供述一致，庭审中翻供，但被告人不能合理说明翻供理由或者其辩解与全案证据相矛盾，而庭前供述与其他证据能够相互印证的，可以采信被告人庭前供述。

被告人庭前供述和辩解出现反复，但庭审中供认的，且庭审中的供述与其他证据能够印证的，可以采信庭审中的供述；被告人庭前供述和辩解出现反复，庭审中不供认，且无其他证据与庭前供述印证的，不能采信庭前供述。

5. 鉴定意见

第二十三条 对鉴定意见应当着重审查以下内容：

（一）鉴定人是否存在应当回避而未回避的情形。

（二）鉴定机构和鉴定人是否具有合法的资质。

（三）鉴定程序是否符合法律及有关规定。

（四）检材的来源、取得、保管、送检是否符合法律及有关规定，与相关提取笔录、扣押物品清单等记载的内容是否相符，检材是否充足、可靠。

（五）鉴定的程序、方法、分析过程是否符合本专业的检验鉴定规程和技术方法要求。

（六）鉴定意见的形式要件是否完备，是否注明提起鉴定的事由、鉴定委托人、鉴定机构、鉴定要求、鉴定过程、检验方法、鉴定文书的日期等相关内容，是否由鉴定机构加盖鉴定专用章并由鉴定人签名盖章。

（七）鉴定意见是否明确。

（八）鉴定意见与案件待证事实有无关联。

（九）鉴定意见与其他证据之间是否有矛盾，鉴定意见与检验笔录及相关照片是否有矛盾。

（十）鉴定意见是否依法及时告知相关人员，当事人对鉴定意见是否有异议。

第二十四条（鉴定瑕疵） 鉴定意见具有下列情形之一的，不能作为定案的根据：

（一）鉴定机构不具备法定的资格和条件，或者鉴定事项超出本鉴定机构项目范围或者鉴定能力的；

（二）鉴定人不具备法定的资格和条件、鉴定人不具有相关专业技术或者职称、鉴定人违反回避规定的；

（三）鉴定程序、方法有错误的；

（四）鉴定意见与证明对象没有关联的；

（五）鉴定对象与送检材料、样本不一致的；

（六）送检材料、样本来源不明或者确实被污染且不具备鉴定条件的；

（七）违反有关鉴定特定标准的；

（八）鉴定文书缺少签名、盖章的；

（九）其他违反有关规定的情形。

对鉴定意见有疑问的，人民法院应当依法通知鉴定人出庭作证或者由其出具相关说明，也可以依法补充鉴定或者重新鉴定。

6. 勘验、检查笔录

第二十五条 对勘验、检查笔录应当着重审查以下内容：

（一）勘验、检查是否依法进行，笔录的制作是否符合法律及有关规定的要求，勘验、检查人员和见证人是否签名或者盖章等。

（二）勘验、检查笔录的内容是否全面、详细、准确、规范：是否准确记录了提起勘验、检查的事由，勘验、检查的时间、地点，在场人员、现场方位、周围环境等情况；是否准确记载了现场、物品、人身、尸体等的位置、特征等详细情况以及勘验、检查、搜查的过程；文字记载与实物或者绘图、录像、照片是否相符；固定证据的形式、方法是否科学、规范；现场、物品、痕迹等是否被破坏或者伪造，是否是原始现场；人身特征、伤害情况、生理状况有无伪装或者变化等。

（三）补充进行勘验、检查的，前后勘验、检查的情况是否有矛盾，是否说明了再次勘验、检查的原由。

（四）勘验、检查笔录中记载的情况与被告人供述、被害人陈述、鉴定意见等其他证据能否印证，有无矛盾。

★**第二十六条（不具可采性）** 勘验、检查笔录存在明显不符合法律及有关规定的情形，并且不能作出合理解释或者说明的，不能作为证据使用。

勘验、检查笔录存在勘验、检查没有见证人的，勘验、检查人员和见证人没有签名、盖章的，勘验、检查人员违反回避规定的等情形，应当结合案件其他证据，审查其真实性和关联性。

7. 视听资料

第二十七条 对视听资料应当着重审查以下内容：

（一）视听资料的来源是否合法，制作过程中当事人有无受到威胁、引诱等违反法律及有关规定的情形；

（二）是否载明制作人或者持有人的身份，制作的时间、地点和条件以及制作方法；

（三）是否为原件，有无复制及复制份数；调取的视听资料是复制件的，是否附有无法调取原件的原因、制作过程和原件存放地点的说明，是否有制作人和原视听资料持有人签名或者盖章；

（四）内容和制作过程是否真实，有无经过剪辑、增加、删改、编辑等伪造、变造情形；

（五）内容与案件事实有无关联性。

对视听资料有疑问的，应当进行鉴定。

对视听资料，应当结合案件其他证据，审查其真实性和关联性。

★**第二十八条（不具可采性）** 具有下列情形之一的视听资料，不能作为定案的根据：

（一）视听资料经审查或者鉴定无法确定真伪的；

（二）对视听资料的制作和取得的时间、地点、方式等有异议，不能作出合理解释或者提供必要证明的。

8. 其他规定

第二十九条（电子证据） 对于电子邮件、电子数据交换、网上聊天记录、网络博客、手机短信、电子签名、域名等电子证据，应当主要审查以下内容：

（一）该电子证据存储磁盘、存储光盘等可移动存储介质是否与打印件一并提交；

（二）是否载明该电子证据形成的时间、地点、对象、制作人、制作过程及设备情况等；

（三）制作、储存、传递、获得、收集、出示等程序和环节是否合法，取证人、制作人、持有人、见证人等是否签名或者盖章；

（四）内容是否真实，有无剪裁、拼凑、篡改、添加等伪造、变造情形；

（五）该电子证据与案件事实有无关联性。

对电子证据有疑问的，应当进行鉴定。

对电子证据，应当结合案件其他证据，审查其真实性和关联性。

第三十条（辨认） 侦查机关组织的辨认，存在下列情形之一的，应当严格审查，不能确定其真实性的，辨认结果不能作为定案的根据：

（一）辨认不是在侦查人员主持下进行的；

（二）辨认前使辨认人见到辨认对象的；

（三）辨认人的辨认活动没有个别进行的；

（四）辨认对象没有混杂在具有类似特征的其他对象中，或者供辨认的对象数量不符合规定的；尸体、场所等特定辨认对象除外。

（五）辨认中给辨认人明显暗示或者明显有指认嫌疑的。

有下列情形之一的，通过有关办案人员的补正或者作出合理解释的，辨认结果可以作为证据使用：

（一）主持辨认的侦查人员少于二人的；

（二）没有向辨认人详细询问辨认对象的具体特征的；

（三）对辨认经过和结果没有制作专门的规范的辨认笔录，或者辨认笔录没有侦查人员、辨认人、见证人的签名或者盖章的；

（四）辨认记录过于简单，只有结果没有过程的；

（五）案卷中只有辨认笔录，没有被辨认对象的照片、录像等资料，无法获悉辨认的真实情况的。

第三十一条 对侦查机关出具的破案经过等材料，应当审查是否有出具该说明材料的办案人、办案机关的签字或者盖章。

对破案经过有疑问，或者对确定被告人有重大嫌疑的根据有疑问的，应当要求侦查机关补充说明。

三、证据的综合审查和运用

第三十二条 对证据的证明力，应当结合案件的具体情况，从各证据与待证事实的关联程度、各证据之间的联系等方面进行审查判断。

证据之间具有内在的联系，共同指向同一待证事实，且能合理排除矛盾的，才能作为定案的根据。

第三十三条 没有直接证据证明犯罪行为系被告人实施，但同时符合下列条件的可以认定被告人有罪：

（一）据以定案的间接证据已经查证属实；

（二）据以定案的间接证据之间相互印证，不存在无法排除的矛盾和无法解释的疑问；

（三）据以定案的间接证据已经形成完整的证明体系；

（四）依据间接证据认定的案件事实，结论是唯一的，足以排除一切合理怀疑；

（五）运用间接证据进行的推理符合逻辑和经验判断。

根据间接证据定案的，判处死刑应当特别慎重。

第三十四条 根据被告人的供述、指认提取到了隐蔽性很强的物证、书证，且与其他证明犯罪事实发生的证据互相印证，并排除串供、逼供、诱供等可能性的，可以认定有罪。

第三十五条 侦查机关依照有关规定采用特殊侦查措施所收集的物证、书证及其他证据材料，经法庭查证属实，可以作为定案的根据。

法庭依法不公开特殊侦查措施的过程及方法。

第三十六条 在对被告人作出有罪认定后，人民法院认定被告人的量刑事实，除审查法定情节外，还应审查以下影响量刑的情节：

（一）案件起因；

（二）被害人有无过错及过错程度，是否对矛盾激化负有责任及责任大小；

（三）被告人的近亲属是否协助抓获被告人；

（四）被告人平时表现及有无悔罪态度；

（五）被害人附带民事诉讼赔偿情况，被告人是否取得被害人或者被害人近亲属谅解；

（六）其他影响量刑的情节。

既有从轻、减轻处罚等情节，又有从重处罚等情节的，应当依法综合相关情节予以考虑。

不能排除被告人具有从轻、减轻处罚等量刑情节的，判处死刑应当特别慎重。

★**第三十七条（慎重采用）** 对于有下列情形的证据应当慎重使用，有其他证据印证的，可以采信：

（一）生理上、精神上有缺陷的被害人、证人和被告人，在对案件事实的认知和表达上存在一定困难，但尚未丧失正确认知、正确表达能力而作的陈述、证言和供述；

（二）与被告人有亲属关系或者其他密切关系的证人所作的对该被告人有利的证言，或者与被告人有利害冲突的证人所作的对该被告人不利的证言。

第三十八条 法庭对证据有疑问的，可以告知出庭检察人员、被告人及其辩护人补充证据或者作出说明；确有核实必要的，可以宣布休庭，对证据进行调查核实。法庭进行庭外调查时，必要时，可以通知出庭检察人员、辩护人到场。出庭检察人员、辩护人一方或者双方不到场的，法庭记录在案。

人民检察院、辩护人补充的和法庭庭外调查核实取得的证据，法庭可以庭外征求出庭检察人员、辩护人的意见。双方意见不一致，有一方要求人民法院开庭进行调查的，人民法院应当开庭。

第三十九条 被告人及其辩护人提出有自首的事实及理由，有关机关未予认定的，应当要求有关机关提供证明材料或者要求相关人员作证，并结合其他证据判断自首是否成立。

被告人是否协助或者如何协助抓获同案犯的证明材料不全，导致无法认定被告人构成立功的，应当要求有关机关提供证明材料或者要求相关人员作证，并结合其他证据判断立功是否成立。

被告人有检举揭发他人犯罪情形的，应当审查是否已经查证属实；尚未查证的，应当及时查证。

被告人累犯的证明材料不全，应当要求有关机关提供证明材料。

第四十条 审查被告人实施犯罪时是否已满十八周岁，一般应当以户籍证明为依据；对户籍证明有异议，并有经查证属实的出生证明文件、无利害关系人的证言等证据证明被告人不满十八周岁的，应认定被告人不满十八周岁；没有户籍证明以及出生证明文件的，应当根据人口普查登记、无利害关系人的证言等证据综合进行判断，必要时，可以进行骨龄鉴定，并将结果作为判断被告人年龄的参考。

未排除证据之间的矛盾，无充分证据证明被告人实施被指控的犯罪时已满十八周岁且确实无法查明的，不能认定其已满十八周岁。

第四十一条　本规定自 2010 年 7 月 1 日起施行。

最高人民法院、最高人民检察院、公安部、国家安全部、司法部关于办理刑事案件排除非法证据若干问题的规定

（2010 年 6 月 13 日）（法发〔2010〕20 号）

为规范司法行为，促进司法公正，根据刑事诉讼法和相关司法解释，结合人民法院、人民检察院、公安机关、国家安全机关和司法行政机关办理刑事案件工作实际，制定本规定。

★**第一条**（非法言词证据）　采用刑讯逼供等非法手段取得的犯罪嫌疑人、被告人供述和采用暴力、威胁等非法手段取得的证人证言、被害人陈述，属于非法言词证据。

★**第二条**（非法言词证据排除）　经依法确认的非法言词证据，应当予以排除，不能作为定案的根据。

★**第三条**（非法言词证据排除）　人民检察院在审查批准逮捕、审查起诉中，对于非法言词证据应当依法予以排除，不能作为批准逮捕、提起公诉的根据。

第四条　起诉书副本送达后开庭审判前，被告人提出其审判前供述是非法取得的，应当向人民法院提交书面意见。被告人书写确有困难的，可以口头告诉，由人民法院工作人员或者其辩护人作出笔录，并由被告人签名或者捺指印。

人民法院应当将被告人的书面意见或者告诉笔录复印件在开庭前交人民检察院。

★★**第五条**（涉嫌非法取得的供述的处理）　被告人及其辩护人在开庭审理前或者庭审中，提出被告人审判前供述是非法取得的，法庭在公诉人宣读起诉书之后，应当先行当庭调查。

法庭辩论结束前，被告人及其辩护人提出被告人审判前供述是非法取得的，法庭也应当进行调查。

第六条　被告人及其辩护人提出被告人审判前供述是非法取得的，法庭应当要求其提供涉嫌非法取证的人员、时间、地点、方式、内容等相关线索或者证据。

第七条　经审查，法庭对被告人审判前供述取得的合法性有疑问的，公诉人应当向法庭提供讯问笔录、原始的讯问过程录音录像或者其他证据，提请法庭通知讯问时其他在场人员或者其他证人出庭作证，仍不能排除刑讯逼供嫌疑的，提请法庭通知讯问人员出庭作证，对该供述取得的合法性予以证明。公诉人当庭不能举证的，可以根据刑事诉讼法第一百六十五条的规定，建议法庭延期审理。

经依法通知，讯问人员或者其他人员应当出庭作证。

公诉人提交加盖公章的说明材料，未经有关讯问人员签名或者盖章的，不能作为证明取证合法性的证据。

控辩双方可以就被告人审判前供述取得的合法性问题进行质证、辩论。

第八条　法庭对于控辩双方提供的证据有疑问的，可以宣布休庭，对证据进行调查核实。必要时，可以通知检察人员、辩护人到场。

★★第九条（补充侦查的程序处理）　庭审中，公诉人为提供新的证据需要补充侦查，建议延期审理的，法庭应当同意。

被告人及其辩护人申请通知讯问人员、讯问时其他在场人员或者其他证人到庭，法庭认为有必要的，可以宣布延期审理。

第十条（供述的当庭质证及处理）　经法庭审查，具有下列情形之一的，被告人审判前供述可以当庭宣读、质证：

（一）被告人及其辩护人未提供非法取证的相关线索或者证据的；

（二）被告人及其辩护人已提供非法取证的相关线索或者证据，法庭对被告人审判前供述取得的合法性没有疑问的；

（三）公诉人提供的证据确实、充分，能够排除被告人审判前供述属非法取得的。

对于当庭宣读的被告人审判前供述，应当结合被告人当庭供述以及其他证据确定能否作为定案的根据。

第十一条　对被告人审判前供述的合法性，公诉人不提供证据加以证明，或者已提供的证据不够确实、充分的，该供述不能作为定案的根据。

第十二条　对于被告人及其辩护人提出的被告人审判前供述是非法取得的意见，第一审人民法院没有审查，并以被告人审判前供述作为定案根据的，第二审人民法院应当对被告人审判前供述取得的合法性进行审查。检察人员不提供证据加以证明，或者已提供的证据不够确实、充分的，被告人该供述不能作为定案的根据。

★第十三条（未到庭证人证言的质证）　庭审中，检察人员、被告人及其辩护人提出未到庭证人的书面证言、未到庭被害人的书面陈述是非法取得的，举证方应当对其取证的合法性予以证明。

对前款所述证据，法庭应当参照本规定有关规定进行调查。

第十四条　物证、书证的取得明显违反法律规定，可能影响公正审判的，应当予以补正或者作出合理解释，否则，该物证、书证不能作为定案的根据。

第十五条　本规定自 2010 年 7 月 1 日起施行。

最高人民检察院、公安部 关于审查逮捕阶段讯问犯罪嫌疑人的规定

为进一步规范人民检察院审查逮捕阶段讯问犯罪嫌疑人工作，保证办理审查逮捕案件的质量，依法打击犯罪，保障犯罪嫌疑人的合法权利，依照《中华人民共和国刑事诉讼法》等规定，结合工作实际，制定本规定。

第一条 人民检察院办理审查逮捕案件，必要时应当讯问犯罪嫌疑人，公安机关应当予以配合。

★★第二条（应当讯问犯罪嫌疑人） 人民检察院审查逮捕，对下列案件应当讯问犯罪嫌疑人：

（一）犯罪嫌疑人是否有犯罪事实、是否有逮捕必要等关键问题有疑点的，主要包括：罪与非罪界限不清的，是否达到刑事责任年龄需要确认的，有无逮捕必要难以把握的，犯罪嫌疑人的供述前后矛盾或者违背常理的，据以定罪的主要证据之间存在重大矛盾的；

（二）案情重大疑难复杂的，主要包括：涉嫌造成被害人死亡的故意杀人案、故意伤害致人死亡案以及其他可能判处无期徒刑以上刑罚的，在罪与非罪认定上存在重大争议的；

（三）犯罪嫌疑人系未成年人的；

（四）有线索或者证据表明侦查活动可能存在刑讯逼供、暴力取证等违法犯罪行为的。

对被拘留的犯罪嫌疑人不予讯问的，应当送达听取犯罪嫌疑人意见书，由犯罪嫌疑人填写后及时收回审查并附卷。犯罪嫌疑人要求讯问的，一般应当讯问。

第三条 讯问犯罪嫌疑人时，检察人员不得少于二人，且其中至少一人具有检察官职务。

第四条 检察人员讯问被拘留的犯罪嫌疑人时，应当出具提讯凭证（注明审查逮捕起止日期）、公安机关提请批准逮捕书、人民检察院报请逮捕书或者逮捕犯罪嫌疑人意见书。

讯问未被拘留的犯罪嫌疑人，讯问前应当征求公安机关或者人民检察院侦查部门的意见。

第五条 检察人员讯问犯罪嫌疑人前，应当做好以下准备工作：

（一）全面审阅案卷材料，熟悉案情及证据情况；

（二）掌握与本案有关的法律政策和专业知识；

（三）针对犯罪嫌疑人的心理状态和案件整体情况做好应对预案和相关准备，必要时应当听取案件侦查人员的意见；

（四）制作讯问提纲。

第六条 检察人员讯问犯罪嫌疑人，应当注意方法与策略，防止因讯问不当造成犯罪嫌疑人不正常地推翻有罪供述，影响侦查活动顺利进行。

严禁逼供、诱供。

第七条 检察人员讯问犯罪嫌疑人时，应当依法告知其诉讼权利和义务，认真听取其

供述和辩解，并根据案件具体情况特别是阅卷中发现的疑点，确定需要核实的问题。其中，以下几个方面应当重点核实：

（一）犯罪嫌疑人的基本情况，如：是否系未成年人，是否患有不宜羁押的严重疾病，是否系人大代表或者政协委员等；

（二）犯罪嫌疑人被采取强制措施的时间和原因；

（三）犯罪嫌疑人供述存在的疑点；

（四）主要证据之间存在的疑点及矛盾；

（五）侦查活动是否存在违法情形。

犯罪嫌疑人检举揭发他人犯罪线索的，应当予以记录，并依照有关规定移送有关部门处理。

第八条 检察人员讯问犯罪嫌疑人应当制作讯问笔录，并交犯罪嫌疑人核对或者向其宣读，经核对无误后逐页签名（盖章）、捺印并存卷。犯罪嫌疑人要求自行书写供述的，应当准许，但不得以自行书写的供述代替讯问笔录。

★★第九条（讯问未成年人） 检察人员讯问未成年犯罪嫌疑人，应当通知其监护人到场，并告知监护人依法享有的诉讼权利和应当履行的义务。无法通知监护人或者经通知未到场，或者监护人具有有碍侦查的情形而不通知的，应当记录在案。

第十条 犯罪嫌疑人系聋、哑人或者不通晓当地通用语言文字的少数民族、外国籍人等，人民检察院应当为其聘请通晓聋、哑手势或者当地通用语言文字，且与本案无利害关系的人员进行翻译。翻译人员应当在讯问笔录上签字。

第十一条 检察人员当面讯问犯罪嫌疑人有困难的，可以通过检察专网进行视频讯问。视频讯问时，应当确保网络安全、保密。负责讯问的检察人员应当做好讯问笔录，协助讯问的其他检察人员应当配合做好提押、讯问笔录核对、签名等工作。

第十二条 检察人员讯问犯罪嫌疑人时，发现侦查活动有违法情形的，应当依照有关规定提出纠正意见。有刑讯逼供、暴力取证等违法犯罪情形的，应当及时移送有关部门处理。

★第十三条（对律师意见的处理） 犯罪嫌疑人委托的律师提出不构成犯罪、无逮捕必要、不适宜羁押、侦查活动有违法犯罪情形等书面意见以及相关证据材料的，检察人员应当认真审查。必要时，可以当面听取受委托律师的意见。对律师提出的意见及相关证据材料，应当在审查逮捕意见书中说明是否采纳的情况和理由。

第十四条 检察人员违反本规定的，应当根据其过错事实、情节及后果，依照有关法律和《检察人员执法过错责任追究条例》、《检察人员纪律处分条例（试行）》等规定，追究其纪律责任或者法律责任。

第十五条 本规定自 2010 年 10 月 1 日起施行。

最高人民检察院、公安部
关于刑事立案监督有关问题的规定（试行）

（2010 年 7 月 26 日最高人民检察院、公安部发布　自 2010 年 10 月 1 日起施行）（高检会〔2010〕5 号）

为加强和规范刑事立案监督工作，保障刑事侦查权的正确行使，根据《中华人民共和国刑事诉讼法》等有关规定，结合工作实际，制定本规定。

第一条　刑事立案监督的任务是确保依法立案，防止和纠正有案不立和违法立案，依法、及时打击犯罪，保护公民的合法权利，保障国家法律的统一正确实施，维护社会和谐稳定。

第二条　刑事立案监督应当坚持监督与配合相统一，人民检察院法律监督与公安机关内部监督相结合，办案数量、质量、效率、效果相统一和有错必纠的原则。

第三条　公安机关对于接受的案件或者发现的犯罪线索，应当及时进行审查，依照法律和有关规定作出立案或者不予立案的决定。

公安机关与人民检察院应当建立刑事案件信息通报制度，定期相互通报刑事发案、报案、立案、破案和刑事立案监督、侦查活动监督、批捕、起诉等情况，重大案件随时通报。有条件的地方，应当建立刑事案件信息共享平台。

★★第四条（应当受理并审查）　被害人及其法定代理人、近亲属或者行政执法机关，认为公安机关对其控告或者移送的案件应当立案侦查而不立案侦查，向人民检察院提出的，人民检察院应当受理并进行审查。

人民检察院发现公安机关可能存在应当立案侦查而不立案侦查情形的，应当依法进行审查。

★第五条（审查的处理）　人民检察院对于公安机关应当立案侦查而不立案侦查的线索进行审查后，应当根据不同情况分别作出处理：

（一）没有犯罪事实发生，或者犯罪情节显著轻微不需要追究刑事责任，或者具有其他依法不追究刑事责任情形的，及时答复投诉人或者行政执法机关；

（二）不属于被投诉的公安机关管辖的，应当将有管辖权的机关告知投诉人或者行政执法机关，并建议向该机关控告或者移送；

（三）公安机关尚未作出不予立案决定的，移送公安机关处理；

（四）有犯罪事实需要追究刑事责任，属于被投诉的公安机关管辖，且公安机关已作出不立案决定的，经检察长批准，应当要求公安机关书面说明不立案理由。

★第六条（移送公安机关处理）　人民检察院对于不服公安机关立案决定的投诉，可以移送立案的公安机关处理。

人民检察院经审查，有证据证明公安机关可能存在违法动用刑事手段插手民事、经济纠纷，或者办案人员利用立案实施报复陷害、敲诈勒索以及谋取其他非法利益等违法立案情形，且已采取刑事拘留等强制措施或者搜查、扣押、冻结等强制性侦查措施，尚未提请批准逮捕或者移送审查起诉的，经检察长批准，应当要求公安机关书面说明立案理由。

第七条 人民检察院要求公安机关说明不立案或者立案理由，应当制作《要求说明不立案理由通知书》或者《要求说明立案理由通知书》，及时送达公安机关。

公安机关应当在收到《要求说明不立案理由通知书》或者《要求说明立案理由通知书》后七日以内作出书面说明，客观反映不立案或者立案的情况、依据和理由，连同有关证据材料复印件回复人民检察院。公安机关主动立案或者撤销案件的，应当将《立案决定书》或者《撤销案件决定书》复印件及时送达人民检察院。

★第八条（通知立案或撤销案件） 人民检察院经调查核实，认为公安机关不立案或者立案理由不成立的，经检察长或者检察委员会决定，应当通知公安机关立案或者撤销案件。

人民检察院开展调查核实，可以询问办案人员和有关当事人，查阅、复印公安机关刑事受案、立案、破案等登记表册和立案、不立案、撤销案件、治安处罚、劳动教养等相关法律文书及案卷材料，公安机关应当配合。

第九条 人民检察院通知公安机关立案或者撤销案件的，应当制作《通知立案书》或者《通知撤销案件书》，说明依据和理由，连同证据材料移送公安机关。

公安机关应当在收到《通知立案书》后十五日以内决定立案，对《通知撤销案件书》没有异议的应当立即撤销案件，并将《立案决定书》或者《撤销案件决定书》复印件及时送达人民检察院。

★第十条（立案通知的复议和复核） 公安机关认为人民检察院撤销案件通知有错误的，应当在五日以内经县级以上公安机关负责人批准，要求同级人民检察院复议。人民检察院应当重新审查，在收到《要求复议意见书》和案卷材料后七日以内作出是否变更的决定，并通知公安机关。

公安机关不接受人民检察院复议决定的，应当在五日以内经县级以上公安机关负责人批准，提请上一级人民检察院复核。上级人民检察院应当在收到《提请复核意见书》和案卷材料后十五日以内作出是否变更的决定，通知下级人民检察院和公安机关执行。

上级人民检察院复核认为撤销案件通知有错误的，下级人民检察院应当立即纠正；上级人民检察院复核认为撤销案件通知正确的，下级公安机关应当立即撤销案件，并将《撤销案件决定书》复印件及时送达同级人民检察院。

★第十一条（及时侦查） 公安机关对人民检察院监督立案的案件应当及时侦查。犯罪嫌疑人在逃的，应当加大追捕力度；符合逮捕条件的，应当及时提请人民检察院批准逮捕；侦查终结需要追究刑事责任的，应当及时移送人民检察院审查起诉。

监督立案后三个月未侦查终结的，人民检察院可以发出《立案监督案件催办函》，公安机关应当及时向人民检察院反馈侦查进展情况。

第十二条 人民检察院在立案监督过程中，发现侦查人员涉嫌徇私舞弊等违法违纪行为的，应当移交有关部门处理；涉嫌职务犯罪的，依法立案侦查。

第十三条 公安机关在提请批准逮捕、移送审查起诉时，应当将人民检察院刑事立案监督法律文书和相关材料随案移送。人民检察院在审查逮捕、审查起诉时，应当及时录入刑事立案监督信息。

第十四条 本规定自 2010 年 10 月 1 日起试行。

最高人民法院
关于死刑缓期执行限制减刑案件
审理程序若干问题的规定

为正确适用《中华人民共和国刑法修正案（八）》关于死刑缓期执行限制减刑的规定，根据刑事诉讼法的有关规定，结合审判实践，现就相关案件审理程序的若干问题规定如下：

★**第一条（限制减刑的对象）** 根据刑法第五十条第二款的规定，对被判处死刑缓期执行的累犯以及因故意杀人、强奸、抢劫、绑架、放火、爆炸、投放危险物质或者有组织的暴力性犯罪被判处死刑缓期执行的犯罪分子，人民法院根据犯罪情节、人身危险性等情况，可以在作出裁判的同时决定对其限制减刑。

第二条 被告人对第一审人民法院作出的限制减刑判决不服的，可以提出上诉。被告人的辩护人和近亲属，经被告人同意，也可以提出上诉。

★★**第三条（减刑判决的复核）** 高级人民法院审理或者复核判处死刑缓期执行并限制减刑的案件，认为原判对被告人判处死刑缓期执行适当，但判决限制减刑不当的，应当改判，撤销限制减刑。

★★★**第四条（上诉不得限制减刑）** 高级人民法院审理判处死刑缓期执行没有限制减刑的上诉案件，认为原判事实清楚、证据充分，但应当限制减刑的，不得直接改判，也不得发回重新审判。确有必要限制减刑的，应当在第二审判决、裁定生效后，按照审判监督程序重新审判。

高级人民法院复核判处死刑缓期执行没有限制减刑的案件，认为应当限制减刑的，不得以提高审级等方式对被告人限制减刑。

★★**第五条（改判中的限制减刑）** 高级人民法院审理判处死刑的第二审案件，对被告人改判死刑缓期执行的，如果符合刑法第五十条第二款的规定，可以同时决定对其限制减刑。

高级人民法院复核判处死刑后没有上诉、抗诉的案件，认为应当改判死刑缓期执行并限制减刑的，可以提审或者发回重新审判。

★★**第六条（改判中的限制减刑）** 最高人民法院复核死刑案件，认为对被告人可以判处死刑缓期执行并限制减刑的，应当裁定不予核准，并撤销原判，发回重新审判。

一案中两名以上被告人被判处死刑，最高人民法院复核后，对其中部分被告人改判死刑缓期执行的，如果符合刑法第五十条第二款的规定，可以同时决定对其限制减刑。

第七条 人民法院对被判处死刑缓期执行的被告人所作的限制减刑决定，应当在判决书主文部分单独作为一项予以宣告。

第八条 死刑缓期执行限制减刑案件审理程序的其他事项，依照刑事诉讼法和有关司法解释的规定执行。

最高人民法院、最高人民检察院、公安部、国家安全部、司法部关于规范量刑程序若干问题的意见（试行）

（2010 年 9 月 13 日发布　2010 年 10 月 1 日起施行）（法发［2010］35 号）

为进一步规范量刑活动，促进量刑公开和公正，根据刑事诉讼法和司法解释的有关规定，结合刑事司法工作实际，制定本意见。

第一条　人民法院审理刑事案件，应当保障量刑活动的相对独立性。

第二条　侦查机关、人民检察院应当依照法定程序，收集能够证实犯罪嫌疑人、被告人犯罪情节轻重以及其他与量刑有关的各种证据。

人民检察院提起公诉的案件，对于量刑证据材料的移送，依照有关规定进行。

★第三条（量刑建议）　对于公诉案件，人民检察院可以提出量刑建议。量刑建议一般应当具有一定的幅度。

人民检察院提出量刑建议，一般应当制作量刑建议书，与起诉书一并移送人民法院；根据案件的具体情况，人民检察院也可以在公诉意见书中提出量刑建议。对于人民检察院不派员出席法庭的简易程序案件，应当制作量刑建议书，与起诉书一并移送人民法院。

量刑建议书中一般应当载明人民检察院建议对被告人处以刑罚的种类、刑罚幅度、刑罚执行方式及其理由和依据。

★第四条（量刑意见）　在诉讼过程中，当事人和辩护人、诉讼代理人可以提出量刑意见，并说明理由。

第五条　人民检察院以量刑建议书方式提出量刑建议的，人民法院在送达起诉书副本时，将量刑建议书一并送达被告人。

第六条　对于公诉案件，特别是被告人不认罪或者对量刑建议有争议的案件，被告人因经济困难或者其他原因没有委托辩护人的，人民法院可以通过法律援助机构指派律师为其提供辩护。

★★第七条（简易程序中的量刑）　适用简易程序审理的案件，在确定被告人对起诉书指控的犯罪事实和罪名没有异议，自愿认罪且知悉认罪的法律后果后，法庭审理可以直接围绕量刑问题进行。

★★第八条（普通程序中的量刑）　对于适用普通程序审理的被告人认罪案件，在确认被告人了解起诉书指控的犯罪事实和罪名，自愿认罪且知悉认罪的法律后果后，法庭审理主要围绕量刑和其他有争议的问题进行。

★★第九条（应当查明量刑事实）　对于被告人不认罪或者辩护人做无罪辩护的案件，在法庭调查阶段，应当查明有关的量刑事实。在法庭辩论阶段，审判人员引导控辩双方先辩论定罪问题。在定罪辩论结束后，审判人员告知控辩双方可以围绕量刑问题进行辩论，发表量刑建议或意见，并说明理由和依据。

★★**第十条（应当查明量刑情节）** 在法庭调查过程中，人民法院应当查明对被告人适用特定法定刑幅度以及其他从重、从轻、减轻或免除处罚的法定或者酌定量刑情节。

第十一条 人民法院、人民检察院、侦查机关或者辩护人委托有关方面制作涉及未成年人的社会调查报告的，调查报告应当在法庭上宣读，并接受质证。

★**第十二条（补充量刑证据）** 在法庭审理过程中，审判人员对量刑证据有疑问的，可以宣布休庭，对证据进行调查核实，必要时也可以要求人民检察院补充调查核实。人民检察院应当补充调查核实有关证据，必要时可以要求侦查机关提供协助。

第十三条 当事人和辩护人、诉讼代理人申请人民法院调取在侦查、审查起诉中收集的量刑证据材料，人民法院认为确有必要的，应当依法调取。人民法院认为不需要调取有关量刑证据材料的，应当说明理由。

第十四条 量刑辩论活动按照以下顺序进行：

（一）公诉人、自诉人及其诉讼代理人发表量刑建议或意见；

（二）被害人（或者附带民事诉讼原告人）及其诉讼代理人发表量刑意见；

（三）被告人及其辩护人进行答辩并发表量刑意见。

第十五条 在法庭辩论过程中，出现新的量刑事实，需要进一步调查的，应当恢复法庭调查，待事实查清后继续法庭辩论。

★**第十六条（判决中应说明量刑理由）** 人民法院的刑事裁判文书中应当说明量刑理由。量刑理由主要包括：

（一）已经查明的量刑事实及其对量刑的作用；

（二）是否采纳公诉人、当事人和辩护人、诉讼代理人发表的量刑建议、意见的理由；

（三）人民法院量刑的理由和法律依据。

第十七条 对于开庭审理的二审、再审案件的量刑活动，依照有关法律规定进行。法律没有规定的，参照本意见进行。

对于不开庭审理的二审、再审案件，审判人员在阅卷、讯问被告人、听取其他当事人、辩护人、诉讼代理人的意见时，应当注意审查量刑事实和证据。

第十八条 本意见自 2010 年 10 月 1 日起试行。

全国人民代表大会常务委员会
关于修改《中华人民共和国国家赔偿法》的决定

（2010 年 4 月 29 日第十一届全国人民代表大会常务委员会第十四次会议通过）

第十一届全国人民代表大会常务委员会第十四次会议决定对《中华人民共和国国家赔偿法》作如下修改：

★一、将第二条修改为："国家机关和国家机关工作人员行使职权，有本法规定的侵犯公民、法人和其他组织合法权益的情形，造成损害的，受害人有依照本法取得国家赔偿的权利。

"本法规定的赔偿义务机关，应当依照本法及时履行赔偿义务。"

★二、将第三条第三项修改为："（三）以殴打、虐待等行为或者唆使、放纵他人以殴打、虐待等行为造成公民身体伤害或者死亡的"。

三、将第四条第三项修改为："（三）违法征收、征用财产的"。

四、将第六条第三款修改为："受害的法人或者其他组织终止的，其权利承受人有权要求赔偿。"

五、将第九条修改为："赔偿义务机关有本法第三条、第四条规定情形之一的，应当给予赔偿。

"赔偿请求人要求赔偿，应当先向赔偿义务机关提出，也可以在申请行政复议或者提起行政诉讼时一并提出。"

六、在第十二条中增加一款，作为第三款："赔偿请求人不是受害人本人的，应当说明与受害人的关系，并提供相应证明。"

★增加一款，作为第四款："赔偿请求人当面递交申请书的，赔偿义务机关应当当场出具加盖本行政机关专用印章并注明收讫日期的书面凭证。申请材料不齐全的，赔偿义务机关应当当场或者在五日内一次性告知赔偿请求人需要补正的全部内容。"

★七、将第十三条改为第十三条、第十四条。第十三条："赔偿义务机关应当自收到申请之日起两个月内，作出是否赔偿的决定。赔偿义务机关作出赔偿决定，应当充分听取赔偿请求人的意见，并可以与赔偿请求人就赔偿方式、赔偿项目和赔偿数额依照本法第四章的规定进行协商。

"赔偿义务机关决定赔偿的，应当制作赔偿决定书，并自作出决定之日起十日内送达赔偿请求人。

"赔偿义务机关决定不予赔偿的，应当自作出决定之日起十日内书面通知赔偿请求人，并说明不予赔偿的理由。"

第十四条："赔偿义务机关在规定期限内未作出是否赔偿的决定，赔偿请求人可以自期限届满之日起三个月内，向人民法院提起诉讼。

"赔偿请求人对赔偿的方式、项目、数额有异议的，或者赔偿义务机关作出不予赔偿决定的，赔偿请求人可以自赔偿义务机关作出赔偿或者不予赔偿决定之日起三个月内，向人民法院提起诉讼。"

八、增加一条，作为第十五条："人民法院审理行政赔偿案件，赔偿请求人和赔偿义务机关对自己提出的主张，应当提供证据。

★"赔偿义务机关采取行政拘留或者限制人身自由的强制措施期间，被限制人身自由的人死亡或者丧失行为能力的，赔偿义务机关的行为与被限制人身自由的人的死亡或者丧失行为能力是否存在因果关系，赔偿义务机关应当提供证据。"

★九、将第十四条改为第十六条，第二款修改为："对有故意或者重大过失的责任人员，有关机关应当依法给予处分；构成犯罪的，应当依法追究刑事责任。"

★十、将第十五条改为第十七条，修改为："行使侦查、检察、审判职权的机关以及看守所、监狱管理机关及其工作人员在行使职权时有下列侵犯人身权情形之一的，受害人有取得赔偿的权利：（一）违反刑事诉讼法的规定对公民采取拘留措施的，或者依照刑事诉讼法规定的条件和程序对公民采取拘留措施，但是拘留时间超过刑事诉讼法规定的时限，其后决定撤销案件、不起诉或者判决宣告无罪终止追究刑事责任的；（二）对公民采取逮捕措施后，决定撤销案件、不起诉或者判决宣告无罪终止追究刑事责任的；（三）依照审判监督程序再审改判无罪，原判刑罚已经执行的；（四）刑讯逼供或者以殴打、虐待等行为或者唆使、放纵他人以殴打、虐待等行为造成公民身体伤害或者死亡的；（五）违法使用武器、警械造成公民身体伤害或者死亡的。"

十一、将第十六条改为第十八条，修改为："行使侦查、检察、审判职权的机关以及看守所、监狱管理机关及其工作人员在行使职权时有下列侵犯财产权情形之一的，受害人有取得赔偿的权利：（一）违法对财产采取查封、扣押、冻结、追缴等措施的；（二）依照审判监督程序再审改判无罪，原判罚金、没收财产已经执行的。"

十二、将第十七条改为第十九条，第三项修改为："（三）依照刑事诉讼法第十五条、第一百四十二条第二款规定不追究刑事责任的人被羁押的"。

第四项修改为："（四）行使侦查、检察、审判职权的机关以及看守所、监狱管理机关的工作人员与行使职权无关的个人行为"。

★十三、将第十九条改为第二十一条，修改为："行使侦查、检察、审判职权的机关以及看守所、监狱管理机关及其工作人员在行使职权时侵犯公民、法人和其他组织的合法权益造成损害的，该机关为赔偿义务机关。

"对公民采取拘留措施，依照本法的规定应当给予国家赔偿的，作出拘留决定的机关为赔偿义务机关。

"对公民采取逮捕措施后决定撤销案件、不起诉或者判决宣告无罪的，作出逮捕决定的机关为赔偿义务机关。

"再审改判无罪的，作出原生效判决的人民法院为赔偿义务机关。二审改判无罪，以及二审发回重审后作无罪处理的，作出一审有罪判决的人民法院为赔偿义务机关。"

十四、将第二十条改为第二十二条，修改为："赔偿义务机关有本法第十七条、第十八条规定情形之一的，应当给予赔偿。

"赔偿请求人要求赔偿，应当先向赔偿义务机关提出。

"赔偿请求人提出赔偿请求，适用本法第十一条、第十二条的规定。"

十五、将第二十一条改为第二十三条和第二十四条。第二十三条："赔偿义务机关应当自收到申请之日起两个月内，作出是否赔偿的决定。赔偿义务机关作出赔偿决定，应当充分听取赔偿请求人的意见，并可以与赔偿请求人就赔偿方式、赔偿项目和赔偿数额依照本法第四章的规定进行协商。

"赔偿义务机关决定赔偿的，应当制作赔偿决定书，并自作出决定之日起十日内送达赔偿请求人。

"赔偿义务机关决定不予赔偿的，应当自作出决定之日起十日内书面通知赔偿请求人，并说明不予赔偿的理由。"

第二十四条："赔偿义务机关在规定期限内未作出是否赔偿的决定，赔偿请求人可以自期限届满之日起三十日内向赔偿义务机关的上一级机关申请复议。

"赔偿请求人对赔偿的方式、项目、数额有异议的，或者赔偿义务机关作出不予赔偿决定的，赔偿请求人可以自赔偿义务机关作出赔偿或者不予赔偿决定之日起三十日内，向赔偿义务机关的上一级机关申请复议。

"赔偿义务机关是人民法院的，赔偿请求人可以依照本条规定向其上一级人民法院赔偿委员会申请作出赔偿决定。"

十六、将第二十二条改为第二十五条，第二款修改为："赔偿请求人不服复议决定的，可以在收到复议决定之日起三十日内向复议机关所在地的同级人民法院赔偿委员会申请作出赔偿决定；复议机关逾期不作决定的，赔偿请求人可以自期限届满之日起三十日内向复议机关所在地的同级人民法院赔偿委员会申请作出赔偿决定。"

十七、增加一条，作为第二十六条："人民法院赔偿委员会处理赔偿请求，赔偿请求人和赔偿义务机关对自己提出的主张，应当提供证据。

★"被羁押人在羁押期间死亡或者丧失行为能力的，赔偿义务机关的行为与被羁押人的死亡或者丧失行为能力是否存在因果关系，赔偿义务机关应当提供证据。"

十八、增加一条，作为第二十七条："人民法院赔偿委员会处理赔偿请求，采取书面审查的办法。必要时，可以向有关单位和人员调查情况、收集证据。赔偿请求人与赔偿义务机关对损害事实及因果关系有争议的，赔偿委员会可以听取赔偿请求人和赔偿义务机关的陈述和申辩，并可以进行质证。"

十九、增加一条，作为第二十八条："人民法院赔偿委员会应当自收到赔偿申请之日起三个月内作出决定；属于疑难、复杂、重大案件的，经本院院长批准，可以延长三个月。"

二十、将第二十三条改为第二十九条，第一款修改为："中级以上的人民法院设立赔偿委员会，由人民法院三名以上审判员组成，组成人员的人数应当为单数。"

二十一、增加一条，作为第三十条："赔偿请求人或者赔偿义务机关对赔偿委员会作出的决定，认为确有错误的，可以向上一级人民法院赔偿委员会提出申诉。

"赔偿委员会作出的赔偿决定生效后，如发现赔偿决定违反本法规定的，经本院院长决定或者上级人民法院指令，赔偿委员会应当在两个月内重新审查并依法作出决定，上一级人民法院赔偿委员会也可以直接审查并作出决定。

"最高人民检察院对各级人民法院赔偿委员会作出的决定，上级人民检察院对下级人民法院赔偿委员会作出的决定，发现违反本法规定的，应当向同级人民法院赔偿委员会提出意见，同级人民法院赔偿委员会应当在两个月内重新审查并依法作出决定。"

二十二、将第二十四条改为第三十一条，第二款修改为："对有前款规定情形的责任人员，有关机关应当依法给予处分；构成犯罪的，应当依法追究刑事责任。"

二十三、将第二十七条改为第三十四条，第一款第一项修改为："（一）造成身体伤害的，应当支付医疗费、护理费，以及赔偿因误工减少的收入。减少的收入每日的赔偿金按照国家上年度职工日平均工资计算，最高额为国家上年度职工年平均工资的五倍"。

第一款第二项修改为："（二）造成部分或者全部丧失劳动能力的，应当支付医疗费、护理费、残疾生活辅助具费、康复费等因残疾而增加的必要支出和继续治疗所必需的费用，以及残疾赔偿金。残疾赔偿金根据丧失劳动能力的程度，按照国家规定的伤残等级确定，最高不超过国家上年度职工年平均工资的二十倍。造成全部丧失劳动能力的，对其扶养的无劳动能力的人，还应当支付生活费"。

第二款修改为："前款第二项、第三项规定的生活费的发放标准，参照当地最低生活保障标准执行。被扶养的人是未成年人的，生活费给付至十八周岁止；其他无劳动能力的人，生活费给付至死亡时止。"

★二十四、将第三十条改为第三十五条，修改为："有本法第三条或者第十七条规定情形之一，致人精神损害的，应当在侵权行为影响的范围内，为受害人消除影响，恢复名誉，赔礼道歉；造成严重后果的，应当支付相应的精神损害抚慰金。"

二十五、将第二十八条改为第三十六条，第一项修改为："（一）处罚款、罚金、追缴、没收财产或者违法征收、征用财产的，返还财产"。

第五项修改为："（五）财产已经拍卖或者变卖的，给付拍卖或者变卖所得的价款；变卖的价款明显低于财产价值的，应当支付相应的赔偿金"。

增加一项，作为第七项："（七）返还执行的罚款或者罚金、追缴或者没收的金钱，解除冻结的存款或者汇款的，应当支付银行同期存款利息"。

二十六、将第二十九条改为第三十七条，修改为："赔偿费用列入各级财政预算。

"赔偿请求人凭生效的判决书、复议决定书、赔偿决定书或者调解书，向赔偿义务机关申请支付赔偿金。

"赔偿义务机关应当自收到支付赔偿金申请之日起七日内，依照预算管理权限向有关的财政部门提出支付申请。财政部门应当自收到支付申请之日起十五日内支付赔偿金。

"赔偿费用预算与支付管理的具体办法由国务院规定。"

二十七、将第三十二条改为第三十九条，第一款修改为："赔偿请求人请求国家赔偿的时效为两年，自其知道或者应当知道国家机关及其工作人员行使职权时的行为侵犯其人身权、财产权之日起计算，但被羁押等限制人身自由期间不计算在内。在申请行政复议或者提起行政诉讼时一并提出赔偿请求的，适用行政复议法、行政诉讼法有关时效的规定。"

本决定自 2010 年 12 月 1 日起施行。

《中华人民共和国国家赔偿法》根据本决定作相应修改并对条款顺序作相应调整，重新公布。

中华人民共和国国家赔偿法

(1994 年 5 月 12 日第八届全国人民代表大会常务委员会第七次会议通过 根据 2010 年 4 月 29 日第十一届全国人民代表大会常务委员会第十四次会议《关于修改〈中华人民共和国国家赔偿法〉的决定》修正)

目 录

第一章 总 则

第一条 为保障公民、法人和其他组织享有依法取得国家赔偿的权利，促进国家机关依法行使职权，根据宪法，制定本法。

★第二条（结果归责原则） 国家机关和国家机关工作人员行使职权，有本法规定的侵犯公民、法人和其他组织合法权益的情形，造成损害的，受害人有依照本法取得国家赔偿的权利。

本法规定的赔偿义务机关，应当依照本法及时履行赔偿义务。

第二章 行政赔偿

★第一节 赔偿范围

第三条 行政机关及其工作人员在行使行政职权时有下列侵犯人身权情形之一的，受害人有取得赔偿的权利：

（一）违法拘留或者违法采取限制公民人身自由的行政强制措施的；

（二）非法拘禁或者以其他方法非法剥夺公民人身自由的；

（三）以殴打、虐待等行为或者唆使、放纵他人以殴打、虐待等行为造成公民身体伤害或者死亡的；

（四）违法使用武器、警械造成公民身体伤害或者死亡的；

（五）造成公民身体伤害或者死亡的其他违法行为。

第四条 行政机关及其工作人员在行使行政职权时有下列侵犯财产权情形之一的，受害人有取得赔偿的权利：

（一）违法实施罚款、吊销许可证和执照、责令停产停业、没收财物等行政处罚的；

（二）违法对财产采取查封、扣押、冻结等行政强制措施的；

（三）违法征收、征用财产的；

（四）造成财产损害的其他违法行为。

第五条 属于下列情形之一的，国家不承担赔偿责任：

（一）行政机关工作人员与行使职权无关的个人行为；

（二）因公民、法人和其他组织自己的行为致使损害发生的；

（三）法律规定的其他情形。

第二节 赔偿请求人和赔偿义务机关

★第六条（权利人） 受害的公民、法人和其他组织有权要求赔偿。

受害的公民死亡，其继承人和其他有扶养关系的亲属有权要求赔偿。

受害的法人或者其他组织终止的，其权利承受人有权要求赔偿。

★第七条（赔偿义务机关的确定） 行政机关及其工作人员行使行政职权侵犯公民、法人和其他组织的合法权益造成损害的，该行政机关为赔偿义务机关。

两个以上行政机关共同行使行政职权时侵犯公民、法人和其他组织的合法权益造成损害的，共同行使行政职权的行政机关为共同赔偿义务机关。

法律、法规授权的组织在行使授予的行政权力时侵犯公民、法人和其他组织的合法权益造成损害的，被授权的组织为赔偿义务机关。

受行政机关委托的组织或者个人在行使受委托的行政权力时侵犯公民、法人和其他组织的合法权益造成损害的，委托的行政机关为赔偿义务机关。

赔偿义务机关被撤销的，继续行使其职权的行政机关为赔偿义务机关；没有继续行使其职权的行政机关的，撤销该赔偿义务机关的行政机关为赔偿义务机关。

第八条 经复议机关复议的，最初造成侵权行为的行政机关为赔偿义务机关，但复议机关的复议决定加重损害的，复议机关对加重的部分履行赔偿义务。

第三节 赔偿程序

★第九条（赔偿请求的提出） 赔偿义务机关有本法第三条、第四条规定情形之一的，应当给予赔偿。

赔偿请求人要求赔偿，应当先向赔偿义务机关提出，也可以在申请行政复议或者提起行政诉讼时一并提出。

第十条 赔偿请求人可以向共同赔偿义务机关中的任何一个赔偿义务机关要求赔偿，该赔偿义务机关应当先予赔偿。

第十一条 赔偿请求人根据受到的不同损害，可以同时提出数项赔偿要求。

第十二条 要求赔偿应当递交申请书，申请书应当载明下列事项：

（一）受害人的姓名、性别、年龄、工作单位和住所，法人或者其他组织的名称、住所和法定代表人或者主要负责人的姓名、职务；

（二）具体的要求、事实根据和理由；

（三）申请的年、月、日。

赔偿请求人书写申请书确有困难的，可以委托他人代书；也可以口头申请，由赔偿义务机关记入笔录。

赔偿请求人不是受害人本人的，应当说明与受害人的关系，并提供相应证明。

赔偿请求人当面递交申请书的，赔偿义务机关应当当场出具加盖本行政机关专用印章并注明收讫日期的书面凭证。申请材料不齐全的，赔偿义务机关应当当场或者在五日内一次性告知赔偿请求人需要补正的全部内容。

○**第十三条** 赔偿义务机关应当自收到申请之日起两个月内，作出是否赔偿的决定。赔偿义务机关作出赔偿决定，应当充分听取赔偿请求人的意见，并可以与赔偿请求人就赔偿方式、赔偿项目和赔偿数额依照本法第四章的规定进行协商。

赔偿义务机关决定赔偿的，应当制作赔偿决定书，并自作出决定之日起十日内送达赔偿请求人。

赔偿义务机关决定不予赔偿的，应当自作出决定之日起十日内书面通知赔偿请求人，并说明不予赔偿的理由。

○**第十四条** 赔偿义务机关在规定期限内未作出是否赔偿的决定，赔偿请求人可以自期限届满之日起三个月内，向人民法院提起诉讼。

赔偿请求人对赔偿的方式、项目、数额有异议的，或者赔偿义务机关作出不予赔偿决定的，赔偿请求人可以自赔偿义务机关作出赔偿或者不予赔偿决定之日起三个月内，向人民法院提起诉讼。

第十五条 人民法院审理行政赔偿案件，赔偿请求人和赔偿义务机关对自己提出的主张，应当提供证据。

赔偿义务机关采取行政拘留或者限制人身自由的强制措施期间，被限制人身自由的人死亡或者丧失行为能力的，赔偿义务机关的行为与被限制人身自由的人的死亡或者丧失行为能力是否存在因果关系，赔偿义务机关应当提供证据。

○**第十六条** 赔偿义务机关赔偿损失后，应当责令有故意或者重大过失的工作人员或者受委托的组织或者个人承担部分或者全部赔偿费用。

对有故意或者重大过失的责任人员，有关机关应当依法给予处分；构成犯罪的，应当依法追究刑事责任。

第三章　刑事赔偿

★第一节　赔偿范围

第十七条 行使侦查、检察、审判职权的机关以及看守所、监狱管理机关及其工作人员在行使职权时有下列侵犯人身权情形之一的，受害人有取得赔偿的权利：

（一）违反刑事诉讼法的规定对公民采取拘留措施的，或者依照刑事诉讼法规定的条件和程序对公民采取拘留措施，但是拘留时间超过刑事诉讼法规定的时限，其后决定撤销案件、不起诉或者判决宣告无罪终止追究刑事责任的；

（二）对公民采取逮捕措施后，决定撤销案件、不起诉或者判决宣告无罪终止追究刑事责任的；

（三）依照审判监督程序再审改判无罪，原判刑罚已经执行的；

（四）刑讯逼供或者以殴打、虐待等行为或者唆使、放纵他人以殴打、虐待等行为造成公民身体伤害或者死亡的；

（五）违法使用武器、警械造成公民身体伤害或者死亡的。

第十八条 行使侦查、检察、审判职权的机关以及看守所、监狱管理机关及其工作人员在行使职权时有下列侵犯财产权情形之一的，受害人有取得赔偿的权利：

（一）违法对财产采取查封、扣押、冻结、追缴等措施的；

（二）依照审判监督程序再审改判无罪，原判罚金、没收财产已经执行的。

第十九条 属于下列情形之一的，国家不承担赔偿责任：

（一）因公民自己故意作虚伪供述，或者伪造其他有罪证据被羁押或者被判处刑罚的；

（二）依照刑法第十七条、第十八条规定不负刑事责任的人被羁押的；

（三）依照刑事诉讼法第十五条、第一百四十二条第二款规定不追究刑事责任的人被羁押的；

（四）行使侦查、检察、审判职权的机关以及看守所、监狱管理机关的工作人员与行使职权无关的个人行为；

（五）因公民自伤、自残等故意行为致使损害发生的；

（六）法律规定的其他情形。

第二节　赔偿请求人和赔偿义务机关

第二十条 赔偿请求人的确定依照本法第六条的规定。

★第二十一条（赔偿义务机关） 行使侦查、检察、审判职权的机关以及看守所、监狱管理机关及其工作人员在行使职权时侵犯公民、法人和其他组织的合法权益造成损害的，该机关为赔偿义务机关。

对公民采取拘留措施，依照本法的规定应当给予国家赔偿的，作出拘留决定的机关为赔偿义务机关。

对公民采取逮捕措施后决定撤销案件、不起诉或者判决宣告无罪的，作出逮捕决定的机关为赔偿义务机关。

再审改判无罪的，作出原生效判决的人民法院为赔偿义务机关。二审改判无罪，以及二审发回重审后作无罪处理的，作出一审有罪判决的人民法院为赔偿义务机关。

第三节　赔偿程序

第二十二条 赔偿义务机关有本法第十七条、第十八条规定情形之一的，应当给予赔偿。

赔偿请求人要求赔偿，应当先向赔偿义务机关提出。

赔偿请求人提出赔偿请求，适用本法第十一条、第十二条的规定。

○第二十三条 赔偿义务机关应当自收到申请之日起两个月内，作出是否赔偿的决定。赔偿义务机关作出赔偿决定，应当充分听取赔偿请求人的意见，并可以与赔偿请求人就赔偿方式、赔偿项目和赔偿数额依照本法第四章的规定进行协商。

赔偿义务机关决定赔偿的，应当制作赔偿决定书，并自作出决定之日起十日内送达赔偿请求人。

赔偿义务机关决定不予赔偿的，应当自作出决定之日起十日内书面通知赔偿请求人，并说明不予赔偿的理由。

○第二十四条 赔偿义务机关在规定期限内未作出是否赔偿的决定，赔偿请求人可以自期限届满之日起三十日内向赔偿义务机关的上一级机关申请复议。

赔偿请求人对赔偿的方式、项目、数额有异议的,或者赔偿义务机关作出不予赔偿决定的,赔偿请求人可以自赔偿义务机关作出赔偿或者不予赔偿决定之日起三十日内,向赔偿义务机关的上一级机关申请复议。

赔偿义务机关是人民法院的,赔偿请求人可以依照本条规定向其上一级人民法院赔偿委员会申请作出赔偿决定。

○**第二十五条** 复议机关应当自收到申请之日起两个月内作出决定。

赔偿请求人不服复议决定的,可以在收到复议决定之日起三十日内向复议机关所在地的同级人民法院赔偿委员会申请作出赔偿决定;复议机关逾期不作决定的,赔偿请求人可以自期限届满之日起三十日内向复议机关所在地的同级人民法院赔偿委员会申请作出赔偿决定。

★**第二十六条(证明责任)** 人民法院赔偿委员会处理赔偿请求,赔偿请求人和赔偿义务机关对自己提出的主张,应当提供证据。

被羁押人在羁押期间死亡或者丧失行为能力的,赔偿义务机关的行为与被羁押人的死亡或者丧失行为能力是否存在因果关系,赔偿义务机关应当提供证据。

第二十七条 人民法院赔偿委员会处理赔偿请求,采取书面审查的办法。必要时,可以向有关单位和人员调查情况、收集证据。赔偿请求人与赔偿义务机关对损害事实及因果关系有争议的,赔偿委员会可以听取赔偿请求人和赔偿义务机关的陈述和申辩,并可以进行质证。

○**第二十八条** 人民法院赔偿委员会应当自收到赔偿申请之日起三个月内作出决定;属于疑难、复杂、重大案件的,经本院院长批准,可以延长三个月。

○**第二十九条** 中级以上的人民法院设立赔偿委员会,由人民法院三名以上审判员组成,组成人员的人数应当为单数。

赔偿委员会作赔偿决定,实行少数服从多数的原则。

赔偿委员会作出的赔偿决定,是发生法律效力的决定,必须执行。

第三十条 赔偿请求人或者赔偿义务机关对赔偿委员会作出的决定,认为确有错误的,可以向上一级人民法院赔偿委员会提出申诉。

赔偿委员会作出的赔偿决定生效后,如发现赔偿决定违反本法规定的,经本院院长决定或者上级人民法院指令,赔偿委员会应当在两个月内重新审查并依法作出决定,上一级人民法院赔偿委员会也可以直接审查并作出决定。

最高人民检察院对各级人民法院赔偿委员会作出的决定,上级人民检察院对下级人民法院赔偿委员会作出的决定,发现违反本法规定的,应当向同级人民法院赔偿委员会提出意见,同级人民法院赔偿委员会应当在两个月内重新审查并依法作出决定。

★**第三十一条(国家赔偿的追偿)** 赔偿义务机关赔偿后,应当向有下列情形之一的工作人员追偿部分或者全部赔偿费用:

(一)有本法第十七条第四项、第五项规定情形的;

(二)在处理案件中有贪污受贿,徇私舞弊,枉法裁判行为的。

对有前款规定情形的责任人员,有关机关应当依法给予处分;构成犯罪的,应当依法追究刑事责任。

第四章　赔偿方式和计算标准

第三十二条　国家赔偿以支付赔偿金为主要方式。

能够返还财产或者恢复原状的，予以返还财产或者恢复原状。

第三十三条　侵犯公民人身自由的，每日赔偿金按照国家上年度职工日平均工资计算。

第三十四条　侵犯公民生命健康权的，赔偿金按照下列规定计算：

（一）造成身体伤害的，应当支付医疗费、护理费，以及赔偿因误工减少的收入。减少的收入每日的赔偿金按照国家上年度职工日平均工资计算，最高额为国家上年度职工年平均工资的五倍；

（二）造成部分或者全部丧失劳动能力的，应当支付医疗费、护理费、残疾生活辅助具费、康复费等因残疾而增加的必要支出和继续治疗所必需的费用，以及残疾赔偿金。残疾赔偿金根据丧失劳动能力的程度，按照国家规定的伤残等级确定，最高不超过国家上年度职工年平均工资的二十倍。造成全部丧失劳动能力的，对其扶养的无劳动能力的人，还应当支付生活费；

（三）造成死亡的，应当支付死亡赔偿金、丧葬费，总额为国家上年度职工年平均工资的二十倍。对死者生前扶养的无劳动能力的人，还应当支付生活费。

前款第二项、第三项规定的生活费的发放标准，参照当地最低生活保障标准执行。被扶养的人是未成年人的，生活费给付至十八周岁止；其他无劳动能力的人，生活费给付至死亡时止。

★**第三十五条（精神损害的救济）**　有本法第三条或者第十七条规定情形之一，致人精神损害的，应当在侵权行为影响的范围内，为受害人消除影响，恢复名誉，赔礼道歉；造成严重后果的，应当支付相应的精神损害抚慰金。

第三十六条　侵犯公民、法人和其他组织的财产权造成损害的，按照下列规定处理：

（一）处罚款、罚金、追缴、没收财产或者违法征收、征用财产的，返还财产；

（二）查封、扣押、冻结财产的，解除对财产的查封、扣押、冻结，造成财产损坏或者灭失的，依照本条第三项、第四项的规定赔偿；

（三）应当返还的财产损坏的，能够恢复原状的恢复原状，不能恢复原状的，按照损害程度给付相应的赔偿金；

（四）应当返还的财产灭失的，给付相应的赔偿金；

（五）财产已经拍卖或者变卖的，给付拍卖或者变卖所得的价款；变卖的价款明显低于财产价值的，应当支付相应的赔偿金；

（六）吊销许可证和执照、责令停产停业的，赔偿停产停业期间必要的经常性费用开支；

（七）返还执行的罚款或者罚金、追缴或者没收的金钱，解除冻结的存款或者汇款的，应当支付银行同期存款利息；

（八）对财产权造成其他损害的，按照直接损失给予赔偿。

第三十七条　赔偿费用列入各级财政预算。

赔偿请求人凭生效的判决书、复议决定书、赔偿决定书或者调解书，向赔偿义务机关申请支付赔偿金。

赔偿义务机关应当自收到支付赔偿金申请之日起七日内,依照预算管理权限向有关的财政部门提出支付申请。财政部门应当自收到支付申请之日起十五日内支付赔偿金。

赔偿费用预算与支付管理的具体办法由国务院规定。

第五章 其他规定

★**第三十八条(民事、行政司法赔偿)** 人民法院在民事诉讼、行政诉讼过程中,违法采取对妨害诉讼的强制措施、保全措施或者对判决、裁定及其他生效法律文书执行错误,造成损害的,赔偿请求人要求赔偿的程序,适用本法刑事赔偿程序的规定。

★**第三十九条(诉讼时效)** 赔偿请求人请求国家赔偿的时效为两年,自其知道或者应当知道国家机关及其工作人员行使职权时的行为侵犯其人身权、财产权之日起计算,但被羁押等限制人身自由期间不计算在内。在申请行政复议或者提起行政诉讼时一并提出赔偿请求的,适用行政复议法、行政诉讼法有关时效的规定。

赔偿请求人在赔偿请求时效的最后六个月内,因不可抗力或者其他障碍不能行使请求权的,时效中止。从中止时效的原因消除之日起,赔偿请求时效期间继续计算。

第四十条 外国人、外国企业和组织在中华人民共和国领域内要求中华人民共和国国家赔偿的,适用本法。

外国人、外国企业和组织的所属国对中华人民共和国公民、法人和其他组织要求该国国家赔偿的权利不予保护或者限制的,中华人民共和国与该外国人、外国企业和组织的所属国实行对等原则。

第六章 附 则

第四十一条 赔偿请求人要求国家赔偿的,赔偿义务机关、复议机关和人民法院不得向赔偿请求人收取任何费用。

对赔偿请求人取得的赔偿金不予征税。

第四十二条 本法自1995年1月1日起施行。

法规解读

国家赔偿法在2010年4月29日进行了重大修改,2011年终于取代了1994年版的国家赔偿法。相关配套法律中,最高人民法院关于人民法院赔偿委员会审理国家赔偿案件程序的规定(2011)取代了最高人民法院关于人民法院赔偿委员会审理赔偿案件程序的暂行规定,其他相关法律文件尚来不及全面修订,故在大纲中予以保留。

最高人民法院关于适用
《中华人民共和国国家赔偿法》
若干问题的解释（一）

（2011 年 2 月 14 日由最高人民法院审判委员会第 1511 次会议通过）（法释〔2011〕4 号）

为正确适用 2010 年 4 月 29 日第十一届全国人民代表大会常务委员会第十四次会议修正的《中华人民共和国国家赔偿法》，对人民法院处理国家赔偿案件中适用国家赔偿法的有关问题解释如下：

★**第一条** 国家机关及其工作人员行使职权侵犯公民、法人和其他组织合法权益的行为发生在 2010 年 12 月 1 日以后，或者发生在 2010 年 12 月 1 日以前、持续至 2010 年 12 月 1 日以后的，适用修正的国家赔偿法。

★**第二条** 国家机关及其工作人员行使职权侵犯公民、法人和其他组织合法权益的行为发生在 2010 年 12 月 1 日以前的，适用修正前的国家赔偿法，但有下列情形之一的，适用修正的国家赔偿法：

（一）2010 年 12 月 1 日以前已经受理赔偿请求人的赔偿请求但尚未作出生效赔偿决定的；

（二）赔偿请求人在 2010 年 12 月 1 日以后提出赔偿请求的。

★**第三条** 人民法院对 2010 年 12 月 1 日以前已经受理但尚未审结的国家赔偿确认案件，应当继续审理。

★**第四条（时效）** 公民、法人和其他组织对行使侦查、检察、审判职权的机关以及看守所、监狱管理机关在 2010 年 12 月 1 日以前作出并已发生法律效力的不予确认职务行为违法的法律文书不服，未依据修正前的国家赔偿法规定提出申诉并经有权机关作出侵权确认结论，直接向人民法院赔偿委员会申请赔偿的，不予受理。

★**第五条** 公民、法人和其他组织对在 2010 年 12 月 1 日以前发生法律效力的赔偿决定不服提出申诉的，人民法院审查处理时适用修正前的国家赔偿法；但是仅就修正的国家赔偿法增加的赔偿项目及标准提出申诉的，人民法院不予受理。

★**第六条** 人民法院审查发现 2010 年 12 月 1 日以前发生法律效力的确认裁定、赔偿决定确有错误应当重新审查处理的，适用修正前的国家赔偿法。

★★**第七条（提出赔偿请求）** 赔偿请求人认为行使侦查、检察、审判职权的机关以及看守所、监狱管理机关及其工作人员在行使职权时有修正的国家赔偿法第十七条第（一）、（二）、（三）项、第十八条规定情形的，应当在刑事诉讼程序终结后提出赔偿请求，但下列情形除外：

（一）赔偿请求人有证据证明其与尚未终结的刑事案件无关的；

（二）刑事案件被害人依据刑事诉讼法第一百九十八条的规定，以财产未返还或者认为返还的财产受到损害而要求赔偿的。

★**第八条（提出赔偿请求）** 赔偿请求人认为人民法院有修正的国家赔偿法第三十八条规定情形的，应当在民事、行政诉讼程序或者执行程序终结后提出赔偿请求，但人民法院已依法撤销对妨害诉讼采取的强制措施的情形除外。

★**第九条（赔偿请求的申诉及处理）** 赔偿请求人或者赔偿义务机关认为人民法院赔偿委员会作出的赔偿决定存在错误，依法向上一级人民法院赔偿委员会提出申诉的，不停止赔偿决定的执行；但人民法院赔偿委员会依据修正的国家赔偿法第三十条的规定决定重新审查的，可以决定中止原赔偿决定的执行。

第十条 人民检察院依据修正的国家赔偿法第三十条第三款的规定，对人民法院赔偿委员会在 2010 年 12 月 1 日以后作出的赔偿决定提出意见的，同级人民法院赔偿委员会应当决定重新审查，并可以决定中止原赔偿决定的执行。

第十一条 本解释自公布之日起施行。

最高人民法院关于人民法院赔偿委员会审理国家赔偿案件程序的规定

(2011年2月28日最高人民法院审判委员会第1513次会议通过)（法释〔2011〕6号）

根据2010年4月29日修正的《中华人民共和国国家赔偿法》（以下简称国家赔偿法），结合国家赔偿工作实际，对人民法院赔偿委员会（以下简称赔偿委员会）审理国家赔偿案件的程序作如下规定：

第一条 赔偿请求人向赔偿委员会申请作出赔偿决定，应当递交赔偿申请书一式四份。赔偿请求人书写申请书确有困难的，可以口头申请。口头提出申请的，人民法院应当填写《申请赔偿登记表》，由赔偿请求人签名或者盖章。

★★第二条（赔偿申请） 赔偿请求人向赔偿委员会申请作出赔偿决定，应当提供以下法律文书和证明材料：

（一）赔偿义务机关作出的决定书；

（二）复议机关作出的复议决定书，但赔偿义务机关是人民法院的除外；

（三）赔偿义务机关或者复议机关逾期未作出决定的，应当提供赔偿义务机关对赔偿申请的收讫凭证等相关证明材料；

（四）行使侦查、检察、审判职权的机关在赔偿申请所涉案件的刑事诉讼程序、民事诉讼程序、行政诉讼程序、执行程序中作出的法律文书；

（五）赔偿义务机关职权行为侵犯赔偿请求人合法权益造成损害的证明材料；

（六）证明赔偿申请符合申请条件的其他材料。

★第三条（申请的受理） 赔偿委员会收到赔偿申请，经审查认为符合申请条件的，应当在七日内立案，并通知赔偿请求人、赔偿义务机关和复议机关；认为不符合申请条件的，应当在七日内决定不予受理；立案后发现不符合申请条件的，决定驳回申请。

前款规定的期限，自赔偿委员会收到赔偿申请之日起计算。申请材料不齐全的，赔偿委员会应当在五日内一次性告知赔偿请求人需要补正的全部内容，收到赔偿申请的时间应当自赔偿委员会收到补正材料之日起计算。

第四条 赔偿委员会应当在立案之日起五日内将赔偿申请书副本或者《申请赔偿登记表》副本送达赔偿义务机关和复议机关。

第五条 赔偿请求人可以委托一至二人作为代理人。律师、提出申请的公民的近亲属、有关的社会团体或者所在单位推荐的人、经赔偿委员会许可的其他公民，都可以被委托为代理人。

赔偿义务机关、复议机关可以委托本机关工作人员一至二人作为代理人。

第六条 赔偿请求人、赔偿义务机关、复议机关委托他人代理，应当向赔偿委员会提交由委托人签名或者盖章的授权委托书。

授权委托书应当载明委托事项和权限。代理人代为承认、放弃、变更赔偿请求，应当有委托人的特别授权。

★第七条（赔偿委员会） 赔偿委员会审理赔偿案件，应当指定一名审判员负责具体承办。

负责具体承办赔偿案件的审判员应当查清事实并写出审理报告，提请赔偿委员会讨论决定。

赔偿委员会作赔偿决定，必须有三名以上审判员参加，按照少数服从多数的原则作出决定。

★★第八条（赔偿程序中的回避） 审判人员有下列情形之一的，应当回避，赔偿请求人和赔偿义务机关有权以书面或者口头方式申请其回避：

（一）是本案赔偿请求人的近亲属；

（二）是本案代理人的近亲属；

（三）与本案有利害关系；

（四）与本案有其他关系，可能影响对案件公正审理的。

前款规定，适用于书记员、翻译人员、鉴定人、勘验人。

第九条 赔偿委员会审理赔偿案件，可以组织赔偿义务机关与赔偿请求人就赔偿方式、赔偿项目和赔偿数额依照国家赔偿法第四章的规定进行协商。

第十条 组织协商应当遵循自愿和合法的原则。赔偿请求人、赔偿义务机关一方或者双方不愿协商，或者协商不成的，赔偿委员会应当及时作出决定。

★第十一条（国家赔偿决定书） 赔偿请求人和赔偿义务机关经协商达成协议的，赔偿委员会审查确认后应当制作国家赔偿决定书。

★★第十二条（赔偿程序中的举证责任） 赔偿请求人、赔偿义务机关对自己提出的主张或者反驳对方主张所依据的事实有责任提供证据加以证明。有国家赔偿法第二十六条第二款规定情形的，应当由赔偿义务机关提供证据。

没有证据或者证据不足以证明其事实主张的，由负有举证责任的一方承担不利后果。

★★第十三条（赔偿程序中的举证责任） 赔偿义务机关对其职权行为的合法性负有举证责任。

赔偿请求人可以提供证明职权行为违法的证据，但不因此免除赔偿义务机关对其职权行为合法性的举证责任。

★第十四条（赔偿程序中的质证） 有下列情形之一的，赔偿委员会可以组织赔偿请求人和赔偿义务机关进行质证：

（一）对侵权事实、损害后果及因果关系争议较大的；

（二）对是否属于国家赔偿法第十九条规定的国家不承担赔偿责任的情形争议较大的；

（三）对赔偿方式、赔偿项目或者赔偿数额争议较大的；

（四）赔偿委员会认为应当质证的其他情形。

第十五条 赔偿委员会认为重大、疑难的案件，应报请院长提交审判委员会讨论决定。审判委员会的决定，赔偿委员会应当执行。

★第十六条（赔偿请求的撤回） 赔偿委员会作出决定前，赔偿请求人撤回赔偿申请的，赔偿委员会应当依法审查并作出是否准许的决定。

★第十七条（赔偿程序的中止） 有下列情形之一的，赔偿委员会应当决定中止审理：

（一）赔偿请求人死亡，需要等待其继承人和其他有扶养关系的亲属表明是否参加赔偿案件处理的；

（二）赔偿请求人丧失行为能力，尚未确定法定代理人的；

（三）作为赔偿请求人的法人或者其他组织终止，尚未确定权利义务承受人的；

（四）赔偿请求人因不可抗拒的事由，在法定审限内不能参加赔偿案件处理的；

（五）宣告无罪的案件，人民法院决定再审或者人民检察院按照审判监督程序提出抗诉的；

（六）应当中止审理的其他情形。

中止审理的原因消除后，赔偿委员会应当及时恢复审理，并通知赔偿请求人、赔偿义务机关和复议机关。

★**第十八条（赔偿程序的终结）** 有下列情形之一的，赔偿委员会应当决定终结审理：

（一）赔偿请求人死亡，没有继承人和其他有扶养关系的亲属或者赔偿请求人的继承人和其他有扶养关系的亲属放弃要求赔偿权利的；

（二）作为赔偿请求人的法人或者其他组织终止后，其权利义务承受人放弃要求赔偿权利的；

（三）赔偿请求人据以申请赔偿的撤销案件决定、不起诉决定或者无罪判决被撤销的；

（四）应当终结审理的其他情形。

★**第十九条（赔偿决定）** 赔偿委员会审理赔偿案件应当按照下列情形，分别作出决定：

（一）赔偿义务机关的决定或者复议机关的复议决定认定事实清楚，适用法律正确的，依法予以维持；

（二）赔偿义务机关的决定、复议机关的复议决定认定事实清楚，但适用法律错误的，依法重新决定；

（三）赔偿义务机关的决定、复议机关的复议决定认定事实不清、证据不足的，查清事实后依法重新决定；

（四）赔偿义务机关、复议机关逾期未作决定的，查清事实后依法作出决定。

第二十条 赔偿委员会审理赔偿案件作出决定，应当制作国家赔偿决定书，加盖人民法院印章。

★**第二十一条（赔偿决定书的内容）** 国家赔偿决定书应当载明以下事项：

（一）赔偿请求人的基本情况，赔偿义务机关、复议机关的名称及其法定代表人；

（二）赔偿请求人申请事项及理由，赔偿义务机关的决定、复议机关的复议决定情况；

（三）赔偿委员会认定的事实及依据；

（四）决定的理由及法律依据；

（五）决定内容。

★**第二十二条（赔偿决定书的送达）** 赔偿委员会作出的决定应当分别送达赔偿请求人、赔偿义务机关和复议机关。

第二十三条 人民法院办理本院为赔偿义务机关的国家赔偿案件参照本规定。

第二十四条 自本规定公布之日起，《人民法院赔偿委员会审理赔偿案件程序的暂行规定》即行废止；本规定施行前本院发布的司法解释与本规定不一致的，以本规定为准。

最高人民法院关于适用《中华人民共和国合同法》若干问题的解释（二）

（2009 年 2 月 9 日最高人民法院审判委员会第 1462 次会议通过　法释〔2009〕5 号）

为了正确审理合同纠纷案件，根据《中华人民共和国合同法》的规定，对人民法院适用合同法的有关问题作出如下解释：

一、合同的订立

第一条　当事人对合同是否成立存在争议，人民法院能够确定当事人名称或者姓名、标的和数量的，一般应当认定合同成立。但法律另有规定或者当事人另有约定的除外。

对合同欠缺的前款规定以外的其他内容，当事人达不成协议的，人民法院依照合同法第六十一条、第六十二条、第一百二十五条等有关规定予以确定。

★第二条（以其他方式订立合同）　当事人未以书面形式或者口头形式订立合同，但从双方从事的民事行为能够推定双方有订立合同意愿的，人民法院可以认定是以合同法第十条第一款中的"其他形式"订立的合同。但法律另有规定的除外。

第三条　悬赏人以公开方式声明对完成一定行为的人支付报酬，完成特定行为的人请求悬赏人支付报酬的，人民法院依法予以支持。但悬赏有合同法第五十二条规定情形的除外。

★第四条（合同签订地）　采用书面形式订立合同，合同约定的签订地与实际签字或者盖章地点不符的，人民法院应当认定约定的签订地为合同签订地；合同没有约定签订地，双方当事人签字或者盖章不在同一地点的，人民法院应当认定最后签字或者盖章的地点为合同签订地。

○第五条（书面合同签章）　当事人采用合同书形式订立合同的，应当签字或者盖章。当事人在合同书上摁手印的，人民法院应当认定其具有与签字或者盖章同等的法律效力。

★第六条（格式条款）　提供格式条款的一方对格式条款中免除或者限制其责任的内容，在合同订立时采用足以引起对方注意的文字、符号、字体等特别标识，并按照对方的要求对该格式条款予以说明的，人民法院应当认定符合合同法第三十九条所称"采取合理的方式"。

提供格式条款一方对已尽合理提示及说明义务承担举证责任。

○第七条（交易习惯）　下列情形，不违反法律、行政法规强制性规定的，人民法院可以认定为合同法所称"交易习惯"：

（一）在交易行为当地或者某一领域、某一行业通常采用并为交易对方订立合同时所知道或者应当知道的做法；

（二）当事人双方经常使用的习惯做法。

对于交易习惯，由提出主张的一方当事人承担举证责任。

第八条 依照法律、行政法规的规定经批准或者登记才能生效的合同成立后，有义务办理申请批准或者申请登记等手续的一方当事人未按照法律规定或者合同约定办理申请批准或者未申请登记的，属于合同法第四十二条第（三）项规定的"其他违背诚实信用原则的行为"，人民法院可以根据案件的具体情况和相对人的请求，判决相对人自己办理有关手续；对方当事人对由此产生的费用和给相对人造成的实际损失，应当承担损害赔偿责任。

二、合同的效力

★第九条（格式条款的撤销） 提供格式条款的一方当事人违反合同法第三十九条第一款关于提示和说明义务的规定，导致对方没有注意免除或者限制其责任的条款，对方当事人申请撤销该格式条款的，人民法院应当支持。

第十条 提供格式条款的一方当事人违反合同法第三十九条第一款的规定，并具有合同法第四十条规定的情形之一的，人民法院应当认定该格式条款无效。

★第十一条（合同追认的生效） 根据合同法第四十七条、第四十八条的规定，追认的意思表示自到达相对人时生效，合同自订立时起生效。

第十二条 无权代理人以被代理人的名义订立合同，被代理人已经开始履行合同义务的，视为对合同的追认。

第十三条 被代理人依照合同法第四十九条的规定承担有效代理行为所产生的责任后，可以向无权代理人追偿因代理行为而遭受的损失。

★第十四条（效力性强制性规定） 合同法第五十二条第（五）项规定的"强制性规定"，是指效力性强制性规定。

第十五条 出卖人就同一标的物订立多重买卖合同，合同均不具有合同法第五十二条规定的无效情形，买受人因不能按照合同约定取得标的物所有权，请求追究出卖人违约责任的，人民法院应予支持。

三、合同的履行

第十六条 人民法院根据具体案情可以将合同法第六十四条、第六十五条规定的第三人列为无独立请求权的第三人，但不得依职权将其列为该合同诉讼案件的被告或者有独立请求权的第三人。

第十七条 债权人以境外当事人为被告提起的代位权诉讼，人民法院根据《中华人民共和国民事诉讼法》第二百四十一条的规定确定管辖。

★第十八条 债务人放弃其未到期的债权或者放弃债权担保，或者恶意延长到期债权的履行期，对债权人造成损害，债权人依照合同法第七十四条的规定提起撤销权诉讼的，人民法院应当支持。

★第十九条 对于合同法第七十四条规定的"明显不合理的低价"，人民法院应当以交易当地一般经营者的判断，并参考交易当时交易地的物价部门指导价或者市场交易价，结合其他相关因素综合考虑予以确认。

转让价格达不到交易时交易地的指导价或者市场交易价百分之七十的，一般可以视为明显不合理的低价；对转让价格高于当地指导价或者市场交易价百分之三十的，一般可以视为明显不合理的高价。

债务人以明显不合理的高价收购他人财产，人民法院可以根据债权人的申请，参照合同法第七十四条的规定予以撤销。

第二十条 债务人的给付不足以清偿其对同一债权人所负的数笔相同种类的全部债务，应当优先抵充已到期的债务；几项债务均到期的，优先抵充对债权人缺乏担保或者担保数额最少的债务；担保数额相同的，优先抵充债务负担较重的债务；负担相同的，按照债务到期的先后顺序抵充；到期时间相同的，按比例抵充。但是，债权人与债务人对清偿的债务或者清偿抵充顺序有约定的除外。

第二十一条 债务人除主债务之外还应当支付利息和费用，当其给付不足以清偿全部债务时，并且当事人没有约定的，人民法院应当按照下列顺序抵充：

（一）实现债权的有关费用；

（二）利息；

（三）主债务。

四、合同的权利义务终止

第二十二条 当事人一方违反合同法第九十二条规定的义务，给对方当事人造成损失，对方当事人请求赔偿实际损失的，人民法院应当支持。

第二十三条 对于依照合同法第九十九条的规定可以抵销的到期债权，当事人约定不得抵销的，人民法院可以认定该约定有效。

★第二十四条 当事人对合同法第九十六条、第九十九条规定的合同解除或者债务抵销虽有异议，但在约定的异议期限届满后才提出异议并向人民法院起诉的，人民法院不予支持；当事人没有约定异议期间，在解除合同或者债务抵销通知到达之日起三个月以后才向人民法院起诉的，人民法院不予支持。

第二十五条 依照合同法第一百零一条的规定，债务人将合同标的物或者标的物拍卖、变卖所得价款交付提存部门时，人民法院应当认定提存成立。

提存成立的，视为债务人在其提存范围内已经履行债务。

★第二十六条（情势变更） 合同成立以后客观情况发生了当事人在订立合同时无法预见的、非不可抗力造成的不属于商业风险的重大变化，继续履行合同对于一方当事人明显不公平或者不能实现合同目的，当事人请求人民法院变更或者解除合同的，人民法院应当根据公平原则，并结合案件的实际情况确定是否变更或者解除。

五、违约责任

第二十七条 当事人通过反诉或者抗辩的方式，请求人民法院依照合同法第一百一十四条第二款的规定调整违约金的，人民法院应予支持。

○第二十八条 当事人依照合同法第一百一十四条第二款的规定，请求人民法院增加违约金的，增加后的违约金数额以不超过实际损失额为限。增加违约金以后，当事人又请求对方赔偿损失的，人民法院不予支持。

第二十九条 当事人主张约定的违约金过高请求予以适当减少的，人民法院应当以实际损失为基础，兼顾合同的履行情况、当事人的过错程度以及预期利益等综合因素，根据公平原则和诚实信用原则予以衡量，并作出裁决。

★当事人约定的违约金超过造成损失的百分之三十的，一般可以认定为合同法第一百一十四条第二款规定的"过分高于造成的损失"。

六、附　则

第三十条 合同法施行后成立的合同发生纠纷的案件，本解释施行后尚未终审的，适用本解释；本解释施行前已经终审，当事人申请再审或者按照审判监督程序决定再审的，不适用本解释。

法规解读

本解释非常重要，其中涉及几个重要制度，需要特别留意：

1. 经批准才生效的合同，不履行报批义务时的处理。
2. 债的保全中增加了可撤销行为的类型。
3. 规定了债的充抵顺序。
4. 合同解除权的除斥期间。
5. 情势变更原则。
6. 违约金的调整规则。

最高人民法院
关于审理城镇房屋租赁合同纠纷案件
具体应用法律若干问题的解释

（法释〔2009〕11 号，2009 年 6 月 22 日最高人民法院审判委员会第 1469 次会议通过）

为正确审理城镇房屋租赁合同纠纷案件，依法保护当事人的合法权益，根据《中华人民共和国民法通则》、《中华人民共和国物权法》、《中华人民共和国合同法》等法律规定，结合民事审判实践，制定本解释。

第一条 本解释所称城镇房屋，是指城市、镇规划区内的房屋。

乡、村庄规划区内的房屋租赁合同纠纷案件，可以参照本解释处理。但法律另有规定的，适用其规定。

当事人依照国家福利政策租赁公有住房、廉租住房、经济适用住房产生的纠纷案件，不适用本解释。

★**第二条（欠缺规划许可证）** 出租人就未取得建设工程规划许可证或者未按照建设工程规划许可证的规定建设的房屋，与承租人订立的租赁合同无效。但在一审法庭辩论终结前取得建设工程规划许可证或者经主管部门批准建设的，人民法院应当认定有效。

★**第三条（未经批准）** 出租人就未经批准或者未按照批准内容建设的临时建筑，与承租人订立的租赁合同无效。但在一审法庭辩论终结前经主管部门批准建设的，人民法院应当认定有效。

租赁期限超过临时建筑的使用期限，超过部分无效。但在一审法庭辩论终结前经主管部门批准延长使用期限的，人民法院应当认定延长使用期限内的租赁期间有效。

★**第四条（出租备案）** 当事人以房屋租赁合同未按照法律、行政法规规定办理登记备案手续为由，请求确认合同无效的，人民法院不予支持。

当事人约定以办理登记备案手续为房屋租赁合同生效条件的，从其约定。但当事人一方已经履行主要义务，对方接受的除外。

第五条 房屋租赁合同无效，当事人请求参照合同约定的租金标准支付房屋占有使用费的，人民法院一般应予支持。

当事人请求赔偿因合同无效受到的损失，人民法院依照合同法的有关规定和本司法解释第九条、第十三条、第十四条的规定处理。

★**第六条（承租人顺序）** 出租人就同一房屋订立数份租赁合同，在合同均有效的情况下，承租人均主张履行合同的，人民法院按照下列顺序确定履行合同的承租人：

（一）已经合法占有租赁房屋的；

（二）已经办理登记备案手续的；

（三）合同成立在先的。

不能取得租赁房屋的承租人请求解除合同、赔偿损失的，依照合同法的有关规定处理。

★**第七条（承租人擅自改建）** 承租人擅自变动房屋建筑主体和承重结构或者扩建，在出租人要求的合理期限内仍不予恢复原状，出租人请求解除合同并要求赔偿损失的，人民法院依照合同法第二百一十九条的规定处理。

第八条 因下列情形之一，导致租赁房屋无法使用，承租人请求解除合同的，人民法院应予支持：

（一）租赁房屋被司法机关或者行政机关依法查封的；

（二）租赁房屋权属有争议的；

（三）租赁房屋具有违反法律、行政法规关于房屋使用条件强制性规定情况的。

第九条 承租人经出租人同意装饰装修，租赁合同无效时，未形成附合的装饰装修物，出租人同意利用的，可折价归出租人所有；不同意利用的，可由承租人拆除。因拆除造成房屋毁损的，承租人应当恢复原状。

已形成附合的装饰装修物，出租人同意利用的，可折价归出租人所有；不同意利用的，由双方各自按照导致合同无效的过错分担现值损失。

第十条 承租人经出租人同意装饰装修，租赁期间届满或者合同解除时，除当事人另有约定外，未形成附合的装饰装修物，可由承租人拆除。因拆除造成房屋毁损的，承租人应当恢复原状。

第十一条 承租人经出租人同意装饰装修，合同解除时，双方对已形成附合的装饰装修物的处理没有约定的，人民法院按照下列情形分别处理：

（一）因出租人违约导致合同解除，承租人请求出租人赔偿剩余租赁期内装饰装修残值损失的，应予支持；

（二）因承租人违约导致合同解除，承租人请求出租人赔偿剩余租赁期内装饰装修残值损失的，不予支持。但出租人同意利用的，应在利用价值范围内予以适当补偿；

（三）因双方违约导致合同解除，剩余租赁期内的装饰装修残值损失，由双方根据各自的过错承担相应的责任；

（四）因不可归责于双方的事由导致合同解除的，剩余租赁期内的装饰装修残值损失，由双方按照公平原则分担。法律另有规定的，适用其规定。

第十二条 承租人经出租人同意装饰装修，租赁期间届满时，承租人请求出租人补偿附合装饰装修费用的，不予支持。但当事人另有约定的除外。

第十三条 承租人未经出租人同意装饰装修或者扩建发生的费用，由承租人负担。出租人请求承租人恢复原状或者赔偿损失的，人民法院应予支持。

第十四条 承租人经出租人同意扩建，但双方对扩建费用的处理没有约定的，人民法院按照下列情形分别处理：

（一）办理合法建设手续的，扩建造价费用由出租人负担；

（二）未办理合法建设手续的，扩建造价费用由双方按照过错分担。

★**第十五条（转租）** 承租人经出租人同意将租赁房屋转租给第三人时，转租期限超过承租人剩余租赁期限的，人民法院应当认定超过部分的约定无效。但出租人与承租人另有约定的除外。

★**第十六条（转租）** 出租人知道或者应当知道承租人转租，但在六个月内未提出异议，其以承租人未经同意为由请求解除合同或者认定转租合同无效的，人民法院不予支持。

因租赁合同产生的纠纷案件，人民法院可以通知次承租人作为第三人参加诉讼。

★**第十七条（转租）** 因承租人拖欠租金，出租人请求解除合同时，次承租人请求代承租人支付欠付的租金和违约金以抗辩出租人合同解除权的，人民法院应予支持。但转租合同无效的除外。

次承租人代为支付的租金和违约金超出其应付的租金数额，可以折抵租金或者向承租人追偿。

第十八条 房屋租赁合同无效、履行期限届满或者解除，出租人请求负有腾房义务的次承租人支付逾期腾房占有使用费的，人民法院应予支持。

第十九条 承租人租赁房屋用于以个体工商户或者个人合伙方式从事经营活动，承租人在租赁期间死亡、宣告失踪或者宣告死亡，其共同经营人或者其他合伙人请求按照原租赁合同租赁该房屋的，人民法院应予支持。

★**第二十条（买卖不破租赁的例外）** 租赁房屋在租赁期间发生所有权变动，承租人请求房屋受让人继续履行原租赁合同的，人民法院应予支持。但租赁房屋具有下列情形或者当事人另有约定的除外：

（一）房屋在出租前已设立抵押权，因抵押权人实现抵押权发生所有权变动的；

（二）房屋在出租前已被人民法院依法查封的。

★**第二十一条（承租人的优先购买权）** 出租人出卖租赁房屋未在合理期限内通知承租人或者存在其他侵害承租人优先购买权情形，承租人请求出租人承担赔偿责任的，人民法院应予支持。但请求确认出租人与第三人签订的房屋买卖合同无效的，人民法院不予支持。

第二十二条 出租人与抵押权人协议折价、变卖租赁房屋偿还债务，应当在合理期限内通知承租人。承租人请求以同等条件优先购买房屋的，人民法院应予支持。

第二十三条 出租人委托拍卖人拍卖租赁房屋，应当在拍卖 5 日前通知承租人。承租人未参加拍卖的，人民法院应当认定承租人放弃优先购买权。

★**第二十四条（承租人不得行使优先购买权的情形）** 具有下列情形之一，承租人主张优先购买房屋的，人民法院不予支持：

（一）房屋共有人行使优先购买权的；

（二）出租人将房屋出卖给近亲属，包括配偶、父母、子女、兄弟姐妹、祖父母、外祖父母、孙子女、外孙子女的；

（三）出租人履行通知义务后，承租人在十五日内未明确表示购买的；

（四）第三人善意购买租赁房屋并已经办理登记手续的。

第二十五条 本解释施行前已经终审，本解释施行后当事人申请再审或者按照审判监督程序决定再审的案件，不适用本解释。

法规解读 ▶

本解释 2010 年首次列入大纲，但未考查，2011 年大纲新增了"房屋租赁合同"的考点，非常重要。建议考生重点关注租赁合同的效力、转租、买卖不破租赁、优先购买权等考点。

最高人民法院
关于审理建筑物区分所有权纠纷案件
具体应用法律若干问题的解释

（法释〔2009〕7号，2009年3月23日最高人民法院审判委员会第1464次会议通过）

为正确审理建筑物区分所有权纠纷案件，依法保护当事人的合法权益，根据《中华人民共和国物权法》等法律的规定，结合民事审判实践，制定本解释。

★**第一条（业主认定）** 依法登记取得或者根据物权法第二章第三节规定取得建筑物专有部分所有权的人，应当认定为物权法第六章所称的业主。

基于与建设单位之间的商品房买卖民事法律行为，已经合法占有建筑物专有部分，但尚未依法办理所有权登记的人，可以认定为物权法第六章所称的业主。

★**第二条（专有部分）** 建筑区划内符合下列条件的房屋，以及车位、摊位等特定空间，应当认定为物权法第六章所称的专有部分：

（一）具有构造上的独立性，能够明确区分；

（二）具有利用上的独立性，可以排他使用；

（三）能够登记成为特定业主所有权的客体。

规划上专属于特定房屋，且建设单位销售时已经根据规划列入该特定房屋买卖合同中的露台等，应当认定为物权法第六章所称专有部分的组成部分。

本条第一款所称房屋，包括整栋建筑物。

★**第三条（共有部分）** 除法律、行政法规规定的共有部分外，建筑区划内的以下部分，也应当认定为物权法第六章所称的共有部分：

（一）建筑物的基础、承重结构、外墙、屋顶等基本结构部分，通道、楼梯、大堂等公共通行部分，消防、公共照明等附属设施、设备，避难层、设备层或者设备间等结构部分；

（二）其他不属于业主专有部分，也不属于市政公用部分或者其他权利人所有的场所及设施等。

建筑区划内的土地，依法由业主共同享有建设用地使用权，但属于业主专有的整栋建筑物的规划占地或者城镇公共道路、绿地占地除外。

★**第四条（可以单独使用的共有部分）** 业主基于对住宅、经营性用房等专有部分特定使用功能的合理需要，无偿利用屋顶以及与其专有部分相对应的外墙面等共有部分的，不应认定为侵权。但违反法律、法规、管理规约，损害他人合法权益的除外。

第五条 建设单位按照配置比例将车位、车库，以出售、附赠或者出租等方式处分给业主的，应当认定其行为符合物权法第七十四条第一款有关"应当首先满足业主的需要"的规定。

前款所称配置比例是指规划确定的建筑区划内规划用于停放汽车的车位、车库与房屋套数的比例。

第六条 建筑区划内在规划用于停放汽车的车位之外，占用业主共有道路或者其他场地增设的车位，应当认定为物权法第七十四条第三款所称的车位。

★第七条 改变共有部分的用途、利用共有部分从事经营性活动、处分共有部分，以及业主大会依法决定或者管理规约依法确定应由业主共同决定的事项，应当认定为物权法第七十六条第一款第（七）项规定的有关共有和共同管理权利的"其他重大事项"。

第八条 物权法第七十六条第二款和第八十条规定的专有部分面积和建筑物总面积，可以按照下列方法认定：

（一）专有部分面积，按照不动产登记簿记载的面积计算；尚未进行物权登记的，暂按测绘机构的实测面积计算；尚未进行实测的，暂按房屋买卖合同记载的面积计算；

（二）建筑物总面积，按照前项的统计总和计算。

第九条 物权法第七十六条第二款规定的业主人数和总人数，可以按照下列方法认定：

（一）业主人数，按照专有部分的数量计算，一个专有部分按一人计算。但建设单位尚未出售和虽已出售但尚未交付的部分，以及同一买受人拥有一个以上专有部分的，按一人计算；

（二）总人数，按照前项的统计总和计算。

★第十条（"住"改"商"） 业主将住宅改变为经营性用房，未按照物权法第七十七条的规定经有利害关系的业主同意，有利害关系的业主请求排除妨害、消除危险、恢复原状或者赔偿损失的，人民法院应予支持。

将住宅改变为经营性用房的业主以多数有利害关系的业主同意其行为进行抗辩的，人民法院不予支持。

第十一条 业主将住宅改变为经营性用房，本栋建筑物内的其他业主，应当认定为物权法第七十七条所称"有利害关系的业主"。建筑区划内，本栋建筑物之外的业主，主张与自己有利害关系的，应证明其房屋价值、生活质量受到或者可能受到不利影响。

★第十二条 业主以业主大会或者业主委员会作出的决定侵害其合法权益或者违反了法律规定的程序为由，依据物权法第七十八条第二款的规定请求人民法院撤销该决定的，应当在知道或者应当知道业主大会或者业主委员会作出决定之日起一年内行使。

第十三条 业主请求公布、查阅下列应当向业主公开的情况和资料的，人民法院应予支持：

（一）建筑物及其附属设施的维修资金的筹集、使用情况；

（二）管理规约、业主大会议事规则，以及业主大会或者业主委员会的决定及会议记录；

（三）物业服务合同、共有部分的使用和收益情况；

（四）建筑区划内规划用于停放汽车的车位、车库的处分情况；

（五）其他应当向业主公开的情况和资料。

第十四条 建设单位或者其他行为人擅自占用、处分业主共有部分、改变其使用功能或者进行经营性活动，权利人请求排除妨害、恢复原状、确认处分行为无效或者赔偿损失的，人民法院应予支持。

属于前款所称擅自进行经营性活动的情形，权利人请求行为人将扣除合理成本之后的收益用于补充专项维修资金或者业主共同决定的其他用途的，人民法院应予支持。行为人对成本的支出及其合理性承担举证责任。

第十五条 业主或者其他行为人违反法律、法规、国家相关强制性标准、管理规约，或者违反业主大会、业主委员会依法作出的决定，实施下列行为的，可以认定为物权法第八十三条第二款所称的其他"损害他人合法权益的行为"：

（一）损害房屋承重结构，损害或者违章使用电力、燃气、消防设施，在建筑物内放置危险、放射性物品等危及建筑物安全或者妨碍建筑物正常使用；

（二）违反规定破坏、改变建筑物外墙面的形状、颜色等损害建筑物外观；

（三）违反规定进行房屋装饰装修；

（四）违章加建、改建，侵占、挖掘公共通道、道路、场地或者其他共有部分。

第十六条 建筑物区分所有权纠纷涉及专有部分的承租人、借用人等物业使用人的，参照本解释处理。

专有部分的承租人、借用人等物业使用人，根据法律、法规、管理规约、业主大会或者业主委员会依法作出的决定，以及其与业主的约定，享有相应权利，承担相应义务。

第十七条 本解释所称建设单位，包括包销期满，按照包销合同约定的包销价格购买尚未销售的物业后，以自己名义对外销售的包销人。

第十八条 人民法院审理建筑物区分所有权案件中，涉及有关物权归属争议的，应当以法律、行政法规为依据。

第十九条 本解释自 2009 年 10 月 1 日起施行。

因物权法施行后实施的行为引起的建筑物区分所有权纠纷案件，适用本解释。

本解释施行前已经终审，本解释施行后当事人申请再审或者按照审判监督程序决定再审的案件，不适用本解释。

法规解读

本解释 2009 年公布，2010 年列入大纲，但去年并未考查，今年考查的可能性更大一些。考生要特别关注其中关于业主权限的规定。

最高人民法院关于审理物业服务纠纷案件
具体应用法律若干问题的解释

(法释〔2009〕8号，2009年4月20日最高人民法院审判委员会第1466次会议通过)

为正确审理物业服务纠纷案件，依法保护当事人的合法权益，根据《中华人民共和国民法通则》、《中华人民共和国物权法》、《中华人民共和国合同法》等法律规定，结合民事审判实践，制定本解释。

★**第一条（合同当事人）** 建设单位依法与物业服务企业签订的前期物业服务合同，以及业主委员会与业主大会依法选聘的物业服务企业签订的物业服务合同，对业主具有约束力。业主以其并非合同当事人为由提出抗辩的，人民法院不予支持。

★**第二条（合同无效的情形）** 符合下列情形之一，业主委员会或者业主请求确认合同或者合同相关条款无效的，人民法院应予支持：

（一）物业服务企业将物业服务区域内的全部物业服务业务一并委托他人而签订的委托合同；

（二）物业服务合同中免除物业服务企业责任、加重业主委员会或者业主责任、排除业主委员会或者业主主要权利的条款。

前款所称物业服务合同包括前期物业服务合同。

★**第三条（合同内容）** 物业服务企业不履行或者不完全履行物业服务合同约定的或者法律、法规规定以及相关行业规范确定的维修、养护、管理和维护义务，业主请求物业服务企业承担继续履行、采取补救措施或者赔偿损失等违约责任的，人民法院应予支持。

物业服务企业公开作出的服务承诺及制定的服务细则，应当认定为物业服务合同的组成部分。

第四条 业主违反物业服务合同或者法律、法规、管理规约，实施妨害物业服务与管理的行为，物业服务企业请求业主承担恢复原状、停止侵害、排除妨害等相应民事责任的，人民法院应予支持。

第五条 物业服务企业违反物业服务合同约定或者法律、法规、部门规章规定，擅自扩大收费范围、提高收费标准或者重复收费，业主以违规收费为由提出抗辩的，人民法院应予支持。

业主请求物业服务企业退还其已收取的违规费用的，人民法院应予支持。

★**第六条（物业费的缴纳）** 经书面催交，业主无正当理由拒绝交纳或者在催告的合理期限内仍未交纳物业费，物业服务企业请求业主支付物业费的，人民法院应予支持。物业服务企业已经按照合同约定以及相关规定提供服务，业主仅以未享受或者无需接受相关物业服务为抗辩理由的，人民法院不予支持。

★**第七条** 业主与物业的承租人、借用人或者其他物业使用人约定由物业使用人交纳物业费，物业服务企业请求业主承担连带责任的，人民法院应予支持。

★**第八条（物业服务合同的解除）** 业主大会按照物权法第七十六条规定的程序作出解聘物业服务企业的决定后，业主委员会请求解除物业服务合同的，人民法院应予支持。

物业服务企业向业主委员会提出物业费主张的，人民法院应当告知其向拖欠物业费的业主另行主张权利。

第九条 物业服务合同的权利义务终止后，业主请求物业服务企业退还已经预收，但尚未提供物业服务期间的物业费的，人民法院应予支持。

物业服务企业请求业主支付拖欠的物业费的，按照本解释第六条规定处理。

第十条 物业服务合同的权利义务终止后，业主委员会请求物业服务企业退出物业服务区域、移交物业服务用房和相关设施，以及物业服务所必需的相关资料和由其代管的专项维修资金的，人民法院应予支持。

物业服务企业拒绝退出、移交，并以存在事实上的物业服务关系为由，请求业主支付物业服务合同权利义务终止后的物业费的，人民法院不予支持。

第十一条 本解释涉及物业服务企业的规定，适用于物权法第七十六条、第八十一条、第八十二条所称其他管理人。

第十二条 因物业的承租人、借用人或者其他物业使用人实施违反物业服务合同，以及法律、法规或者管理规约的行为引起的物业服务纠纷，人民法院应当参照本解释关于业主的规定处理。

第十三条 本解释自 2009 年 10 月 1 日起施行。

本解释施行前已经终审，本解释施行后当事人申请再审或者按照审判监督程序决定再审的案件，不适用本解释。

最高人民法院关于审理旅游纠纷案件适用法律若干问题的规定

(2010 年 9 月 13 日由最高人民法院审判委员会第 1496 次会议通过)(法释〔2010〕13 号)

为正确审理旅游纠纷案件,依法保护当事人合法权益,根据《中华人民共和国民法通则》、《中华人民共和国合同法》、《中华人民共和国消费者权益保护法》、《中华人民共和国侵权责任法》和《中华人民共和国民事诉讼法》等有关法律规定,结合民事审判实践,制定本规定。

★**第一条 (定义条款)** 本规定所称的旅游纠纷,是指旅游者与旅游经营者、旅游辅助服务者之间因旅游发生的合同纠纷或者侵权纠纷。

"旅游经营者"是指以自己的名义经营旅游业务,向公众提供旅游服务的人。

"旅游辅助服务者"是指与旅游经营者存在合同关系,协助旅游经营者履行旅游合同义务,实际提供交通、游览、住宿、餐饮、娱乐等旅游服务的人。

旅游者在自行旅游过程中与旅游景点经营者因旅游发生的纠纷,参照适用本规定。

第二条 以单位、家庭等集体形式与旅游经营者订立旅游合同,在履行过程中发生纠纷,除集体以合同一方当事人名义起诉外,旅游者个人提起旅游合同纠纷诉讼的,人民法院应予受理。

第三条 因旅游经营者方面的同一原因造成旅游者人身损害、财产损失,旅游者选择要求旅游经营者承担违约责任或者侵权责任的,人民法院应当根据当事人选择的案由进行审理。

第四条 因旅游辅助服务者的原因导致旅游经营者违约,旅游者仅起诉旅游经营者的,人民法院可以将旅游辅助服务者追加为第三人。

第五条 旅游经营者已投保责任险,旅游者因保险责任事故仅起诉旅游经营者的,人民法院可以应当事人的请求将保险公司列为第三人。

★**第六条 (霸王条款无效)** 旅游经营者以格式合同、通知、声明、告示等方式作出对旅游者不公平、不合理的规定,或者减轻、免除其损害旅游者合法权益的责任,旅游者请求依据消费者权益保护法第二十四条的规定认定该内容无效的,人民法院应予支持。

★**第七条 (旅游经营者的安全保障义务)** 旅游经营者、旅游辅助服务者未尽到安全保障义务,造成旅游者人身损害、财产损失,旅游者请求旅游经营者、旅游辅助服务者承担责任的,人民法院应予支持。

因第三人的行为造成旅游者人身损害、财产损失,由第三人承担责任;旅游经营者、旅游辅助服务者未尽安全保障义务,旅游者请求其承担相应补充责任的,人民法院应予支持。

第八条 (告知、警示义务) 旅游经营者、旅游辅助服务者对可能危及旅游者人身、财产安全的旅游项目未履行告知、警示义务，造成旅游者人身损害、财产损失，旅游者请求旅游经营者、旅游辅助服务者承担责任的，人民法院应予支持。

旅游者未按旅游经营者、旅游辅助服务者的要求提供与旅游活动相关的个人健康信息并履行如实告知义务，或者不听从旅游经营者、旅游辅助服务者的告知、警示，参加不适合自身条件的旅游活动，导致旅游过程中出现人身损害、财产损失，旅游者请求旅游经营者、旅游辅助服务者承担责任的，人民法院不予支持。

第九条 旅游经营者、旅游辅助服务者泄露旅游者个人信息或者未经旅游者同意公开其个人信息，旅游者请求其承担相应责任的，人民法院应予支持。

★第十条（转团责任） 旅游经营者将旅游业务转让给其他旅游经营者，旅游者不同意转让，请求解除旅游合同、追究旅游经营者违约责任的，人民法院应予支持。

旅游经营者擅自将其旅游业务转让给其他旅游经营者，旅游者在旅游过程中遭受损害，请求与其签订旅游合同的旅游经营者和实际提供旅游服务的旅游经营者承担连带责任的，人民法院应予支持。

★第十一条（旅游者转让合同） 除合同性质不宜转让或者合同另有约定之外，在旅游行程开始前的合理期间内，旅游者将其在旅游合同中的权利义务转让给第三人，请求确认转让合同效力的，人民法院应予支持。

因前款所述原因，旅游经营者请求旅游者、第三人给付增加的费用或者旅游者请求旅游经营者退还减少的费用的，人民法院应予支持。

★第十二条（旅游者的单方解除权） 旅游行程开始前或者进行中，因旅游者单方解除合同，旅游者请求旅游经营者退还尚未实际发生的费用，或者旅游经营者请求旅游者支付合理费用的，人民法院应予支持。

第十三条 因不可抗力等不可归责于旅游经营者、旅游辅助服务者的客观原因导致旅游合同无法履行，旅游经营者、旅游者请求解除旅游合同的，人民法院应予支持。旅游经营者、旅游者请求对方承担违约责任的，人民法院不予支持。旅游者请求旅游经营者退还尚未实际发生的费用的，人民法院应予支持。

因不可抗力等不可归责于旅游经营者、旅游辅助服务者的客观原因变更旅游行程，在征得旅游者同意后，旅游经营者请求旅游者分担因此增加的旅游费用或旅游者请求旅游经营者退还因此减少的旅游费用的，人民法院应予支持。

★第十四条（因旅游辅助服务者原因造成损害的责任承担） 因旅游辅助服务者的原因造成旅游者人身损害、财产损失，旅游者选择请求旅游辅助服务者承担侵权责任的，人民法院应予支持。

旅游经营者对旅游辅助服务者未尽谨慎选择义务，旅游者请求旅游经营者承担相应补充责任的，人民法院应予支持。

第十五条 签订旅游合同的旅游经营者将其部分旅游业务委托旅游目的地的旅游经营者，因受托方未尽旅游合同义务，旅游者在旅游过程中受到损害，要求作出委托的旅游经营者承担赔偿责任的，人民法院应予支持。

旅游经营者委托除前款规定以外的人从事旅游业务，发生旅游纠纷，旅游者起诉旅游经营者的，人民法院应予受理。

第十六条 旅游经营者准许他人挂靠其名下从事旅游业务，造成旅游者人身损害、财产损失，旅游者请求旅游经营者与挂靠人承担连带责任的，人民法院应予支持。

★**第十七条（旅游经营者的违约责任）** 旅游经营者违反合同约定，有擅自改变旅游行程、遗漏旅游景点、减少旅游服务项目、降低旅游服务标准等行为，旅游者请求旅游经营者赔偿未完成约定旅游服务项目等合理费用的，人民法院应予支持。

旅游经营者提供服务时有欺诈行为，旅游者请求旅游经营者双倍赔偿其遭受的损失的，人民法院应予支持。

第十八条 因飞机、火车、班轮、城际客运班车等公共客运交通工具延误，导致合同不能按照约定履行，旅游者请求旅游经营者退还未实际发生的费用的，人民法院应予支持。合同另有约定的除外。

第十九条 旅游者在自行安排活动期间遭受人身损害、财产损失，旅游经营者未尽到必要的提示义务、救助义务，旅游者请求旅游经营者承担相应责任的，人民法院应予支持。

前款规定的自行安排活动期间，包括旅游经营者安排的在旅游行程中独立的自由活动期间、旅游者不参加旅游行程的活动期间以及旅游者经导游或者领队同意暂时离队的个人活动期间等。

第二十条 旅游者在旅游行程中未经导游或者领队许可，故意脱离团队，遭受人身损害、财产损失，请求旅游经营者赔偿损失的，人民法院不予支持。

★**第二十一条（精神损害赔偿）** 旅游者提起违约之诉，主张精神损害赔偿的，人民法院应告知其变更为侵权之诉；旅游者仍坚持提起违约之诉的，对于其精神损害赔偿的主张，人民法院不予支持。

★**第二十二条（保管行李的附随义务）** 旅游经营者或者旅游辅助服务者为旅游者代管的行李物品损毁、灭失，旅游者请求赔偿损失的，人民法院应予支持，但下列情形除外：

（一）损失是由于旅游者未听从旅游经营者或者旅游辅助服务者的事先声明或者提示，未将现金、有价证券、贵重物品由其随身携带而造成的；

（二）损失是由于不可抗力、意外事件造成的；

（三）损失是由于旅游者的过错造成的；

（四）损失是由于物品的自然属性造成的。

第二十三条 旅游者要求旅游经营者返还下列费用的，人民法院应予支持：

（一）因拒绝旅游经营者安排的购物活动或者另行付费的项目被增收的费用；

（二）在同一旅游行程中，旅游经营者提供相同服务，因旅游者的年龄、职业等差异而增收的费用。

第二十四条 旅游经营者因过错致其代办的手续、证件存在瑕疵，或者未尽妥善保管义务而遗失、毁损，旅游者请求旅游经营者补办或者协助补办相关手续、证件并承担相应费用的，人民法院应予支持。

因上述行为影响旅游行程，旅游者请求旅游经营者退还尚未发生的费用、赔偿损失的，人民法院应予支持。

第二十五条 旅游经营者事先设计，并以确定的总价提供交通、住宿、游览等一项或者多项服务，不提供导游和领队服务，由旅游者自行安排游览行程的旅游过程中，旅游经营者提供的服务不符合合同约定，侵害旅游者合法权益，旅游者请求旅游经营者承担相应责任的，人民法院应予支持。

旅游者在自行安排的旅游活动中合法权益受到侵害，请求旅游经营者、旅游辅助服务者承担责任的，人民法院不予支持。

第二十六条 本规定施行前已经终审，本规定施行后当事人申请再审或者按照审判监督程序决定再审的案件，不适用本规定。

法规解读 ▶

本司法解释不是纯粹的解释规定，而属于补充立法的性质，故命名为"规定"而非"解释"。从司法考试的角度来看，相关考点主要集中在该规定与合同法和侵权责任法相契合的部分。侵权责任法部分主要是旅游经营者违反安保义务的侵权责任，之前司法考试中已经考过。合同法部分主要是合同解除、合同转让与违约责任部分，主要的考法是通过旅游合同考查合同法总则部分的考点。合同法规定了15种有名合同，旅游合同并不在其中，而且大纲也未将旅游合同列入考点，故大规模考查旅游合同的可能性不大。考生只需要掌握其中的核心法条即可。

最高人民法院关于适用
《中华人民共和国公司法》
若干问题的规定（二）

(2008 年 5 月 5 日最高人民法院审判委员会第 1447 次会议通过，法释〔2008〕6 号)

为正确适用《中华人民共和国公司法》，结合审判实践，就人民法院审理公司解散和清算案件适用法律问题作出如下规定。

☆**第一条（司法解散的情形）** 单独或者合计持有公司全部股东表决权百分之十以上的股东，以下列事由之一提起解散公司诉讼，并符合公司法第一百八十三条规定的，人民法院应予受理：

（一）公司持续两年以上无法召开股东会或者股东大会，公司经营管理发生严重困难的；

（二）股东表决时无法达到法定或者公司章程规定的比例，持续两年以上不能做出有效的股东会或者股东大会决议，公司经营管理发生严重困难的；

（三）公司董事长期冲突，且无法通过股东会或者股东大会解决，公司经营管理发生严重困难的；

（四）经营管理发生其他严重困难，公司继续存续会使股东利益受到重大损失的情形。

股东以知情权、利润分配请求权等权益受到损害，或者公司亏损、财产不足以偿还全部债务，以及公司被吊销企业法人营业执照未进行清算等为由，提起解散公司诉讼的，人民法院不予受理。

☆**第二条（司法解散与清算的关系）** 股东提起解散公司诉讼，同时又申请人民法院对公司进行清算的，人民法院对其提出的清算申请不予受理。人民法院可以告知原告，在人民法院判决解散公司后，依据公司法第一百八十四条和本规定第七条的规定，自行组织清算或者另行申请人民法院对公司进行清算。

○**第三条（应提供担保）** 股东提起解散公司诉讼时，向人民法院申请财产保全或者证据保全的，在股东提供担保且不影响公司正常经营的情形下，人民法院可予以保全。

☆**第四条（诉讼主体地位）** 股东提起解散公司诉讼应当以公司为被告。

原告以其他股东为被告一并提起诉讼的，人民法院应当告知原告将其他股东变更为第三人；原告坚持不予变更的，人民法院应当驳回原告对其他股东的起诉。

原告提起解散公司诉讼应当告知其他股东，或者由人民法院通知其参加诉讼。其他股东或者有关利害关系人申请以共同原告或者第三人身份参加诉讼的，人民法院应予准许。

○**第五条（解散的调解）** 人民法院审理解散公司诉讼案件，应当注重调解。当事人协商同意由公司或者股东收购股份，或者以减资等方式使公司存续，且不违反法律、行政法规强制性规定的，人民法院应予支持。当事人不能协商一致使公司存续的，人民法院应当及时判决。

经人民法院调解公司收购原告股份的，公司应当自调解书生效之日起六个月内将股份转让或者注销。股份转让或者注销之前，原告不得以公司收购其股份为由对抗公司债权人。

○第六条（解散判决的约束力） 人民法院关于解散公司诉讼作出的判决，对公司全体股东具有法律约束力。

人民法院判决驳回解散公司诉讼请求后，提起该诉讼的股东或者其他股东又以同一事实和理由提起解散公司诉讼的，人民法院不予受理。

☆第七条（清算） 公司应当依照公司法第一百八十四条的规定，在解散事由出现之日起十五日内成立清算组，开始自行清算。

有下列情形之一，债权人申请人民法院指定清算组进行清算的，人民法院应予受理：

（一）公司解散逾期不成立清算组进行清算的；

（二）虽然成立清算组但故意拖延清算的；

（三）违法清算可能严重损害债权人或者股东利益的。

具有本条第二款所列情形，而债权人未提起清算申请，公司股东申请人民法院指定清算组对公司进行清算的，人民法院应予受理。

第八条 人民法院受理公司清算案件，应当及时指定有关人员组成清算组。

清算组成员可以从下列人员或者机构中产生：

（一）公司股东、董事、监事、高级管理人员；

（二）依法设立的律师事务所、会计师事务所、破产清算事务所等社会中介机构；

（三）依法设立的律师事务所、会计师事务所、破产清算事务所等社会中介机构中具备相关专业知识并取得执业资格的人员。

第九条 人民法院指定的清算组成员有下列情形之一的，人民法院可以根据债权人、股东的申请，或者依职权更换清算组成员：

（一）有违反法律或者行政法规的行为；

（二）丧失执业能力或者民事行为能力；

（三）有严重损害公司或者债权人利益的行为。

○第十条（公司诉讼主体资格） 公司依法清算结束并办理注销登记前，有关公司的民事诉讼，应当以公司的名义进行。

公司成立清算组的，由清算组负责人代表公司参加诉讼；尚未成立清算组的，由原法定代表人代表公司参加诉讼。

★第十一条（清算组的赔偿责任） 公司清算时，清算组应当按照公司法第一百八十六条的规定，将公司解散清算事宜书面通知全体已知债权人，并根据公司规模和营业地域范围在全国或者公司注册登记地省级有影响的报纸上进行公告。

清算组未按照前款规定履行通知和公告义务，导致债权人未及时申报债权而未获清偿，债权人主张清算组成员对因此造成的损失承担赔偿责任的，人民法院应依法予以支持。

第十二条 公司清算时，债权人对清算组核定的债权有异议的，可以要求清算组重新核定。清算组不予重新核定，或者债权人对重新核定的债权仍有异议，债权人以公司为被告向人民法院提起诉讼请求确认的，人民法院应予受理。

★第十三条（补充申报债权） 债权人在规定的期限内未申报债权，在公司清算程序终结前补充申报的，清算组应予登记。

公司清算程序终结，是指清算报告经股东会、股东大会或者人民法院确认完毕。

第十四条 债权人补充申报的债权，可以在公司尚未分配财产中依法清偿。公司尚未分配财产不能全额清偿，债权人主张股东以其在剩余财产分配中已经取得的财产予以清偿的，人民法院应予支持；但债权人因重大过错未在规定期限内申报债权的除外。

债权人或者清算组，以公司尚未分配财产和股东在剩余财产分配中已经取得的财产，不能全额清偿补充申报的债权为由，向人民法院提出破产清算申请的，人民法院不予受理。

第十五条 公司自行清算的，清算方案应当报股东会或者股东大会决议确认；人民法院组织清算的，清算方案应当报人民法院确认。未经确认的清算方案，清算组不得执行。

执行未经确认的清算方案给公司或者债权人造成损失，公司、股东或者债权人主张清算组成员承担赔偿责任的，人民法院应依法予以支持。

第十六条 人民法院组织清算的，清算组应当自成立之日起六个月内清算完毕。

因特殊情况无法在六个月内完成清算的，清算组应当向人民法院申请延长。

第十七条 人民法院指定的清算组在清理公司财产、编制资产负债表和财产清单时，发现公司财产不足清偿债务的，可以与债权人协商制作有关债务清偿方案。

债务清偿方案经全体债权人确认且不损害其他利害关系人利益的，人民法院可依清算组的申请裁定予以认可。清算组依据该清偿方案清偿债务后，应当向人民法院申请裁定终结清算程序。

债权人对债务清偿方案不予确认或者人民法院不予认可的，清算组应当依法向人民法院申请宣告破产。

★第十八条（股东、董事的清算责任） 有限责任公司的股东、股份有限公司的董事和控股股东未在法定期限内成立清算组开始清算，导致公司财产贬值、流失、毁损或者灭失，债权人主张其在造成损失范围内对公司债务承担赔偿责任的，人民法院应依法予以支持。

有限责任公司的股东、股份有限公司的董事和控股股东因怠于履行义务，导致公司主要财产、账册、重要文件等灭失，无法进行清算，债权人主张其对公司债务承担连带清偿责任的，人民法院应依法予以支持。

上述情形系实际控制人原因造成，债权人主张实际控制人对公司债务承担相应民事责任的，人民法院应依法予以支持。

★第十九条（股东、董事不进行清算的责任） 有限责任公司的股东、股份有限公司的董事和控股股东，以及公司的实际控制人在公司解散后，恶意处置公司财产给债权人造成损失，或者未经依法清算，以虚假的清算报告骗取公司登记机关办理法人注销登记，债权人主张其对公司债务承担相应赔偿责任的，人民法院应依法予以支持。

★第二十条（未经清算而注销公司的责任） 公司解散应当在依法清算完毕后，申请办理注销登记。公司未经清算即办理注销登记，导致公司无法进行清算，债权人主张有限责任公司的股东、股份有限公司的董事和控股股东，以及公司的实际控制人对公司债务承担清偿责任的，人民法院应依法予以支持。

公司未经依法清算即办理注销登记，股东或者第三人在公司登记机关办理注销登记时承诺对公司债务承担责任，债权人主张其对公司债务承担相应民事责任的，人民法院应依法予以支持。

第二十一条 有限责任公司的股东、股份有限公司的董事和控股股东，以及公司的实际控制人为二人以上的，其中一人或者数人按照本规定第十八条和第二十条第一款的规定承担民事责任后，主张其他人员按照过错大小分担责任的，人民法院应依法予以支持。

★**第二十二条（未缴纳出资的股东的责任）** 公司解散时，股东尚未缴纳的出资均应作为清算财产。股东尚未缴纳的出资，包括到期应缴未缴的出资，以及依照公司法第二十六条和第八十一条的规定分期缴纳尚未届满缴纳期限的出资。

公司财产不足以清偿债务时，债权人主张未缴出资股东，以及公司设立时的其他股东或者发起人在未缴出资范围内对公司债务承担连带清偿责任的，人民法院应依法予以支持。

○**第二十三条（对清算组的诉讼）** 清算组成员从事清算事务时，违反法律、行政法规或者公司章程给公司或者债权人造成损失，公司或者债权人主张其承担赔偿责任的，人民法院应依法予以支持。

有限责任公司的股东、股份有限公司连续一百八十日以上单独或者合计持有公司百分之一以上股份的股东，依据公司法第一百五十二条第三款的规定，以清算组成员有前款所述行为为由向人民法院提起诉讼的，人民法院应予受理。

公司已经清算完毕注销，上述股东参照公司法第一百五十二条第三款的规定，直接以清算组成员为被告、其他股东为第三人向人民法院提起诉讼的，人民法院应予受理。

第二十四条 解散公司诉讼案件和公司清算案件由公司住所地人民法院管辖。公司住所地是指公司主要办事机构所在地。公司办事机构所在地不明确的，由其注册地人民法院管辖。

基层人民法院管辖县、县级市或者区的公司登记机关核准登记公司的解散诉讼案件和公司清算案件；中级人民法院管辖地区、地级市以上的公司登记机关核准登记公司的解散诉讼案件和公司清算案件。

法规解读

本解释主要涉及两个方面的内容：公司解散与公司清算。
一、公司解散（第1～6条）
重点要掌握公司司法解散的申请、被告的确定、调解、判决的效力。
二、公司清算
1. 司法清算（第7～9条）
特别要注意司法清算的情形。
2. 清算程序（第11～17条）
特别要注意清算组的赔偿责任与补充债权申报。
3. 股东、董事在清算中的责任（第18～22条）
特别要注意股东不及时清算、恶意处分财产、不进行清算而注销公司以及未缴纳出资的民事责任。
4. 股东对清算组的诉讼（第23条）

最高人民法院关于适用《中华人民共和国公司法》若干问题的规定（三）

（2010 年 12 月 6 日由最高人民法院审判委员会第 1504 次会议通过）（法释〔2011〕3号）

为正确适用《中华人民共和国公司法》，结合审判实践，就人民法院审理公司设立、出资、股权确认等纠纷案件适用法律问题作出如下规定。

★**第一条（公司发起人）** 为设立公司而签署公司章程、向公司认购出资或者股份并履行公司设立职责的人，应当认定为公司的发起人，包括有限责任公司设立时的股东。

★**第二条（以发起人名义签订的合同）** 发起人为设立公司以自己名义对外签订合同，合同相对人请求该发起人承担合同责任的，人民法院应予支持。

公司成立后对前款规定的合同予以确认，或者已经实际享有合同权利或者履行合同义务，合同相对人请求公司承担合同责任的，人民法院应予支持。

★**第三条（以设立中公司名义签订的合同）** 发起人以设立中公司名义对外签订合同，公司成立后合同相对人请求公司承担合同责任的，人民法院应予支持。

公司成立后有证据证明发起人利用设立中公司的名义为自己的利益与相对人签订合同，公司以此为由主张不承担合同责任的，人民法院应予支持，但相对人为善意的除外。

★**第四条（公司未成立时发起人的责任）** 公司因故未成立，债权人请求全体或者部分发起人对设立公司行为所产生的费用和债务承担连带清偿责任的，人民法院应予支持。

部分发起人依照前款规定承担责任后，请求其他发起人分担的，人民法院应当判令其他发起人按照约定的责任承担比例分担责任；没有约定责任承担比例的，按照约定的出资比例分担责任；没有约定出资比例的，按照均等份额分担责任。

因部分发起人的过错导致公司未成立，其他发起人主张其承担设立行为所产生的费用和债务的，人民法院应当根据过错情况，确定过错一方的责任范围。

第五条 发起人因履行公司设立职责造成他人损害，公司成立后受害人请求公司承担侵权赔偿责任的，人民法院应予支持；公司未成立，受害人请求全体发起人承担连带赔偿责任的，人民法院应予支持。

公司或者无过错的发起人承担赔偿责任后，可以向有过错的发起人追偿。

★**第六条（认股人延期缴纳股款）** 股份有限公司的认股人未按期缴纳所认股份的股款，经公司发起人催缴后在合理期间内仍未缴纳，公司发起人对该股份另行募集的，人民法院应当认定该募集行为有效。认股人延期缴纳股款给公司造成损失，公司请求该认股人承担赔偿责任的，人民法院应予支持。

★**第七条（以非法财产出资）** 出资人以不享有处分权的财产出资，当事人之间对于出资行为效力产生争议的，人民法院可以参照物权法第一百零六条的规定予以认定。

以贪污、受贿、侵占、挪用等违法犯罪所得的货币出资后取得股权的，对违法犯罪行为予以追究、处罚时，应当采取拍卖或者变卖的方式处置其股权。

第八条 出资人以划拨土地使用权出资，或者以设定权利负担的土地使用权出资，公司、其他股东或者公司债权人主张认定出资人未履行出资义务的，人民法院应当责令当事人在指定的合理期间内办理土地变更手续或者解除权利负担；逾期未办理或者未解除的，人民法院应当认定出资人未依法全面履行出资义务。

第九条 出资人以非货币财产出资，未依法评估作价，公司、其他股东或者公司债权人请求认定出资人未履行出资义务的，人民法院应当委托具有合法资格的评估机构对该财产评估作价。评估确定的价额显著低于公司章程所定价额的，人民法院应当认定出资人未依法全面履行出资义务。

★**第十条（登记财产的出资）** 出资人以房屋、土地使用权或者需要办理权属登记的知识产权等财产出资，已经交付公司使用但未办理权属变更手续，公司、其他股东或者公司债权人主张认定出资人未履行出资义务的，人民法院应当责令当事人在指定的合理期间内办理权属变更手续；在前述期间内办理了权属变更手续的，人民法院应当认定其已经履行了出资义务；出资人主张自其实际交付财产给公司使用时享有相应股东权利的，人民法院应予支持。

出资人以前款规定的财产出资，已经办理权属变更手续但未交付给公司使用，公司或者其他股东主张其向公司交付、并在实际交付之前不享有相应股东权利的，人民法院应予支持。

第十一条 出资人以其他公司股权出资，符合下列条件的，人民法院应当认定出资人已履行出资义务：

（一）出资的股权由出资人合法持有并依法可以转让；

（二）出资的股权无权利瑕疵或者权利负担；

（三）出资人已履行关于股权转让的法定手续；

（四）出资的股权已依法进行了价值评估。

股权出资不符合前款第（一）、（二）、（三）项的规定，公司、其他股东或者公司债权人请求认定出资人未履行出资义务的，人民法院应当责令该出资人在指定的合理期间内采取补正措施，以符合上述条件；逾期未补正的，人民法院应当认定其未依法全面履行出资义务。

股权出资不符合本条第一款第（四）项的规定，公司、其他股东或者公司债权人请求认定出资人未履行出资义务的，人民法院应当按照本规定第九条的规定处理。

第十二条 公司成立后，公司、股东或者公司债权人以相关股东的行为符合下列情形之一且损害公司权益为由，请求认定该股东抽逃出资的，人民法院应予支持：

（一）将出资款项转入公司账户验资后又转出；

（二）通过虚构债权债务关系将其出资转出；

（三）制作虚假财务会计报表虚增利润进行分配；

（四）利用关联交易将出资转出；

（五）其他未经法定程序将出资抽回的行为。

★**第十三条（出资不实的责任）** 股东未履行或者未全面履行出资义务，公司或者其他股东请求其向公司依法全面履行出资义务的，人民法院应予支持。

公司债权人请求未履行或者未全面履行出资义务的股东在未出资本息范围内对公司债务不能清偿的部分承担补充赔偿责任的，人民法院应予支持；未履行或者未全面履行出资义务的股东已经承担上述责任，其他债权人提出相同请求的，人民法院不予支持。

股东在公司设立时未履行或者未全面履行出资义务，依照本条第一款或者第二款提起诉讼的原告，请求公司的发起人与被告股东承担连带责任的，人民法院应予支持；公司的发起人承担责任后，可以向被告股东追偿。

股东在公司增资时未履行或者未全面履行出资义务，依照本条第一款或者第二款提起诉讼的原告，请求未尽公司法第一百四十八条第一款规定的义务而使出资未缴足的董事、高级管理人员承担相应责任的，人民法院应予支持；董事、高级管理人员承担责任后，可以向被告股东追偿。

★**第十四条（抽逃出资的责任）** 股东抽逃出资，公司或者其他股东请求其向公司返还出资本息、协助抽逃出资的其他股东、董事、高级管理人员或者实际控制人对此承担连带责任的，人民法院应予支持。

公司债权人请求抽逃出资的股东在抽逃出资本息范围内对公司债务不能清偿的部分承担补充赔偿责任、协助抽逃出资的其他股东、董事、高级管理人员或者实际控制人对此承担连带责任的，人民法院应予支持；抽逃出资的股东已经承担上述责任，其他债权人提出相同请求的，人民法院不予支持。

★**第十五条（协助抽逃出资的第三人的责任）** 第三人代垫资金协助发起人设立公司，双方明确约定在公司验资后或者在公司成立后将该发起人的出资抽回以偿还该第三人，发起人依照前述约定抽回出资偿还第三人后又不能补足出资，相关权利人请求第三人连带承担发起人因抽回出资而产生的相应责任的，人民法院应予支持。

第十六条 出资人以符合法定条件的非货币财产出资后，因市场变化或者其他客观因素导致出资财产贬值，公司、其他股东或者公司债权人请求该出资人承担补足出资责任的，人民法院不予支持。但是，当事人另有约定的除外。

第十七条 股东未履行或者未全面履行出资义务或者抽逃出资，公司根据公司章程或者股东会决议对其利润分配请求权、新股优先认购权、剩余财产分配请求权等股东权利作出相应的合理限制，该股东请求认定该限制无效的，人民法院不予支持。

★**第十八条（因出资不实或者抽逃出资而被取消股东资格）** 有限责任公司的股东未履行出资义务或者抽逃全部出资，经公司催告缴纳或者返还，其在合理期间内仍未缴纳或者返还出资，公司以股东会决议解除该股东的股东资格，该股东请求确认该解除行为无效的，人民法院不予支持。

在前款规定的情形下，人民法院在判决时应当释明，公司应当及时办理法定减资程序或者由其他股东或者第三人缴纳相应的出资。在办理法定减资程序或者其他股东或者第三人缴纳相应的出资之前，公司债权人依照本规定第十三条或者第十四条请求相关当事人承担相应责任的，人民法院应予支持。

第十九条 有限责任公司的股东未履行或者未全面履行出资义务即转让股权，受让人对此知道或者应当知道，公司请求该股东履行出资义务、受让人对此承担连带责任的，人民法院应予支持；公司债权人依照本规定第十三条第二款向该股东提起诉讼，同时请求前述受让人对此承担连带责任的，人民法院应予支持。

受让人根据前款规定承担责任后，向该未履行或者未全面履行出资义务的股东追偿的，人民法院应予支持。但是，当事人另有约定的除外。

第二十条　公司股东未履行或者未全面履行出资义务或者抽逃出资，公司或者其他股东请求其向公司全面履行出资义务或者返还出资，被告股东以诉讼时效为由进行抗辩的，人民法院不予支持。

公司债权人的债权未过诉讼时效期间，其依照本规定第十三条第二款、第十四条第二款的规定请求未履行或者未全面履行出资义务或者抽逃出资的股东承担赔偿责任，被告股东以出资义务或者返还出资义务超过诉讼时效期间为由进行抗辩的，人民法院不予支持。

第二十一条　当事人之间对是否已履行出资义务发生争议，原告提供对股东履行出资义务产生合理怀疑证据的，被告股东应当就其已履行出资义务承担举证责任。

第二十二条　当事人向人民法院起诉请求确认其股东资格的，应当以公司为被告，与案件争议股权有利害关系的人作为第三人参加诉讼。

第二十三条　当事人之间对股权归属发生争议，一方请求人民法院确认其享有股权的，应当证明以下事实之一：

（一）已经依法向公司出资或者认缴出资，且不违反法律法规强制性规定；

（二）已经受让或者以其他形式继受公司股权，且不违反法律法规强制性规定。

第二十四条　当事人依法履行出资义务或者依法继受取得股权后，公司未根据公司法第三十二条、第三十三条的规定签发出资证明书、记载于股东名册并办理公司登记机关登记，当事人请求公司履行上述义务的，人民法院应予支持。

★第二十五条（隐名出资）　有限责任公司的实际出资人与名义出资人订立合同，约定由实际出资人出资并享有投资权益，以名义出资人为名义股东，实际出资人与名义股东对该合同效力发生争议的，如无合同法第五十二条规定的情形，人民法院应当认定该合同有效。

前款规定的实际出资人与名义股东因投资权益的归属发生争议，实际出资人以其实际履行了出资义务为由向名义股东主张权利的，人民法院应予支持。名义股东以公司股东名册记载、公司登记机关登记为由否认实际出资人权利的，人民法院不予支持。

实际出资人未经公司其他股东半数以上同意，请求公司变更股东、签发出资证明书、记载于股东名册、记载于公司章程并办理公司登记机关登记的，人民法院不予支持。

第二十六条　名义股东将登记于其名下的股权转让、质押或者以其他方式处分，实际出资人以其对于股权享有实际权利为由，请求认定处分股权行为无效的，人民法院可以参照物权法第一百零六条的规定处理。

名义股东处分股权造成实际出资人损失，实际出资人请求名义股东承担赔偿责任的，人民法院应予支持。

第二十七条　公司债权人以登记于公司登记机关的股东未履行出资义务为由，请求其对公司债务不能清偿的部分在未出资本息范围内承担补充赔偿责任，股东以其仅为名义股东而非实际出资人为由进行抗辩的，人民法院不予支持。

名义股东根据前款规定承担赔偿责任后，向实际出资人追偿的，人民法院应予支持。

第二十八条　股权转让后尚未向公司登记机关办理变更登记，原股东将仍登记于其名下的股权转让、质押或者以其他方式处分，受让股东以其对于股权享有实际权利为由，请求认定处分股权行为无效的，人民法院可以参照物权法第一百零六条的规定处理。

原股东处分股权造成受让股东损失，受让股东请求原股东承担赔偿责任、对于未及时办理变更登记有过错的董事、高级管理人员或者实际控制人承担相应责任的，人民法院应予支持；受让股东对于未及时办理变更登记也有过错的，可以适当减轻上述董事、高级管理人员或者实际控制人的责任。

第二十九条 冒用他人名义出资并将该他人作为股东在公司登记机关登记的，冒名登记行为人应当承担相应责任；公司、其他股东或者公司债权人以未履行出资义务为由，请求被冒名登记为股东的承担补足出资责任或者对公司债务不能清偿部分的赔偿责任的，人民法院不予支持。

法规解读 ▶

自 2005 年公司法全面修订以来，最高人民法院先后发布了三个司法解释，关于适用《中华人民共和国公司法》若干问题的规定（一）涉及新旧法律衔接适用问题，比较简单。关于适用《中华人民共和国公司法》若干问题的规定（二）对公司的解散、清算作出了详细的规定。关于适用《中华人民共和国公司法》若干问题的规定（三）对公司设立和股东出资作出了详细规定。关于适用《中华人民共和国公司法》若干问题的规定（三）针对公司法理论和实践中的一些重大疑难问题作出了明确规定，具有重大价值，考生应特别重视。在以往的考题当中，已对公司设立中发起人的责任、股东出资不实或者抽逃出资对股东权乃至股东资格的影响、股东出资不实或者抽逃出资时股东对债权人的责任等公司法上的重大问题进行过理论考查，如今这些问题有了最高人民法院司法解释的明确依据，相信日后考查频率更高。希望考生对关于适用《中华人民共和国公司法》若干问题的规定（三）中的考点给予高度重视，其中发起人的责任、股东权限的确定以及债权人利益的维护最为重要。

中华人民共和国人民调解法

(2010 年 8 月 28 日第十一届全国人民代表大会常务委员会第十六次会议通过)

第一章 总 则

第一条 为了完善人民调解制度，规范人民调解活动，及时解决民间纠纷，维护社会和谐稳定，根据宪法，制定本法。

○**第二条（人民调解的概念）** 本法所称人民调解，是指人民调解委员会通过说服、疏导等方法，促使当事人在平等协商基础上自愿达成调解协议，解决民间纠纷的活动。

第三条 人民调解委员会调解民间纠纷，应当遵循下列原则：

（一）在当事人自愿、平等的基础上进行调解；

（二）不违背法律、法规和国家政策；

（三）尊重当事人的权利，不得因调解而阻止当事人依法通过仲裁、行政、司法等途径维护自己的权利。

○**第四条（无偿调解）** 人民调解委员会调解民间纠纷，不收取任何费用。

第五条 国务院司法行政部门负责指导全国的人民调解工作，县级以上地方人民政府司法行政部门负责指导本行政区域的人民调解工作。

基层人民法院对人民调解委员会调解民间纠纷进行业务指导。

第六条 国家鼓励和支持人民调解工作。县级以上地方人民政府对人民调解工作所需经费应当给予必要的支持和保障，对有突出贡献的人民调解委员会和人民调解员按照国家规定给予表彰奖励。

第二章 人民调解委员会

第七条 人民调解委员会是依法设立的调解民间纠纷的群众性组织。

☆**第八条（人民调解委员会的组成）** 村民委员会、居民委员会设立人民调解委员会。企业事业单位根据需要设立人民调解委员会。

人民调解委员会由委员三至九人组成，设主任一人，必要时，可以设副主任若干人。

人民调解委员会应当有妇女成员，多民族居住的地区应当有人数较少民族的成员。

○**第九条（人民调解委员会委员的产生）** 村民委员会、居民委员会的人民调解委员会委员由村民会议或者村民代表会议、居民会议推选产生；企业事业单位设立的人民调解委员会委员由职工大会、职工代表大会或者工会组织推选产生。

人民调解委员会委员每届任期三年，可以连选连任。

第十条 县级人民政府司法行政部门应当对本行政区域内人民调解委员会的设立情况进行统计，并且将人民调解委员会以及人员组成和调整情况及时通报所在地基层人民法院。

第十一条 人民调解委员会应当建立健全各项调解工作制度，听取群众意见，接受群众监督。

第十二条 村民委员会、居民委员会和企业事业单位应当为人民调解委员会开展工作提供办公条件和必要的工作经费。

第三章 人民调解员

☆第十三条（人民调解员的范围） 人民调解员由人民调解委员会委员和人民调解委员会聘任的人员担任。

第十四条 人民调解员应当由公道正派、热心人民调解工作，并具有一定文化水平、政策水平和法律知识的成年公民担任。

县级人民政府司法行政部门应当定期对人民调解员进行业务培训。

第十五条 人民调解员在调解工作中有下列行为之一的，由其所在的人民调解委员会给予批评教育、责令改正，情节严重的，由推选或者聘任单位予以罢免或者解聘：

（一）偏袒一方当事人的；

（二）侮辱当事人的；

（三）索取、收受财物或者牟取其他不正当利益的；

（四）泄露当事人的个人隐私、商业秘密的。

第十六条 人民调解员从事调解工作，应当给予适当的误工补贴；因从事调解工作致伤致残，生活发生困难的，当地人民政府应当提供必要的医疗、生活救助；在人民调解工作岗位上牺牲的人民调解员，其配偶、子女按照国家规定享受抚恤和优待。

第四章 调解程序

☆第十七条（调解程序的启动） 当事人可以向人民调解委员会申请调解；人民调解委员会也可以主动调解。当事人一方明确拒绝调解的，不得调解。

第十八条 基层人民法院、公安机关对适宜通过人民调解方式解决的纠纷，可以在受理前告知当事人向人民调解委员会申请调解。

☆第十九条（人民调解员的确定） 人民调解委员会根据调解纠纷的需要，可以指定一名或者数名人民调解员进行调解，也可以由当事人选择一名或者数名人民调解员进行调解。

第二十条 人民调解员根据调解纠纷的需要，在征得当事人的同意后，可以邀请当事人的亲属、邻里、同事等参与调解，也可以邀请具有专门知识、特定经验的人员或者有关社会组织的人员参与调解。

人民调解委员会支持当地公道正派、热心调解、群众认可的社会人士参与调解。

第二十一条 人民调解员调解民间纠纷，应当坚持原则，明法析理，主持公道。

调解民间纠纷，应当及时、就地进行，防止矛盾激化。

第二十二条 人民调解员根据纠纷的不同情况，可以采取多种方式调解民间纠纷，充分听取当事人的陈述，讲解有关法律、法规和国家政策，耐心疏导，在当事人平等协商、互谅互让的基础上提出纠纷解决方案，帮助当事人自愿达成调解协议。

第二十三条 当事人在人民调解活动中享有下列权利：

（一）选择或者接受人民调解员；

（二）接受调解、拒绝调解或者要求终止调解；

（三）要求调解公开进行或者不公开进行；

（四）自主表达意愿、自愿达成调解协议。

第二十四条 当事人在人民调解活动中履行下列义务：

（一）如实陈述纠纷事实；

（二）遵守调解现场秩序，尊重人民调解员；

（三）尊重对方当事人行使权利。

第二十五条 人民调解员在调解纠纷过程中，发现纠纷有可能激化的，应当采取有针对性的预防措施；对有可能引起治安案件、刑事案件的纠纷，应当及时向当地公安机关或者其他有关部门报告。

第二十六条 人民调解员调解纠纷，调解不成的，应当终止调解，并依据有关法律、法规的规定，告知当事人可以依法通过仲裁、行政、司法等途径维护自己的权利。

第二十七条 人民调解员应当记录调解情况。人民调解委员会应当建立调解工作档案，将调解登记、调解工作记录、调解协议书等材料立卷归档。

第五章 调解协议

☆**第二十八条（调解协议的形式）** 经人民调解委员会调解达成调解协议的，可以制作调解协议书。当事人认为无需制作调解协议书的，可以采取口头协议方式，人民调解员应当记录协议内容。

☆**第二十九条（调解协议书）** 调解协议书可以载明下列事项：

（一）当事人的基本情况；

（二）纠纷的主要事实、争议事项以及各方当事人的责任；

（三）当事人达成调解协议的内容，履行的方式、期限。

调解协议书自各方当事人签名、盖章或者按指印，人民调解员签名并加盖人民调解委员会印章之日起生效。调解协议书由当事人各执一份，人民调解委员会留存一份。

第三十条 口头调解协议自各方当事人达成协议之日起生效。

☆**第三十一条（调解协议的效力）** 经人民调解委员会调解达成的调解协议，具有法律约束力，当事人应当按照约定履行。

人民调解委员会应当对调解协议的履行情况进行监督，督促当事人履行约定的义务。

☆**第三十二条（调解协议争议）** 经人民调解委员会调解达成调解协议后，当事人之间就调解协议的履行或者调解协议的内容发生争议的，一方当事人可以向人民法院提起诉讼。

☆**第三十三条（调解协议的司法审查）** 经人民调解委员会调解达成调解协议后，双方当事人认为有必要的，可以自调解协议生效之日起三十日内共同向人民法院申请司法确认，人民法院应当及时对调解协议进行审查，依法确认调解协议的效力。

人民法院依法确认调解协议有效，一方当事人拒绝履行或者未全部履行的，对方当事人可以向人民法院申请强制执行。

人民法院依法确认调解协议无效的，当事人可以通过人民调解方式变更原调解协议或者达成新的调解协议，也可以向人民法院提起诉讼。

第六章　附　则

第三十四条　乡镇、街道以及社会团体或者其他组织根据需要可以参照本法有关规定设立人民调解委员会，调解民间纠纷。

第三十五条　本法自 2011 年 1 月 1 日起施行。

最高人民法院
关于限制被执行人高消费的若干规定

(2010 年 5 月 17 日由最高人民法院审判委员会第 1487 次会议通过)(法释〔2010〕8 号)

为进一步加大执行力度,推动社会信用机制建设,最大限度保护申请执行人和被执行人的合法权益,根据《中华人民共和国民事诉讼法》的有关规定,结合人民法院民事执行工作的实践经验,制定本规定。

第一条 被执行人未按执行通知书指定的期间履行生效法律文书确定的给付义务的,人民法院可以限制其高消费。

第二条 人民法院决定采取限制高消费措施时,应当考虑被执行人是否有消极履行、规避执行或者抗拒执行的行为以及被执行人的履行能力等因素。

第三条 被执行人为自然人的,被限制高消费后,不得有以下以其财产支付费用的行为:

(一)乘坐交通工具时,选择飞机、列车软卧、轮船二等以上舱位;

(二)在星级以上宾馆、酒店、夜总会、高尔夫球场等场所进行高消费;

(三)购买不动产或者新建、扩建、高档装修房屋;

(四)租赁高档写字楼、宾馆、公寓等场所办公;

(五)购买非经营必需车辆;

(六)旅游、度假;

(七)子女就读高收费私立学校;

(八)支付高额保费购买保险理财产品;

(九)其他非生活和工作必需的高消费行为。

被执行人为单位的,被限制高消费后,禁止被执行人及其法定代表人、主要负责人、影响债务履行的直接责任人员以单位财产实施本条第一款规定的行为。

第四条 限制高消费一般由申请执行人提出书面申请,经人民法院审查决定;必要时人民法院可以依职权决定。

第五条 人民法院决定限制高消费的,应当向被执行人发出限制高消费令。限制高消费令由人民法院院长签发。限制高消费令应当载明限制高消费的期间、项目、法律后果等内容。

第六条 人民法院根据案件需要和被执行人的情况可以向有义务协助调查、执行的单位送达协助执行通知书,也可以在相关媒体上进行公告。

第七条 限制高消费令的公告费用由被执行人负担;申请执行人申请在媒体公告的,应当垫付公告费用。

第八条 被限制高消费的被执行人因生活或者经营必需而进行本规定禁止的消费活动

的，应当向人民法院提出申请，获批准后方可进行。

第九条 在限制高消费期间，被执行人提供确实有效的担保或者经申请执行人同意的，人民法院可以解除限制高消费令；被执行人履行完毕生效法律文书确定的义务的，人民法院应当在本规定第六条通知或者公告的范围内及时以通知或者公告解除限制高消费令。

第十条 人民法院应当设置举报电话或者邮箱，接受申请执行人和社会公众对被限制高消费的被执行人违反本规定第三条的举报，并进行审查认定。

第十一条 被执行人违反限制高消费令进行消费的行为属于拒不履行人民法院已经发生法律效力的判决、裁定的行为，经查证属实的，依照《中华人民共和国民事诉讼法》第一百零二条的规定，予以拘留、罚款；情节严重，构成犯罪的，追究其刑事责任。

有关单位在收到人民法院协助执行通知书后，仍允许被执行人高消费的，人民法院可以依照《中华人民共和国民事诉讼法》第一百零三条的规定，追究其法律责任。

第十二条 本规定自 2010 年 10 月 1 日起施行。

第三编

2011年新增考点
配套试题

理论法学

1. 法官职业道德的核心是：

A. 公正　　　　　　B. 廉洁　　　　　　C. 为民　　　　　　D. 中立

【答案】ABC

【解析】见《法官职业道德基本准则》第 2 条。

2. 以下对法官的各项要求中，正确的有：

A. 法官应当坚持实体公正与程序公正并重，但实体公正优先

B. 法官应认真贯彻司法公开原则，尊重人民群众的知情权

C. 法官不得从事或者参与任何经营活动

D. 法官不得从事或者参与营利性的经营活动

【答案】BD

【解析】见《法官职业道德基本准则》第 12、17 条。

3. 以下对法官司法廉洁要求的说法中，错误的是：

A. 法官不得违反规定与当事人或者其他诉讼参与人进行不正当交往

B. 法官应当按规定如实报告个人有关事项，教育督促家庭成员不利用法官的职权、地位谋取不正当利益

C. 法官不得在企业及其他营利性组织中兼任法律顾问等职务

D. 法官一概不得兼任法律顾问

【答案】D

【解析】见《法官职业道德基本准则》第 16、17、18 条。

"三国法"

1. 国际法上，关于国际争端解决，下列说法正确的是：

A. 国际争端解决受各种政治力量的制约和影响

B. 政治性争端是"不可法律裁判"的争端

C. 国际社会不存在超国家的裁决机构，国家在解决争端中仍起决定作用

D. 宗教间的矛盾是较典型的不可裁判性争端

【答案】ABCD

【解析】国际争端的特点是：（1）争端的主体主要是国家，争端涉及的利益或权利往往关系重大。（2）争端往往包括多种因素，情况复杂。国际社会不存在超国家的裁决机构，国家在解决争端中仍起决定作用。（3）争端解决受各种政治力量的制约和影响。故选项 B、C 正确。政治性争端，是指直接涉及当事国主权独立等重大政治利益的争端。对这类争端，国际法不能或尚未形成确切或具体的权利义务规则，很难用法律方法解决。这种争端也称为"不可法律裁判"的争端。比如富国与穷国间的经济矛盾、不同政治制度之间的矛盾、宗教间的矛盾，都是较典型的政治性或不可裁判性争端。选项 A、D 正确。

2. 一对定居在香港的夫妇，丈夫马丁为美国人，妻子安娜为英国人。丈夫在上海逝世后，妻子要求中国法院判决丈夫在中国的遗产归其所有。应该根据何国或地区的法来判断妻子对其夫财产的权利？

A. 美国法　　　　　　　　　　　　B. 英国法

C. 香港法和英国法   D. 中国法

【答案】D

【解析】《涉外民事关系法律适用法》第 8 条规定，涉外民事关系的定性，适用法院地法律。本案在中国法院审理故应适用中国法对之定性。

3. 中国甲公司与美国乙公司在沈阳共同投资设立合资公司而签订合资合同，在该合同中，甲、乙两公司约定该合同引发的争议适用《美国统一商法典》予以解决。后来两公司在履行该合同时引发争议诉至中国法院，人民法院应适用哪国法律来解决该案的法律争议？

     A. 《美国统一商法典》   B. 中国法或《美国统一商法典》

     C. 中国法和《美国统一商法典》   D. 中国法

【答案】D

【解析】根据《涉外民事关系法律适用法》第 4 条规定，中华人民共和国法律对涉外民事关系有强制性规定的，直接适用该强制性规定。又根据《合同法》第 126 条第 2 款规定，在中华人民共和国境内履行的中外合资经营企业合同、中外合作经营企业合同、中外合作勘探开发自然资源合同，适用中华人民共和国法律。题中合同属于我国法律有强制性规定的情况，故应适用我国法律予以解决。甲、乙两公司的约定与我国法律强制性规定不一致，不发生适用外国法的效力。故 D 项当选。

4. 德国人吉尔 2008 年来华居住至今。其先前多年在法国、西班牙等从事棕榈油的贸易业务。现其欲在中国开展棕榈油的业务，关于其从事该业务过程中的行为能力问题应适用何国法律？

     A. 德国法   B. 中国法   C. 西班牙法   D. 法国法

【答案】B

【解析】根据《涉外民事关系法律适用法》第 12 条规定，自然人的民事行为能力，适用经常居所地法律。自然人从事民事活动，依照经常居所地法律为无民事行为能力，依照行为地法律为有民事行为能力的，适用行为地法律，但涉及婚姻家庭、继承的除外。题中，吉尔的经常居所地在中国，故其从事棕榈油业务过程中的行为能力问题应适用中国法。

5. 2010 年 6 月，西班牙登山爱好者詹姆斯到喜马拉雅山探险，不幸失踪，假设三年后其在西班牙的亲属向中国法院申请宣告詹姆斯死亡，人民法院查明詹姆斯在英国、加拿大、法国都有居所，但其经常居所在德国。根据我国涉外民事关系法律适用法，人民法院应依何国法律处理詹姆斯的死亡宣告案件？

     A. 中国法   B. 德国法   C. 英法   D. 西班牙法

【答案】B

【解析】《涉外民事关系法律适用法》第 13 条规定，宣告失踪或者宣告死亡，适用自然人经常居所地法律。题中詹姆斯经常居所地在德国，故该案适用德国法。

6. 中国英华公司在北京与法国福茂公司签订了一份独家代理销售合同，授权英华公司在中国独家销售福茂公司的产品，双方在该合同中约定适用法国法作为确定双方权利义务的准据法。后双方就代理权限发生纠纷，诉至中国法院，法院应适用何国法？

     A. 中国法   B. 法国法

     C. 代理合同签订地国法律   D. 法国法和中国法

【答案】B

【解析】《涉外民事关系法律适用法》第16条规定，代理适用代理行为地法律，但被代理人与代理人的民事关系，适用代理关系发生地法律。当事人可以协议选择委托代理适用的法律。题中属于委托代理，且已经说明，双方在该合同中约定适用法国法作为确定双方权利义务的准据法。故B项正确。

7. 阿根廷人胡安与中国人汤丽结婚，婚后定居中国。双方在姓氏问题、选择住所以及家庭财产归属与支配等方面发生分歧，诉至中国某法院。法院应如何适用法律处理该纠纷？

A. 选择住所问题应适用阿根廷法

B. 姓氏问题应适用中国法

C. 家庭财产归属与支配当事人可以选择适用法律，没选择的，适用阿根廷法

D. 家庭财产归属与支配当事人可以选择适用法律，没选择的，适用中国法

【答案】BD

【解析】《涉外民事关系法律适用法》第23条规定，夫妻人身关系，适用共同经常居所地法律，没有共同经常居所地的，适用共同国籍国法律。选择住所、姓氏属于夫妻人身关系问题，故应适用共同经常居所地国法，即中国法，因此，A项错误，B项正确。第24条规定，夫妻财产关系，当事人可以协议选择适用一方当事人经常居所地法律、国籍国法律或者主要财产所在地法律。当事人没有选择的，适用共同经常居所地法律；没有共同经常居所地的，适用共同国籍国法律。家庭财产归属与支配问题属于夫妻财产关系，故应适用当事人选择的法律，没选择的，适用经常居所地法，即中国法。因此C项错误，D项正确。

8. 利比亚人卡尔德斯自2000年以来一直在宁波居住，2011年4月其回到利比亚家乡探亲，在国内战争中不幸遇难，其在宁波留有遗产。关于其在宁波遗产的管理问题如出现争议，根据涉外民事关系法律适用法应适用何国法律？

A. 利比亚法

B. 中国法和利比亚法

C. 中国法或利比亚法

D. 中国法

【答案】D

【解析】根据《涉外民事关系法律适用法》第34条规定，遗产管理等事项，适用遗产所在地法律。案中，卡尔德斯的遗产在中国，遗产管理问题应该适用中国法，故D项正确。

9. 2010年国际商会公布了《国际贸易术语解释通则®2010》(Incoterms®2010)，简称"2010年通则"，下列关于2010年通则适用的说法哪些是正确的？

A. 2010年通则的生效完全代替了2000年通则的内容

B. 2010年通则和2000年通则将并存由当事人选择使用

C. 当事人在合同中没有注明"Incoterms®rules2010"，只写了2010年通则，也是可以适用该通则的

D. 2010年通则的适用是任意的，当事人没有选择该通则时，则自动适用

【答案】BC

【解析】当事人希望用2010年通则中的术语必须注明使用新术语，以后两个版本并存由当事人选择使用。故A项错误，B项正确。新术语在格式上是有要求的，需注明Incoterms®rules2010，加了一个注册商标®的要求。当然没有注明®，只写了2010年通则，

也是可以适用 2010 年通则的。故 C 项正确，D 项错误。

刑 法 ▶

1. 以下有关老年人犯罪的规定中，错误的有：

A. 已满 75 周岁的人故意犯罪的，可以从轻或者减轻处罚

B. 已满 75 周岁的人过失犯罪的，可以减轻或者免除处罚

C. 已满 75 周岁的人过失犯罪的，可以从轻或者减轻处罚

D. 审判的时候已满 75 周岁的人，一律不适用死刑

【答案】BCD

【解析】《刑法修正案（八）》第 1、3 条。

2. 关于刑罚的执行，以下说法中正确的有：

A. 判决宣告以前一人犯数罪的，除判处死刑和无期徒刑的以外，应当在总和刑期以下、数刑中最高刑期以上，酌情决定执行的刑期，但是管制最高不能超过 3 年，拘役最高不能超过 1 年

B. 有期徒刑总和刑期不满 35 年的，最高不能超过 20 年，总和刑期在 35 年以上的，最高不能超过 30 年

C. 数罪中有判处附加刑的，一律合并执行

D. 数罪中有判处附加刑的，附加刑无须执行

【答案】A

【解析】《刑法修正案（八）》第 10 条规定：判决宣告以前一人犯数罪的，除判处死刑和无期徒刑的以外，应当在总和刑期以下、数刑中最高刑期以上，酌情决定执行的刑期，但是管制最高不能超过 3 年，拘役最高不能超过 1 年，有期徒刑总和刑期不满 35 年的，最高不能超过 20 年，总和刑期在 35 年以上的，最高不能超过 25 年。数罪中有判处附加刑的，附加刑仍须执行，其中附加刑种类相同的，合并执行，种类不同的，分别执行。因此，选项 A 当选。

3. 以下关于减刑后实际执行之刑期的规定中，正确的有：

A. 判处管制、拘役、有期徒刑的，不能少于原判刑期的 1/2

B. 判处管制、拘役、有期徒刑的，不能少于原判刑期的 1/3

C. 判处无期徒刑的，不能少于 13 年

D. 判处无期徒刑的，不能少于 12 年

【答案】AC

【解析】《刑法修正案（八）》第 15 条规定：减刑以后实际执行的刑期不能少于下列期限：（1）判处管制、拘役、有期徒刑的，不能少于原判刑期的二分之一；（2）判处无期徒刑的，不能少于 13 年；（3）人民法院依照本法第 50 条第 2 款规定限制减刑的死刑缓期执行的犯罪分子，缓期执行期满后依法减为无期徒刑的，不能少于 25 年，缓期执行期满后依法减为 25 年有期徒刑的，不能少于 20 年。因此 A、C 当选。

4. 对以下哪些犯罪分子，不得适用假释？

A. 因故意杀人、强奸、抢劫、绑架、放火、爆炸、投放危险物质或者有组织的暴力性犯罪被判处 10 年以上有期徒刑的犯罪分子

B. 累犯

C. 因故意杀人、强奸、抢劫、绑架、放火、爆炸、投放危险物质或者有组织的暴力性犯罪被判处无期徒刑的犯罪分子

D. 因故意杀人、强奸、抢劫、绑架、放火、爆炸、投放危险物质或者有组织的暴力性犯罪被判处有期徒刑的犯罪分子

【答案】ABC

【解析】《刑法修正案（八）》第 16 条规定：被判处有期徒刑的犯罪分子，执行原判刑期二分之一以上，被判处无期徒刑的犯罪分子，实际执行 13 年以上，如果认真遵守监规，接受教育改造，确有悔改表现，没有再犯罪的危险的，可以假释。如果有特殊情况，经最高人民法院核准，可以不受上述执行刑期的限制。对累犯以及因故意杀人、强奸、抢劫、绑架、放火、爆炸、投放危险物质或者有组织的暴力性犯罪被判处 10 年以上有期徒刑、无期徒刑的犯罪分子，不得假释。对犯罪分子决定假释时，应当考虑其假释后对所居住社区的影响。因此选项 A、B、C 当选。

5. 非法集资具有下列哪种情形之一的，一般认为具有非法占有的目的？

A. 携带集资款潜逃的

B. 挥霍集资款致使集资款无法返还

C. 使用集资款进行违法犯罪活动，致使集资款无法返还的

D. 抽逃、转移资金、隐匿财产，以逃避返还资金的

【答案】ABCD

【解析】见《关于审理非法集资刑事案件具体应用法律若干问题的解释》第 4 条第 2 款。

6. 诈骗公私财物达到规定的数额标准，具有下列哪些情形的，可以依照刑法的相关规定酌情从严惩处？

A. 通过发送短信、拨打电话或者利用互联网、广播电视、报刊杂志等发布虚假信息，对不特定多数人实施诈骗的

B. 诈骗救灾、抢险、防汛、优抚、扶贫、移民、救济、医疗款物的

C. 以赈灾募捐名义实施诈骗的

D. 诈骗残疾人、老年人或者丧失劳动能力人的财物的

【答案】ABCD

【解析】见《关于办理诈骗刑事案件具体应用法律若干问题的解释》第 2 条。

刑事诉讼法

1. 刑事诉讼法在实现法治国家方面的作用，集中体现在与宪法的关系之中。关于刑事诉讼法与宪法的关系，下列说法正确的是：

A. 体现法治主义的有关刑事诉讼的程序性条款，构成了各国宪法或宪法性文件中关于人权保障条款的核心

B. 程序决定了法治与恣意的人治之间的主要区别

C. 由于刑事诉讼法规范和限制了国家权力，因而成为保障公民基本人权和自由的基石

D. 刑事诉讼法就是调整和平衡国家打击犯罪和保障公民人身自由等基本权利相互关系的法律，从而承担防止司法权滥用而保障公民人身自由等基本权利的任务

【答案】ABCD

【解析】刑事诉讼法与宪法的关系，一方面体现为其在宪法中的重要地位，以至于宪法关于程序性条款的规定成为法治国家的基本标志，另一方面体现为其在维护宪法制度方面发挥的重要作用。以上四个选项的阐述都正确。

2. 下列关于刑事诉讼中辩护人与诉讼代理人区别的表述，哪一项是正确的？

A. 介入诉讼的时间不同

B. 可以担任辩护人和诉讼代理人的人员范围不同

C. 是否出席法庭不同

D. 承担的刑事诉讼职能不同

【答案】D

【解析】在刑事诉讼中，辩护人行使的是辩护职能，而刑事自诉案件中自诉人的代理、公诉案件中被害人的代理，诉讼代理人都是在协助被代理人行使控诉职能，要求追究被告人因犯罪行为所应承担的刑事责任，故选 D。刑事诉讼中辩护人与诉讼代理人介入诉讼的时间以及可以担任辩护人和诉讼代理人的人员范围是相同的，并且都可以出席法庭。

3. 下列案件能够作出有罪认定的是哪一选项？

A. 甲供认自己强奸了乙，乙否认，该案没有其他证据

B. 甲指认乙强奸了自己，乙坚决否认，该案没有其他证据

C. 某单位资金 30 万元去向不明，会计说局长用了，局长说会计用了，该案没有其他证据

D. 甲、乙二人没有通谋，各自埋伏，几乎同时向丙开枪，后查明丙身中一弹，甲、乙对各自犯罪行为供认不讳，但收集到的证据无法查明这一枪到底是谁打中的

【答案】D

【解析】证据裁判原则，又称证据裁判主义、证据为本原则，是指对于案件事实的认定，必须有相应的证据予以证明。没有证据或者证据不充分，不能认定案件事实。我国刑事诉讼法虽然没有明确指出诉讼中的案件事实应依据证据认定，但对证据在认定事实中的决定性作用给予了极大的肯定，这与证据裁判原则的基本要求是一致的。选项 A 中只有口供，没有其他证据不能定罪；选项 B 中只有被害人陈述，没有其他证据，也不能定罪；选项 C 中不能互相印证的口供，不能定罪；选项 D 中二人并非共同犯罪，但既有口供，又有子弹、被害人等证据，比较起来，只有 D 项是最有理由可以作出有罪推定的。

4. 下列关于非法证据排除规则的说法，哪些是错误的？

A. 非法取得的证据，一律不具有证据能力，不能为法庭采纳

B. 经依法确认的非法言词证据，应当予以排除，不能作为定案的根据

C. 物证、书证的取得明显违反法律规定，不能作为定案的根据

D. 法庭辩论结束前，被告人及其辩护人提出被告人审判前供述是非法取得的，法庭应当进行调查

【答案】AC

【解析】非法证据排除规则，是指违反法定程序，以非法方法获取的证据，原则上不具有证据能力，不能为法庭采纳。但如果将非法取得的证据一律排除，又可能影响到对犯罪的查明和惩治。各国立法均在一定程度上确立了非法证据排除规则，但为了兼顾惩罚犯罪的客观需要，多数国家又确立了一些例外，A 项错误。根据《排除非法证据规定》第

2、3条规定，非法言词证据只要其非法性经依法确认即应一律排除，不但不能作为定案的根据，也不能作为批准逮捕和提起公诉的根据，B项正确。根据《排除非法证据规定》第14条规定，物证、书证的取得明显违反法律规定，可能影响公正审判的，应当予以补正或者作出合理解释，否则，该物证、书证不能作为定案的根据。对于非法取得的物证、书证等实物证据，只有在可能影响公正审判且无法补正或作出合理解释的情况下才予排除，C项错误。被告人及其辩护人在开庭审理前或者庭审中间，可以提出被告人审判前供述是非法取得的。法庭在公诉人宣读起诉书之后，应当先行当庭调查被告人审判前供述的合法性。法庭辩论结束前，被告人及其辩护人提出被告人审判前供述是非法取得的，法庭也应当进行调查，D项正确。

行政法

1. 某县公安局以曲某涉嫌诈骗为由采取刑事拘留措施，县检察院批准对曲某逮捕后对其提起公诉，某县法院以贪污罪判处曲某5年有期徒刑，曲某不服提出上诉，某市中级人民法院以事实不清、证据不足为由撤销原判发回重审，某县法院重审后判决曲某无罪。县检察院抗诉，市中级人民法院维持原判。曲某提出国家赔偿请求，下列选项中的哪一个组合是正确的赔偿义务机关？

①县公安局；②县人民检察院；③县人民法院；④市中级人民法院。

A. ②③　　　　B. ①②　　　　C. ③　　　　D. ①②③

【答案】C

【解析】根据《国家赔偿法》第21条第4款规定，二审发回重审后作无罪处理的，作出一审有罪判决的人民法院为赔偿义务机关。作出逮捕决定的县检察院不再作为赔偿义务机关。

2. 两刑警在追击某犯罪嫌疑人的过程中，租了一辆出租车。出租车不幸被犯罪嫌疑人炸毁，司机被炸伤，犯罪嫌疑人被刑警击毙。该司机正确的救济途径是下列哪一项？

A. 请求两刑警给予民事赔偿

B. 请求两刑警所在的公安局给予国家赔偿

C. 请求两刑警所在的公安局给予国家补偿

D. 请求两刑警所在的公安局给予司法赔偿

【答案】C

【解析】国家赔偿是国家对国家机关及工作人员违法行使职权或存在过错等原因造成损害承担的赔偿责任，包括行政赔偿与司法赔偿，而国家补偿是国家对国家机关及工作人员的合法行为造成的损失给予的补偿。二者的引发原因不同，国家赔偿是违法行为或有过错等特别行为引起的，而国家补偿是合法行为（如征用等）引起的；二者的性质不同，国家赔偿是普通情况下的违法行为或过错行为等引起的法律责任，而国家补偿是例外的特定民事责任，并不具有对国家职权行为的责难；二者的适用范围、标准、方式等也有不同。本题中两刑警的行为合法且没有过错，所以，该司机可以依法请求该两刑警所在的公安局给予国家补偿。

3. 下列说法中正确的有：

A. 国家机关和国家机关工作人员行使职权，侵犯公民、法人和其他组织合法权益，造成损害的，无论相关人员的行为是否具有违法性，受害人均有依照国家赔偿法

　　　取得国家赔偿的权利

B. 受害的公民死亡，其继承人和其他有扶养关系的亲属有权要求赔偿

C. 受害的法人或者其他组织终止的，其权利承受人有权要求赔偿

D. 赔偿请求人要求赔偿，应当先向赔偿义务机关提出，也可以在申请行政复议或者提起行政诉讼时一并提出

【答案】ABCD

【解析】《国家赔偿法》第 2、6、9 条。

民　法 ▶

1. 下列说法中，正确的有：

A. 以单位、家庭等集体形式与旅游经营者订立旅游合同，在履行过程中发生纠纷，除集体以合同一方当事人名义起诉外，旅游者个人提起旅游合同纠纷诉讼的，人民法院不予受理

B. 以单位、家庭等集体形式与旅游经营者订立旅游合同，在履行过程中发生纠纷，除集体以合同一方当事人名义起诉外，旅游者个人提起旅游合同纠纷诉讼的，人民法院应予受理

C. "旅游经营者"是指以自己的名义经营旅游业务，向公众提供旅游服务的人

D. 因旅游辅助服务者的原因导致旅游经营者违约，旅游者仅起诉旅游经营者的，人民法院应当将旅游辅助服务者追加为第三人

【答案】BC

【解析】见《关于审理旅游纠纷案件适用法律若干问题的规定》第 1、4 条。

2. 下列说法中，错误的有：

A. 旅游经营者、旅游辅助服务者泄露旅游者个人信息或者未经旅游者同意公开其个人信息，旅游者请求其承担相应责任的，人民法院应予支持

B. 因不可抗力等不可归责于旅游经营者、旅游辅助服务者的客观原因导致旅游合同无法履行，旅游经营者、旅游者请求解除旅游合同或承担违约责任的，人民法院应予支持

C. 因旅游辅助服务者的原因造成旅游者人身损害、财产损失，旅游者选择请求旅游辅助服务者承担侵权责任的，人民法院不应支持

D. 旅游经营者对旅游辅助服务者未尽谨慎选择义务，旅游者请求旅游经营者承担相应补充责任的，人民法院应予支持

【答案】C

【解析】见《关于审理旅游纠纷案件适用法律若干问题的规定》第 9、13、14 条。

3. 旅游经营者或者旅游辅助服务者为旅游者代管的行李物品损毁、灭失，旅游者请求赔偿损失的，下列哪些情形中人民法院应当不予支持？

A. 损失是由于不可抗力、意外事件造成的

B. 损失是由于物品的自然属性造成的

C. 损失是由于旅游者的过错造成的

D. 损失是由于旅游者未听从旅游经营者或者旅游辅助服务者的事先声明或者提示，未将现金、有价证券、贵重物品由其随身携带而造成的

【答案】ABCD

【解析】《关于审理旅游纠纷案件适用法律若干问题的规定》第22条。

商法、经济法

1. 在股份有限公司的发起设立中，发起人应当承担的责任是：

A. 公司成立后，发起人对设立行为所产生的债务和费用负连带责任

B. 在公司设立过程中，发起人因自己的过失使公司利益受到损害的，应当对公司承担赔偿责任

C. 公司成立后，发起人因履行公司设立职责而给第三人造成损害的，由公司承担对第三人的赔偿责任

D. 若公司未成立，发起人因履行公司设立职责而给第三人造成损害的，则由全体发起人对第三人承担连带赔偿责任

【答案】BCD

【解析】根据《公司法》第95条规定，对"设立行为所产生的债务和费用"，如果公司未设立的，则由发起人承担连带责任，若公司成立后，则应由公司承担，选项A错误。《最高人民法院关于适用〈中华人民共和国公司法〉若干问题的规定（三）》第5条规定，发起人因履行公司设立职责造成他人损害，公司成立后受害人请求公司承担侵权赔偿责任的，人民法院应予支持；公司未成立，受害人请求全体发起人承担连带赔偿责任的，人民法院应予支持。公司或者无过错的发起人承担赔偿责任后，可以向有过错的发起人追偿。据此，B、C、D三项正确。

2. 以下哪些种类的车船依法应当免征车船税？

A. 捕捞、养殖渔船

B. 军队、武装警察部队专用的车船

C. 节约能源、使用新能源的车船

D. 依照法律规定应当予以免税的外国驻华使领馆、国际组织驻华代表机构及其有关人员的车船

【答案】ABD

【解析】《车船税法》第3条规定，下列车船免征车船税：（一）捕捞、养殖渔船；（二）军队、武装警察部队专用的车船；（三）警用车船；（四）依照法律规定应当予以免税的外国驻华使领馆、国际组织驻华代表机构及其有关人员的车船。因此，A、B、D三项正确，C选项属于可以免征车船税的情形。

3. 以下关于车船税的说法中，符合法律规定的有：

A. 车船税的纳税地点为车船的登记地

B. 车船税的纳税地点还可以是车船税扣缴义务人所在地

C. 依法不需要办理登记的车船，车船税的纳税地点为车船的使用人所在地

D. 车船税纳税义务发生时间为取得车船所有权或者管理权的当月

【答案】ABD

【解析】《车船税法》第7条规定，车船税的纳税地点为车船的登记地或者车船税扣缴义务人所在地。依法不需要办理登记的车船，车船税的纳税地点为车船的所有人或者管理人所在地。第8条规定，车船税纳税义务发生时间为取得车船所有权或者管理权的当月。

因此，A、B、D 当选。

4. 我国的社会保险制度由下列哪些内容组成？

A. 基本养老保险
B. 基本医疗保险
C. 工伤保险、失业保险
D. 生育保险

【答案】ABCD

【解析】见《社会保险法》第 2 条。

5. 以下关于养老保险制度的理解中，正确的有：

A. 职工参加养老保险的，由用人单位缴纳全部的基本养老保险费
B. 无雇工的个体工商户、未在用人单位参加基本养老保险的非全日制从业人员以及其他灵活就业人员参加基本养老保险的，由个人缴纳基本养老保险费
C. 基本养老金由统筹养老金和个人账户养老金组成
D. 新型农村社会养老保险实行个人缴费、集体补助和政府补贴相结合

【答案】BCD

【解析】见《社会保险法》第 10、15、20 条。

6. 职工因下列哪些情形导致本人在工作中伤亡的，不认定为工伤？

A. 故意或过失犯罪的
B. 醉酒或者吸毒
C. 自残或者自杀
D. 法律规定的其他情形

【答案】BCD

【解析】根据《社会保险法》第 37 条规定，过失犯罪不属于上述规定的内容，即因为过失犯罪导致本人在工作中伤亡的，不影响工伤的认定。

7. 社会保险基金包括下列哪些内容？

A. 基本养老保险基金
B. 基本医疗保险基金
C. 工伤保险基金
D. 失业保险基金和生育保险基金

【答案】ABCD

【解析】《社会保险法》第 64 条。

民事诉讼法 ▶

1. 关于举证期限的确定，下列说法错误的是：

A. 举证期限可以由人民法院指定，也可以由当事人协商并经人民法院同意
B. 当事人在举证期限内提交证据确有困难的，经人民法院允许，可以适当延长举证期限，但只允许延长一次
C. 普通程序中，人民法院指定的举证期限不得少于 30 日
D. 简易程序中，人民法院指定的举证期限可以少于 30 日

【答案】BC

【解析】关于举证期限的确定有两种方式：一是人民法院指定；二是当事人协商并经人民法院同意，选项 A 正确。根据《关于民事诉讼证据的若干规定》第 36 条规定，当事人可以再次提出延期申请，是否准许由人民法院决定，选项 B 错误。根据最高人民法院《关于适用〈关于民事诉讼证据的若干规定〉中有关举证时限规定的通知》第 1 条规定，在普通程序中，人民法院指定举证期限原则上不少于 30 天，但是"人民法院在征得双方当事人同意后，指定的举证期限可以少于 30 日"，选项 C 不严密。根据上述通知第 2 条规

定，选项 D 正确。

2. 基层人民法院适用第一审普通程序审理的民事案件，如果在审理过程中，发现案件法律关系简单，事实清楚，那么：

A. 当事人各方自愿选择适用简易程序，经人民法院审查同意的，可以适用简易程序进行审理

B. 经当事人双方协议选择适用简易程序，可以改为适用简易程序

C. 审判组织可依职权直接改为适用简易程序

D. 不能改为适用简易程序

【答案】A

【解析】基层人民法院适用第一审普通程序审理的民事案件，当事人各方自愿选择适用简易程序，经人民法院审查同意的，可以适用简易程序进行审理。该规定实际上是赋予了当事人选择适用简易程序的权利，这也是最高人民法院关于适用简易程序审理民事案件的若干规定一个比较大的变化。当事人各方自愿选择适用简易程序和经人民法院审查同意，这是两个必不可少的条件，所以 B 项错误。人民法院不可依职权将普通程序审理的案件改为适用简易程序，所以 C 项错误。注意，依职权将简易程序改为适用普通程序是可以的。

3. 关于简易程序，下列说法正确的是：

A. 简易程序采取了灵活多样的传唤方式通知当事人及证人出庭，可以采取捎口信、电话、传真、电子邮件等简便方式随时传唤双方当事人、证人

B. 以捎口信、电话、传真、电子邮件等形式发送的开庭通知，未经当事人确认或者没有其他证据足以证明当事人已经收到的，人民法院不得将其作为按撤诉处理和缺席判决的根据

C. 双方当事人到庭后，被告要求书面答辩的，人民法院应当将提交答辩状的期限和开庭的具体日期告知各方当事人，并向当事人说明逾期举证以及拒不到庭的法律后果

D. 当庭宣判的案件，除当事人当庭要求邮寄送达的以外，人民法院应当告知当事人或者诉讼代理人领取裁判文书的期间和地点以及逾期不领取的法律后果，并应当将上述情况记入笔录

【答案】ABCD

【解析】最高人民法院关于适用简易程序审理民事案件的若干规定中，对简易程序的适用作了细致规定，复习时要注意掌握。

4. 某民事纠纷案件中，被告张某对人民法院的一审判决不服，提起上诉，后又想撤回上诉。下列说法错误的是：

A. 张某提起上诉必须以书面方式提出，且须经人民法院审查同意

B. 张某撤回上诉后如反悔，在上诉期内仍可再次上诉

C. 上诉准许撤回，在对方当事人未提起上诉的情况下，第一审裁判发生法律效力

D. 撤回上诉的当事人承担第二审的上诉费用，减半收取

【答案】B

【解析】根据《民事诉讼法》第 148 条和第 156 条规定，当事人提起上诉的，必须递交上诉状，即上诉必须以书面的方式提出。上诉人申请撤回上诉的，应由第二审人民法院

裁定是否准许，即撤回上诉必须经法院的审查同意，选项 A 正确。撤回上诉是上诉人行使自己处分权的具体体现，当事人撤回上诉的，意味着对一审判决的承认，在对方当事人未提起上诉的情况下，一审判决即行生效，当事人不得再提起上诉，选项 B 错误，选项 C 正确。

5. 对于因人民法院行使审判监督权启动的再审，下列说法错误的是：

A. 作出原审生效判决的法院，如果发现该判决确有错误，应当提交本法院院长决定是否再审

B. 作出原审生效判决法院的院长发现判决确有错误，可立即裁定中止原判决的执行，并决定再审

C. 省高级人民法院有权对省内任何一个县人民法院作出的确实存在错误的已经发生法律效力的判决，提起审判监督程序

D. 省内某县人民法院作出的判决已经发生法律效力，该省高级人民法院认为该判决确有错误，要进行提审，此时，省高院必须裁定中止原判决、裁定的执行

【答案】AB

【解析】A 和 B 选项都是错在再审决定的主体上，主体应为审判委员会，院长是不能决定再审的。因为法律规定，上级人民法院对下级人民法院已经发生法律效力的判决、裁定，发现确有错误的，有权提审或者指令下级人民法院再审，所以只要是上级法院即可。而在审判监督程序开始后，原判决和裁定也应当被裁定中止执行。

6. 关于仲裁协议，下列说法不正确的是：

A. 甲、乙两公司签订的合同中规定了内容齐全的仲裁条款，但是该合同内容违反了法律禁止性规定，故该仲裁条款无效

B. 甲、乙两公司签订的合同中，约定解决争议适用其他合同、文件中的有效仲裁条款，因为仲裁协议必须以书面形式约定明确的仲裁事项、选定仲裁委员会，故该仲裁协议无效

C. 甲、乙两公司签订的合同中，约定的仲裁事项超出法律规定的仲裁范围的，仲裁协议无效

D. 甲、乙两公司签订的合同中，约定了仲裁条款，后双方又签订补充协议，约定"如原合同或补充协议履行发生争议，双方协商解决，或向人民法院起诉解决"，原仲裁协议失效

【答案】AB

【解析】根据仲裁协议的独立性原则，合同因违反法律禁止性规定而无效的，不影响仲裁条款的效力，选项 A 错误。选项 B 涉及当事人通过援引达成的仲裁协议，故错误。C 项为《仲裁法》第 17 条第 1 项规定。D 项中实际上甲、乙两公司通过补充协议否定了原仲裁条款，故仲裁协议失效。

图书在版编目（CIP）数据

2011 年司法考试大纲分析暨新增法规解读/北京万国学校编. —5 版. —北京：中国人民大学出版社，2011
ISBN 978-7-300-13989-0

Ⅰ.①2… Ⅱ.①北… Ⅲ.①法律工作者-资格考试-中国-自学参考资料 Ⅳ.①D92

中国版本图书馆 CIP 数据核字（2011）第 127969 号

人大司考丛书
2011 年司法考试大纲分析暨新增法规解读
北京万国学校 编
2011 Nian Sifa Kaoshi Dagang Fenxi ji Xinzeng Fagui Jiedu

出版发行	中国人民大学出版社				
社　址	北京中关村大街 31 号		**邮政编码**	100080	
电　话	010－62511242（总编室）		010－62511398（质管部）		
	010－82501766（邮购部）		010－62514148（门市部）		
	010－62515195（发行公司）		010－62515275（盗版举报）		
网　址	http://www.crup.com.cn				
	http://www.1kao.com.cn（中国 1 考网）				
经　销	新华书店				
印　刷	北京市鑫霸印务有限公司		**版　次**	2007 年 5 月第 1 版	
规　格	185 mm×260 mm　16 开本			2011 年 7 月第 5 版	
印　张	12		**印　次**	2011 年 7 月第 1 次印刷	
字　数	270 000		**定　价**	25.00 元	